贝页
ENRICH YOUR LIFE

无惧边界

[加] 马蒂厄·艾金斯(Matthieu Aikins) 著

舒云亮 译

*The Naked
Don't Fear The Water*

文汇出版社

图书在版编目 (CIP) 数据

无惧边界 / (加) 马蒂厄·艾金斯
(Matthieu Aikins) 著 ; 舒云亮译 . -- 上海 : 文汇出
版社, 2025.5. -- ISBN 978-7-5496-4344-8

Ⅰ . I711.55

中国国家版本馆 CIP 数据核字第 202450US44 号

无惧边界

作　者 / 〔加〕马蒂厄·艾金斯　著
译　者 / 舒云亮
责任编辑 / 戴　铮
封面设计 / 王梦珂
版式设计 / 汤惟惟
出版发行 / **文匯**出版社
　　　　　上海市威海路 755 号
　　　　　（邮政编码：200041）
经　销 / 全国新华书店
印刷装订 / 上海中唱印刷有限公司
版　次 / 2025 年 5 月第 1 版
印　次 / 2025 年 5 月第 1 次印刷
开　本 / 889 毫米 ×1240 毫米　1/32
字　数 / 237 千字
印　张 / 12.125
书　号 / ISBN 978-7-5496-4344-8
定　价 / 69.00 元

لُچ از آب نمی ترسد

The Naked Don't Fear the Water.

裸者不怕水。

——达里语①谚语

目　录

第三部分 / 营地

第四部分 / 城市

第一部分

战争

第一章

内战阴云

晨曦中，我靠在舷窗边，俯视下方的山脉。飞机迎着初升的太阳飞行，阳光把贫瘠的荒山野岭渲染得如同浮雕一般：绵延起伏的棕黄色山地夹杂着一道道翠绿的山谷，其间分布着仍需依靠毛驴才能到达的小村子。飞机正飞临阿富汗、伊朗和土库曼斯坦三国边界的上空，我不确定看到的究竟是哪个国家。身边舷窗的霜冻已经结晶，在曙光中显出玫瑰粉色，地面上的人们看到的航迹云就是这样的颜色。

我靠回到椅背上。飞机还要几个小时才能到达喀布尔，我的朋友奥马尔就在那里等我。我闭上眼睛，脑海里浮现出夏天时他送我到机场的情景。分别之际，他突然紧紧抓住我的手，恳求说："兄弟，你一定要回来，别扔下我。现在每个人都在往外逃。"

飞机上很安静。座位上稀稀拉拉地坐着几位乘客，他们要么身子前倾，要么四仰八叉地睡着觉。我猜想，到了返回伊斯坦布尔的时候，这些空位子将会坐满逃离战争的阿富汗人。届时坐在我座位上的人，也许会打算从土耳其搭乘小橡皮艇去欧洲。如今每天有成千上万的难民在希腊的岛屿登岸，还有更多的在路上。现在是二〇一五年十月下旬，这个秋天正在发生一些不合常理的奇迹：在人们的压力之下，边境开放了。

多年来，战火在中东蔓延，几百万人无家可归，欧洲之外，压力聚集。乘坐舟船的难民大都是叙利亚人、阿富汗人和伊拉克人，其中多为妇女和儿童；除非开枪，否则是无法阻止他们的。他们从希腊出发，朝北穿越巴尔干地区，潮水般地出现在各地市中心广场和边境通道上，这一壮观的景象登上新闻，成为一场危机。为避免欧盟分裂，德国率先暂停实施有关规定，放行难民。其他国家纷纷效仿，现在，雅典与柏林之间的五个边境都放开了。通过电视，全世界都看到了成群的难民蜂拥着越过敞开的边境线，变不可能为可能，吹响了奔向普世自由的号角——这对一些人来说是梦想，但对其他人来说则是噩梦。

谁也不知道这个奇迹会持续多长时间。现在每天都有成千上万的人乘坐船艇登岸。将有一百万人进入欧洲。

而我和奥马尔即将加入他们。

八月，我完成了在也门的一项任务，返回喀布尔的家中后，我们做出了这个一起逃难的决定。我初来阿富汗工作时，就认识了奥马尔。他一直梦想去西方生活，随着内战加剧，他居住的城市被炸得面目全非，这个愿望变得愈加迫切。现在，美军正撤出阿富汗；而我担任了七年战地记者，已身心疲惫，也想着离开。但我不能丢下奥马尔不管。因此我在初夏飞回美国时，就一直记挂着他。我还没有切实的计划，但有个想法已经成形了。我需要与奥马尔谈谈。

"欢迎来到哈米德·卡尔扎伊国际机场。"在移民局柜台前，我递上护照，在发着绿光的指纹识别屏上按了下手指，然后走向行李转盘，提取了自己的拉杆箱，推着走向X光安检仪。坐在显示器前的值勤警官关注的是枪支和酒瓶。在阿富汗伊斯兰共和国，除了外国使馆和国际机构，是全面禁酒的，但外国人入境时允许每人携带两瓶。我把行李箱放到了传送皮带上，又将装着从伊斯坦布尔免税店购买的苏格兰威士忌和杜松子酒的纸袋放了上去，然后走到另一头，脑海里温习着我的身份背景。

我的祖辈是日本人和欧洲人，但我完全是一副阿富汗人的长相：杏仁色眼睛、一头黑发、一脸坚硬的络腮胡子。所以，眼前的这位边防警官坚定地认为我是带着违禁品的当地人——这于他是个很大的收获，因为被没收的物品最终很可能会在黑市上卖个好价钱。这么些年来，我的波斯语长进不少，但这使得我们的对话更为尴尬。

"兄弟，你说你不是阿富汗人？"

"不是的，先生。"我说。在警官抢夺洋酒之前，我拿着护照，从传送带旁跑了过去。"你看我的名字，我甚至连穆斯林都不是呢——对不起。"

走出航站楼，我深深地吸了一口干燥的夏日空气。从萨那开始，我就没怎么睡觉，但眼前的景观——远处兴都库什山脉白雪皑皑的山峰、山坡上的贫民窟，以及炮塔指向大门的军用悍马车，将我的疲倦一扫而空。在停车场，我瞧见一辆金色的丰田卡罗拉，车窗摇落时，我的朋友奥马尔正在车里听着收音机，抽着烟。他下了车，走上前来。他个头比我高，有一副宽阔的肩膀，笑起来脸蛋肉嘟嘟的，眼角爬满鱼尾纹。我们热情拥抱，他的胡茬刺痛了我的脸颊；我在他身上闻到了烟味和香水味。他从我手里一把夺过行李箱，提起来放进了后备箱。我们驱车行驶到机场外面的环岛，那里混杂着出租车、大巴车和军用越野车等各种车辆。警察在大声叫喊；乞丐在敲打车窗；小贩晃动着手上的电话卡和汽车饰品。奥马尔一边驾车，一边轻声咒骂着。他一只手握着方向盘，另一只手夹着香烟，时不时地把烟叼在嘴上，用手指捋他那丛深色的头发。直至驶上了长长的空旷的机场公路，我们才放松下来叙旧聊天。

"兄弟，你回来了，我真高兴。"他用波斯语说，面带微笑，目视前方。

"我也很高兴见到你，兄弟。"我说。

他知道我的房子租期快要满了，我应该会回来整理物品，腾空房子。那个夏天，似乎半个城市的人都在离开，离开，离开。阿富汗人对自己国家的未来失望了。中产阶级花钱申领签证，购买去土耳其的机票。长途汽车满载着年轻的男子，他们要奔赴靠近伊朗边境的南方沙漠。奥马尔的家人也在离开。他有四个兄弟姐妹已经到了欧洲，母亲和一个妹妹也打算找蛇头逃出去。但长时间以来，奥马尔一直计划着通过获得特殊移民签证移民美国。特殊移民签证是美国国会设立的一个项目，专门提供给忠诚的阿富汗和伊拉克雇员，让他们有一个不错的归宿，以此来表达美国的诚意。奥马尔应该是满足条件的。他在美军特种部队担任过战地译员，还为美国国际开发署和排雷承包商工作过。可是在收到他发给我的申请表格之后，我认为事情没那么简单。他需要提供各种各样的材料，包括上级的推荐信、与美国政府的雇佣合同等等，但多年来他从未想过要收集这些。上哪儿去找那位他只知其名不知其姓的美军绿色贝雷帽上尉？怎么向已经结束任务的排雷公司索要有关文件？我在国外期间，他发来电子邮件："你好，亲爱的兄弟。我希望你最近一切都好。请为我祈祷，让我能有机会获得美国签证并搬去那里。我真的是厌倦了这里的生活。"

我们把他能够获得的材料都寄出去了。过了两年，才收到回复："很遗憾地通知您，您的特殊移民签证申请被拒绝了，原因是缺乏足够的文件，我们难以做出决定……"

"美国梦"破灭之后，奥马尔就只好走他母亲和妹妹那条路子了：偷渡去欧洲。跨越万水千山的漫长险途。就是此时，我萌生了一个想法：如果奥马尔走这条路，那我要与他同行，并写出此行的报道。考虑到遭遇绑架和逮捕的风险，我必须把自己假扮成阿富汗移民。我和奥马尔在阿富汗一起执行过危险的任务，所以我是完全相信他的。与他同行，我就可以从内部了解底层难民的情况，同时，也不会弃朋友于不顾了，我们可以互相照应。而且，我会承担一切费用。

那个八月，我们把车停在我家门外。坐在车里，我把这个主意告诉了奥马尔。他沉默了一会儿。他看得出我是认真的。而后，他咧嘴一笑："当然，我们可以一起走。"

"你肯定吗？"

"当然，兄弟。"

"好的，"我说，"那我们什么时候动身？"

他叹了一口气。"还定不下来呢。"他说。我还以为他已经准备好了，但事情没那么简单。他先要把他父母弄出这个国家。

"哦。"我说。

还有一个人使他不能离开喀布尔，那就是莱拉姑娘。莱拉是他房东的女儿，住在与他相隔两栋房子的地方。几年来他们一直在悄悄地约会，但我并未意识到他们的关系已经发展到很认真的程度了。他告诉我说，莱拉是他生命中的真爱。他们打算结婚。但她来自一个富裕的什叶派家庭，而奥马尔是逊尼派的，名下的财产只有这辆卡罗拉汽车。假如他能够拿到美国签证，那对她家来说，他就有一定的资本了。他也就可以合法地带她去美国。现在他不得不去欧洲寻求避难，然后再回来接她。但在他离开期间，她的父亲也许会让她嫁给别人；莱拉告诉他说，她会设法拖延，但不能拒绝，父命不能违抗。

这使他举棋不定：想娶莱拉；但又必须离开，而这样可能失去她。

八月的那天，在我提出这个想法后，我们把行李放进屋子就出去办事了。回来的时候，天色已晚，因为停电，四邻的住宅与往常一样都是黑灯瞎火的。我们是有发电机的，但当我们驾车驶近时，我看到院墙的楼上漆黑一片，不知道家里有没有人。奥马尔按了一下喇叭，看门人老图拉巴兹为我们打开了大门。汽车驶入时，院子里的狗狂叫起来，试图挣脱铁链。

我以自由记者的身份在喀布尔工作，住过几处不同的房子，但这是我把它当作家的第一处。几年前，我与另外三个外国人搬进这座房子。我们做了一番装修，在庭院里栽种了花草，还举行过派对，后来朋友们一个接一个地离开了这个国家。之后也有其他人来住过，但都是匆匆过客。来阿富汗的外国人大多不会待很久，他们是来冒险或寻找挣钱机会的。

我下车，打开手电，照向那块枯黄色的草坪。我离开这儿好几个月了。我们曾经用来酿酒的那个棚屋堆满了垃圾。有人怕不安全，粗蛮地给通往街道的一扇门砌上砖头，把它封住了。还有那条狗，浑身肮脏，兴奋不已。我在它身边蹲下时，它激动地舔着我的手掌表示欢迎。"就没人照顾它吗？"我向图拉巴兹厉声问道。

奥马尔蹲在我们那台老旧的煤气发电机旁边。我们边拉边骂，但机器怎么也发动不起来，只得打开手电筒，一间一间地去察看屋子里的家具。虽然许多移民在处理居家用品，喀布尔的旧货市场已经供过于求了，但我还是想把家具都卖了，把钱给图拉巴兹，因为他马上要失业了。当初是奥马尔帮我们搬进这里的，他清楚地记得高价购进这些家具时的价格。

"这个东西你花了一百美元呢。"他说，把手电筒照向一件蒙上了灰尘的熨烫板架，"现在很可能只值五美元。"

奥马尔去检查厨房时，我坐到了客厅的写字台前。我开始感觉到时差反应。我们曾把这个房间用作办公室，我在这里写出了很多报道文章。冬天，我会在这里放上一个嘶嘶作响的煤气取暖器；夏天，我则会打开通往庭院的门。昏暗中，地毯上的污渍依稀可见。我用脚趾头去刮擦，是红酒渍。在这里开派对的时候，我们会合起几张桌子当吧柜，台面被自制的潘趣酒搞得黏糊糊的。来自世界各地的人们曾在这里一起跳舞。曾几何时，我们称这个国家为"家"；而现在，我们却要离开这里，好像这里太小，已容不下我们。

察看完房子之后，我和奥马尔就出去遛狗了。图拉巴兹给它起了个名字，叫巴德，在波斯语里是"风"的意思。我想它大概是德国牧羊犬。我喜欢牵它出去遛，因为入室盗窃正愈发严重。我遛它时，街上的孩子看到它那犬牙凶恶的模样，尖叫着说它是狼。其实它是很亲人的，但很难训练，因为小时受过伤，它会不时抽搐。即使用最小的力气拍它的后腿，它也会咆哮着绕着圈子追自己的尾巴，使人想起咬住自己尾巴的噬身蛇。这条狗是在我此前离开的一段时间里，一位室友一时兴起弄来的。现在我还没有想好怎么处置它。

夜幕下的喀布尔空荡荡的。我们走向科罗拉普什塔山丘，那里有一对小山岗。一个山岗上有块墓地；另一个有座土墙城堡，城堡是英国人在十九世纪建造的，现在是一个阿富汗部队的驻地。当巴德在阴沟边嗅来嗅去的时候，奥马尔走到前面，低声与莱拉通电话。方才我们驾车回家时他对我说的话，全在电话里告诉了她。他已经决定离开，成为难民，但要等与莱拉订婚之后才会成行。他将请求她的父亲将女儿嫁给他，这一切的前提是能够找到避难所，带他的新娘去欧洲。他之前与我提过，说服她父亲也许要花一些时间。我回答说，我会耐心等待。正好我要去美国完成一项工作，计划十月份返回。到那时候，奥马尔应该准备妥当了。

小径在墓地间蜿蜒而上，旁边的墓碑都是些高低不平的石块，上面绑扎着木棒和破布。前方，能够看到远处路灯映照下的城堡轮廓。黑乎乎的墓地里传来了一声轻咳，然后是大麻制剂的气味。我拉紧了牧羊犬的牵绳。让奥马尔去争取他所爱的姑娘吧，我心里想。如果我们一起以难民的身份出发，那我得花时间把自己装扮成阿富汗人。一旦上路，我们便不能回头，除非我抛弃朋友。因为，我们也许会遭到搜身，我将不得不把美国和加拿大护照抛之脑后——它们本可以让我在各个国家之间畅行无阻。控制我们行动的不单单是检查卡口和围栏，还有法律和监视网，以及因自身利益而划定的更无形的界限——我们的生活经历和想象力的边界。"大墙也在我们每个人的心中。"英国作家约翰·伯格曾如是说。

山顶上有一块四面环树的空地。我走到空地的边缘眺望北方，越过卡萨巴，能够清楚地看到，首都周边陡峭的山坡上布满了贫民窟。电力已经恢复，许多临时搭建的房屋亮起了电灯。奥马尔打完电话走过来，站到我边上。

"我们第一次来这里的时候还没有电灯呢。"他说。

与他那一代的许多阿富汗人一样，奥马尔是在伊朗和巴基斯坦的难民营里长大的。二〇〇二年，他和家人结束流亡，回到了满目疮痍的喀布尔，他们驱车穿过到处是残砖碎瓦的大街，只见破破烂烂的布帘挂在建筑物上，遮盖累累弹孔。可人们看到了希望。喀布尔大兴土木，购物中心建起来了，加油站霓虹灯闪烁，但和平的诺言成了谎言。农村地区燃起的战火，向首都逼近。塔利班卷土重来。然而，在夜间看不到防爆墙上的带刺铁丝网，也看不到流落街头期盼天明的孤儿寡母。我们面前的这座城市现在灯火通明。

"很美。"我说。

"是啊。愿神保佑，这里将来还会变得更好。"

"但你还是准备离开？"

他转过身来，我看到他一脸的疲惫。

"我在这里是没有前途的。你有一份好工作，有旅行证件，可以去你想去的任何地方。"他扭过头，看向这座城市，"我只能靠自己的运气。"

第二章

一见如故

此后不久，我去了一趟纽约，三个月后的十月底，我乘坐经停伊斯坦布尔的空荡荡的航班抵达喀布尔。在机场的行李转盘那里，我看到许多身穿白袍的人在提取从麦加带来的装有圣水的容器。二〇一五年的麦加朝觐是一场灾难，超过两千人被踩踏而亡，还有一百人则被沙特本拉登集团一台倒塌的起重机砸中而丧命。

我取走通过安检仪的酒，走向停车场去找奥马尔。机场的卫兵显得紧张不安。几个星期前，塔利班攻占了昆都士，那是靠近塔吉克斯坦的一座边境城市。在塔利班的突击之下，政府军的防线崩溃了，自二〇〇一年以来，塔利班的白色旗帜第一次在省会城市升了起来。逃难的人群拥向南方的喀布尔，恐慌的气氛一路散播。昆都士的陷落，使得那年秋天随着边境的开放原本就已火热的阿富汗难民潮更加汹涌。

驱车离开机场时，我告诉奥马尔，经由巴尔干地区的所谓人道主义走廊已为难民开放了，不过他在家看电视时已经知道了这件事。这一奇迹为我们扫清了前进道路上的障碍，但他告诉我说，他还没有向莱拉家提亲，也还没有安排好父母的出行。事情有点复杂，他需要更多的时间。我说这样也好，因为我想写完在阿富汗的最后一篇报道。昆都士陷落期间，发生了一起令人震惊的事件：美军特种部队的一个小分队，在与阿富汗军队并肩作战试图夺回这座城市时，对"无国界医生"医院进行了一次空袭，炸死了四十二人。军方声称这是一次意外，可我知道，当地政府对这家医院记恨已久，因为它救治叛军伤员。我想去调查一番，途中需要奥马尔开车。我们会一起去昆都士，然后我将写出报道，与此同时，他去处理与莱拉的事情。我们不必操之过急。我很有信心，无论如何，我们都会一起离开阿富汗。此行将会圆满，因为在我看来，自我们相遇的那天起，我们的行动都是互惠的。

六年半之前，我从在阿富汗撰写第一篇杂志文章起就与奥马尔合作。那是二〇〇九年春天，我二十四岁。我刚刚从《哈珀斯》杂志接受了一项任务，写一篇关于阿卜杜勒·拉齐克上校的报道。他是一位边防警察指挥官，美国军方的重要盟友，但有传言说他与毒枭沆瀣一气。我想要前往拉齐克所在的坎大哈省前线，但杂志社付不起喀布尔任何一位资深消息员开出的价钱：赴危险的南方工作，如果有人愿意，他们的要价是一天几百美元。

当时我住在喀布尔市中心的穆斯塔法酒店，当我把自己的困境告诉酒店经理阿卜杜拉后，他说他认识一位合适的人选，这个人之前做过战地译者，现在也刚开始干记者的行当。过了几天，我走进酒店大堂时，一位年龄与我相仿的小伙子正在那里等着我，他就是奥马尔。他跳起来，用他那粗糙的手掌握住了我的手。"很高兴见到你，兄弟，"他说，"我可以跟你一起去坎大哈，没问题。"

这时已是中午时分，他问我饿不饿。我们要去的饭店位于一条用警戒线围起来的街上，由穆斯塔法酒店与印度使馆合用。那个地方可以保护客人免受绑架，但容易受到偶尔的汽车炸弹袭击。奥马尔的卡罗拉汽车停在附近。开车去那家饭店距离不远，但在经过沙赫尔瑙公园后，粉尘飞扬、坑坑洼洼的道路很堵，汽车似乎是在爬行。

"坎大哈很混乱。"他告诉我说。他那近乎流利的英语中带有从士兵那里学来的粗鲁、低俗的词语。"我在那儿与联军一起待过。"如今他已经在南方工作了几年，与美国人、英国人和加拿大人签过用工合同。他厌倦了危险的巡逻和基地内单调乏味的生活，想当名自由协调员，喀布尔这阵子刚好到处都是外国人。

与我一样，奥马尔的成年生活伴随着反恐战争。他是在流亡中长大的，他和他的家人在美军入侵后不久返回阿富汗，渴望参加许诺的和平建设，但国家一片废墟，工作很难找。他听说外国军队出高价招人去坎大哈从事危险性工作，最后在二〇〇六年，他瞒着母亲登上了去南方的长途汽车。

南方地区的普什图语他说得不是很好，但当地缺少会说英语的人，他立即被一家向外国人提供翻译服务的公司雇用了。奥马尔的第一份工作是为加拿大人效劳，起步工资是每月六百美元，这是普通阿富汗士兵薪水的六倍。奥马尔和其他译员生活在一个巨大的军事基地里。基地建在机场旁边的沙漠上，四周是防弹围墙和铁丝网，他们住在网格化的集装箱营房中，四周砂土飞扬，遮挡了强烈的阳光。硕大的装甲车辆使奥马尔眼花缭乱，喷气式飞机降落时的轰鸣让他牙齿发颤。日夜消耗燃料为帐篷内的空调提供动力的发电机，以及从巴基斯坦港口开来的满装软饮料和冰冻牛排、车身装饰着铃铛的大卡车，都给他留下了深刻的印象。

　　孩提时，奥马尔是通过电视了解西方人的，这次是他头一回近距离与他们接触。与其他译员一样，他学习士兵的俚语，学他们刮净胡子、戴上墨镜，学他们遵守规则，学他们对待"坏家伙"的态度，由此建立了可信度。这对奥马尔来说很容易，因为他喜欢加拿大人。他知道他们来自一个丰饶的国度，但与他在伊朗和巴基斯坦避难时相处过的那些人相比，他们似乎更为慷慨和诚实。在伊朗和巴基斯坦，因为贫穷和恐惧，亲人之间也会反目成仇。加拿大人会跟他分享香烟，送他用合成纤维材料制成的冬装和靴子，这种材料他以前从没接触过。如波斯语所说，"他们的眼睛是真诚的"。这些外国人说，他们是来打击恐怖主义，来帮助他的国家的。奥马尔相信他们。

　　但在城市周边的乡村地区，塔利班又开始活跃了。从直升机上俯瞰，本杰瓦伊山谷与沙漠相比显得尤为青翠，泥色的运河沿岸桑树成荫。那里有一排排的石榴果园，每一小块土地都围着土墙，圈养着一头奶牛、几只羊，外加一条看门狗；依靠土地勉强糊口的农民在田间劳作，他们大都是这里的租户。加拿大士兵头戴钢盔，身穿防弹服汗涔涔地走在路堤上，柔软的泥地下也许隐藏着土制炸药，他们戏称其为"腿彩"。突袭小院时，有时他们得把狗射杀掉。在那里，他们要搜查铁皮箱和卧具，要用刺刀和金属探测器检查院子。一边的妇女和孩子无声哭泣，年轻人一脸惜怒但又无可奈何，见过当年苏军入侵的老人则与之前一样眼里充满鄙夷与警惕。

白天加拿大士兵与阿富汗军队、警察成群结队地巡逻，但夜晚却属于叛乱分子，属于追捕他们的外国人——奥马尔有时会见到一些留着大胡子的男子和戴着头套的俘虏，他知道这样的事情绝对别去打听。塔利班也抓到过俘虏，交由流动的伊斯兰教法庭审判；像奥马尔这样的"通敌者"是他们的暗杀对象。他的三位翻译同事在郊外被枪杀了，另有五位在前往军事基地的大巴车上遭遇炸弹袭击丧命。他母亲恳求他辞掉工作，可他需要钱，于是仍旧回到坎大哈，与英国皇家海军陆战队和美国陆军特种部队绿色贝雷帽待在一起。译员没有经过军事训练，但他们是战争的一部分。开始工作后不久，他就经历了第一次战斗，那是加拿大军队对坎大哈市西边的山谷发起的一次进攻。他所在的排接到的任务是守卫葡萄园中间的护坡道。第二天夜里，他在装甲车内避寒时，一名士兵叫他出来，并递给了他一支步枪。

"你能用这个保护自己吗？"加拿大士兵问道。听上去他有些担忧。"这里坏人很多。"

奥马尔抓住了C7突击步枪冰冷的塑料枪身。在伊朗的时候，他和同学学习过卡拉什尼科夫冲锋枪的射击，以防美军入侵。这支步枪并没有多大的不同。

他们让他与三十余名士兵和一名女卫生兵待在外围。前方的夜幕下，塔利班部队正在聚集，试图占领他们孤立的据点。奥马尔看不清敌人的数量，他蹲伏在一条护坡道的后面。有人大喊道，叛乱分子想从侧翼向他们发动进攻，顿时枪声大作：头顶上飞过的子弹爆裂声，加拿大人震耳欲聋的枪炮回击声，装甲车上发射的二十五毫米炮弹打桩机般的轰鸣声。

奥马尔朝黑暗处打了一梭子子弹，他的耳朵嗡嗡作响，他闻到了火药的味道。最后，他们听到了从远处飞近的喷气飞机的呼啸声。一颗炸弹落下后，他看清了身边加军士兵的脸。黎明时分，加拿大军队的坦克开来了，从旁边驶过时，大地隆隆作响。战斗结束后，他们走上前去，看到葡萄园和被摧毁的农房里，尸体横陈，这些年轻人的衣袍被鲜血染红，还挂着子弹带。他们是他的同胞。

二〇〇九年春天与奥马尔初次碰面时，我们就一见如故。午饭时，他向我详细讲述了他在坎大哈度过的时光。我还记得，饭店的花园十分漂亮，我们就坐在那里吃烤羊肉串。奥马尔问我是不是第一次来阿富汗，我解释说前一年的秋天在中亚地区背包旅行时来过。

二〇〇六年大学毕业后，我搬到了新斯科舍省与父母同住。我想成为作家，我认为我能够在这个世界上找到自身所缺乏的东西。打了两年零工之后，我在二〇〇八年春天积存了可以购买赴巴黎单程机票的钱。之后我搭便车从法国去了巴尔干半岛，在笔记本上画好道路交通图，用大写字母标注了一些城市地名——特伦托、卢布尔雅那、诺维萨德，这样我就可以打开页面上的草图展示给过路的司机，向他们问路。我在克罗地亚度过了夏天，在浑浊的河流里游泳，与在音乐节上相识的一帮朋克一起喝李子白兰地酒。我在沙发上睡觉，一切顺其自然。秋天到来的时候，我决定经由陆路去远方的印度以及中亚地区，这意味着我必须穿越土库曼斯坦或阿富汗。在塔什干，我发现去阿富汗的签证比较容易获得，于是十月份我朝南走上了友谊桥。二十年前，苏军的最后一批坦克就是经此撤回的。

脚下宽阔的阿姆河浊水流淌。我在桥上还没走到一半，有辆汽车在我身边慢慢停了下来。开车的是一位商人，他正要返回马扎里沙里夫，而那正是我要去往的城市。阿富汗北方地区的人说达里语，我试着用从短语手册上学到的一些词语跟他交流。

通往南方的公路两旁是广袤的灰色沙丘，远处的薄雾中隐约现出一些帐篷和骆驼。抵达马扎里沙里夫郊外的几个村庄时，我凝视着车窗外的泥墙房屋和戴着头巾的大胡子男人。在我刚刚离开的旧时苏联的混凝土城市，人们还在咖啡馆里喝着伏特加酒，即使在斋月里也是如此。而此刻，我惊奇地看到妇女们从头到脚用罩袍裹得严严实实——这种穿着不是已经随着塔利班的倒台而被废除了吗？

　　蓝色清真寺位于马扎里沙里夫的市中心，它的大门和圆顶镶嵌着成千上万的蓝绿色陶瓷片。当地流传一种传说，先知穆罕默德的女婿阿里就埋葬在这里。我在阿莫广场南侧找到了一家旅馆。那是一栋三层楼的破旧建筑物，顾客大都是卡车司机和朝觐者，厅堂内散落着一些茶叶渣和烟头。我花了十美元，订到的房间有四张旧床，可以俯瞰蓝色清真寺。那天晚上，我坐在窗口旁，打量着这座城市：虽然广场上的霓虹灯在棕榈树间不停地闪烁，如拉斯维加斯的赌场般耀眼，但周边空无一人，这使我不免感到惆怅，想起了白天第一次见到的小孩子在阴沟里捡破烂这样的赤贫场景。

　　对旅馆里的一帮年轻员工来说，我的到来为他们带来了极大的欢乐。其中一位是贾韦德，他手上文着指甲花彩绘，牵着我和我一起穿着袜子走过清真寺的大理石院子。另一位是卡姆兰，这个家伙浑身肌肉发达，带我去吃冰激凌和炸薯条，还在坚持和我掰手劲后，拧了下我的手腕。还有易卜拉欣，他有一双淡褐色的眼睛，上唇留着扫把似的胡子，他英语说得最好，所以在前台工作。

"你认识布赖恩·特雷西吗？我想他在你们国家名气很大吧。"易卜拉欣说。他在看一本心理自助书，叫《吃掉那只青蛙！》。"这本书能教你如何不浪费时间。"业余时间，他学习商业管理和电脑编程。他问我如何可以移民加拿大。我不知道该怎么回答。这可能吗？易卜拉欣知道有一个办法：他在存钱，准备找一个蛇头。"这真的很简单，"我在自己的日记里写道，"我来自一个他们想去但去不了的地方。如果让我处于他们的境地，我会发狂，对于他们来说这却是事实。"

即使是在餐馆或建筑工地打工，我干一两天也比他们干一个月赚得多。我们之间有一道鸿沟，可我认为与他们的相遇是缘分，我们是可以沟通的。尽管文化差异巨大，但我感觉与他们的相处很轻松。他们表现出来的亲密与我成长环境里的那种亲密是不同的——我们那边的男性情谊往往表现在喝酒嬉闹和恃强凌弱的玩笑中；而在这里，女性很少被提及，在像广场周边茶馆那样的公共场所是见不到她们的。阿富汗男人互相之间很是热情，好像在排除了女人之后，他们把社交活动留给了自己。这几个年轻人带我去集市，帮我买了一套现成的齐膝长的束腰上衣和宽松灯笼裤，那是传统的阿富汗人服装。当我在房间里打开包装的时候，忍不住哈哈大笑起来。我还以为买错了尺寸，衣服的腰与我的臂展一样宽大；但并没有买错。贾韦德过来向我作了示范：只要用布条把腰束紧，让下摆垂挂在身体周围就可以了。在我穿戴起来走到楼下的时候，他们大声称赞。他们用一条黑白相间的格子布头巾围住我的额头，然后惊异地看着我怎么那么像阿富汗人。

我长着一头深色的头发和一双亚洲人的眼睛，跨越了大西洋两岸的种族分界线。在欧洲，我不被归为白人。英国人说我是巴基斯坦人，法国人认为我是阿拉伯人；但进入中亚时，我感觉就像是走向了一面镜子。阿富汗的北方混杂着许多哈扎拉人、塔吉克人和乌兹别克人，我会发觉找到了自己的基因类型。人们在我的脸上看到了他们自己。

在茶馆里，男孩们找乐子。他们叫住一位经过的朋友，让我别说话，要他猜猜我来自哪个省份。"他是外国人！"最后他们大声说。"那他怎么酷似阿富汗人？"另一位朋友惊奇地问。

我用结结巴巴的达里语解释说，我父亲是欧洲裔加拿大人，我母亲在美国出生，但她的祖父母是亚洲人。"日本在这里，加拿大在那里。"我一边说，一边把两根手指头分开，然后微笑着合并起来，"阿富汗在中间。"

我从马扎里沙里夫搭乘大巴车抵达喀布尔，入住穆斯塔法酒店。这是二十世纪六十年代建造的一栋高大的楼房，曾经是"嬉皮士之路"上一个颇受欢迎的驿站。在塔利班时期，穆斯塔法酒店被改作一个室内集市，但在美军入侵后，这是第一批重新开放的旅馆之一，住不起洲际宾馆的人，会选择在这里投宿。我二〇〇八年下半年到这时，这里有许多干净的房间，但价格是每晚二十美元。对外国人来说，穆斯塔法是最便宜又安全的宾馆。客人是底层的外派工作人员、暂时没有接到生意的承包商、自由职业的人道主义者，还有像我这样想当作家的人。坐在粉色的缟玛瑙吧台边，我遇到了一位长相粗糙的兵痞，他告诉我说他来自罗得西亚。另一位客人，一位眼神忧郁的瑞士记者，说他已经与海洛因成瘾斗争了十年。我和他坐在休息室内，听着深夜里街上的狗吠声。他拿出一个烟斗，向我展示如何融化一团鸦片和吸入芳香的烟雾，香气在我全身蔓延开来，我云里雾里般地穿过设有镜面摊位的走廊，躺到了房间床上。

我的三十天旅游签证快到期了，接下去我想去伊朗，但主要公路，也就是南下经坎大哈到边境的1号公路太危险了——塔利班也许会拦下大巴，绑架旅客。飞机是游客的选项。还有一条不常走的路径，那就是翻越兴都库什山脊，但必须搭乘当地的运输车辆，在兼作路边客栈的茶馆里过夜。自到马扎里沙里夫以来，一旦感觉不安全我就说我是哈萨克人；这一次，我决定假装自己是哈萨克来的务工人员，要去伊朗找工作。

我很害怕，但在巴米扬登上客车后，就必须坚持这个谎言了。几天来，我们沿着尘土飞扬的道路爬升到了雪线。这里是世界的屋脊，连绵的山脉一直延伸到西藏。此番景色犹如我无法解释的一个梦境。我时刻提醒自己别犯粗心的错误，比如小便时不能站着而要蹲着，还有，我既然已经声称是逊尼派就不能像什叶派那样祈祷。作为一个哈萨克移民，我肯定显得很古怪，但同行的旅客中却没人猜到更夸张的真相。无论怎样，人们总是在互相猜忌的，都把自己的底细和目的隐藏起来，唯恐在土匪和叛军出没的地方会发生什么事情。夜晚，当我们在茶馆的客房里一排排躺下睡觉的时候，旅客们会轻声讨论最近发生的砍头和绑票的事件。与许多在安全环境下成长的年轻人一样，我一直对死亡感到好奇，而现在，死亡就在我们身边。

从喀布尔出发一个星期之后，我们的客车哐当哐当地沿着一条河谷下行，进入了边境城市赫拉特。我庆幸活着抵达了那里，所以破费入住了一家有热水的旅馆。我站在莲蓬头下洗澡，让浴室的门开着，以便观看卧室一角的电视机正在播放的节目。巴拉克·奥巴马刚刚当选为美国总统，他正在芝加哥发表胜选演讲。我调大了音量，这样他的声音就可以盖过流水的哗哗声：

> 我还要对观看今晚新闻的各国人民以及各国议会和政府说，要对世界上被遗忘角落里的那些围坐在收音机旁边的人们说，尽管我们的故事各有不同，但我们分享的命运是相同的，美国政府的一个新的黎明即将到来。

热水龙头下，我闭上了眼睛。

在第二年春天的一次午饭期间，我和奥马尔分别介绍了各自的情况，然后我提到了正事。"你知道阿卜杜勒·拉齐克是什么人吗？"我问道。他当然知道。拉齐克还不是全国家喻户晓的人物，但在坎大哈工作过的人都知道这位孩子气而又残酷无情的三十岁的警官，这位南方通往巴基斯坦的斯平布尔达克口岸的大佬。拉齐克是边防警察上校，因其对塔利班格杀勿论的态度而为人们所恐惧和钦佩，但一直有人指控他从事鸦片走私和残杀部落的对手。对他进行调查很可能是危险的。而且我还要告诉奥马尔，在一次类似的秘密行程中，我已经与拉齐克的人去过了斯平布尔达克。

前一年的秋天，在我辗转来到赫拉特之后，我用加拿大护照进入了伊朗，在那里旅行了两三个月。我回归了一个快乐的背包旅行者身份——去了一趟游客很少的波斯波利斯，圣诞节时在霍尔木兹海峡游泳，阿富汗的战事在我的脑海中已经淡远了。我开始考虑去读研究生，也许可以选择新闻专业；我依然认为我的旅程应该在印度结束。从陆路去印度就得经由边境城市奎达穿过巴基斯坦。奎达是一个危险的地方，大约就是那时，有个为联合国工作的美国人在奎达遭到绑架。在从伊朗抵达奎达的那天，我在街上行走，感觉身上的西方装束很不适宜，这时候，一辆豪华的越野车在我身边停下了。茶色的车窗降下来，两个穿着袍子、头发蓬乱的年轻人与我打招呼。

"嘿，你是游客？"其中一人微笑着用英语说。他邀请我上车与他们一起去吃午饭。我有点犹豫，但从他们坦率而好奇的神情来判断，他们应该不会绑架我。我上了车。接下来的一个星期里，我们到处闲逛，一起抽烟和射击。他们开始向我透露一些秘密，比如瞒着家人暗地里养着情人。这两位朋友对奎达的下层社会很了解，他们带我去参观了收治塔利班伤员的那家医院。巴基斯坦应该是美国的盟友，但军方耍弄两面手法，背地里支持阿富汗的叛军。奎达激流涌动、暗战频繁：教派之间的杀戮、俾路支分离主义分子对政府的袭击、黑手党和部落复仇……

我的这两位主人是当地普什图部族的后裔，这个部族的走私生意做得很大。大约一百年前，英国人在该部族的大家族之间画了一条界线。这两位年轻人有一些亲戚在塔利班，他们的一位叔叔是奎达的警察局副局长。我的这两位新朋友为他们的成功而感到骄傲，说他们每个月要从阿富汗运送两吨鸦片到伊朗，每次获利大概是二十五万美元。一个全副武装的丰田陆地巡洋舰车队飞驰在这片三国交界处怪石嶙峋的荒地上。他们说，伊朗的边防警察很危险，必须躲开，而巴基斯坦人是可以收买的。但阿富汗的通道是最重要的。

"那里谁是老大？"我问道。

"大老板。阿卜杜勒·拉齐克。"

当时我已经告诉了他们我是作家，但不是雄心勃勃的记者。听到他们解释说拉齐克有美国军方撑腰时，我闻出了故事的味道。我的两位主人买了一只虎仔准备送给拉齐克，我问他们下次去斯平布尔达克的时候能不能带我一起去。他们同意了；除了我们的友谊和感到无聊这两个原因外，我不确定他们为什么会这么爽快地答应。他们信任我，我也信任他们。他们认识边防警察，能轻松地进入阿富汗，我无须出示护照。我们经过城市郊区的罂粟田。这个国家几乎供应了世界上所有的非法鸦片。边境地区有赚钱的机会。斯平布尔达克有一个棚屋镇，那里，海运集装箱被改造成商铺和居室，男人和男孩们忙着卸载二手的微波炉、吉他、影碟播放机、自行车、煤气灶、电动轮椅、发电机、儿童玩具和轿车，以及大量的二手汽车。这些货物大多以低廉的价格进口到阿富汗，然后走私到关税很高的巴基斯坦。走私者和警察往往是同一批人，拉齐克的人员对一切商品都征税，不管是合法的还是非法的。

我不得不等上十天的时间，等待拉齐克回来为他外婆办理丧事。在追悼会仪式上，我的朋友指向一位身材粗壮、留着大胡子的客人。"那是拉赫马图拉·桑加利亚尔，"他在我耳边轻声说，"曾被囚禁在关塔那摩。"

我走近讲台，拉齐克看上去比他三十岁的实际年龄更为年轻。他的大胡子修剪得短短的，帽檐下露出了Ｖ形发尖，身穿一件简单的白袍，外加一件条纹色的背心。他彬彬有礼地微笑着与我握手，然后转向下一位客人。我又回到了巴基斯坦。

我有证据可以表明拉齐克参与了毒品走私，但我必须继续报道。我在巴基斯坦得到了阿富汗的签证，飞去喀布尔，登记入住了穆斯塔法酒店，也就是我第一次与奥马尔相遇的那个旅馆。

在讲完了整个故事之后，我说如果奥马尔改变主意不去坎大哈我也是能够理解的。拉齐克也许不想再次见到我。但奥马尔很坚定。于是我们一起飞去了南方，在那里，奥马尔全力为我做普什图语翻译，而我则努力将我们的采访翻译成杂志文章。有时候，听到我们一起说英语，当地人还以为穿T恤衫戴头巾的奥马尔是外国人，而身穿袍子的我是他的翻译。这一直让他感觉很有趣。

我们听说了许多关于鸦片走私的事情，以及拉齐克的人把被殴打致死的尸体抛入沙漠的更为恐怖的事情。在解释拉齐克突然走红的原因时，人们总是说他与美国人关系密切，经常走访城里的中央情报局和美军特种部队基地。美国人需要同盟，尤其是在像斯平布尔达克那样的战略要地。美国新总统派来的第一批作战旅已经布置在了南方；到第二年年底的时候，美军在阿富汗的数量将是现在的三倍。"这是一场我们必须打赢的战争。"奥巴马说。

夜晚，我与奥马尔躺在坎大哈旅馆的双人房间里，在各自的床上倾听着郊区传来的交火声。塔利班已经兵临这座城市的大门口。我们试图理清白天听到的关于部落争斗、各种血海深仇和商业交易的故事，这些故事比我初次到达时听到的二元对立——警察与罪犯、塔利班与政府、西方与恐怖主义——更好地解释了这场战争的格局。国内很多人对这个他们入侵的遥远国家感兴趣，但我该如何向他们解释呢？我和奥马尔谈工作谈累了，就开始聊起自己来。伴随着远处鼓点般的枪声，我们说到我们的过去和未来。

"兄弟，加拿大怎么样？"

"很冷的。"

"好啊。"他说，我可以感觉到他的眼睛向上凝视着黑暗。"我喜欢寒冷。"

第三章

莱拉姑娘

　　我们最后一次一起工作是在二○一五年秋天，那会儿是在调查美军空袭一家医院的事件，但当时奥马尔似乎心神不定——他整夜都在打电话；有次倒车时，他竟然撞到了昆都士省议会大楼外的墙壁上。另外，在我离开他和摄影师维克多之后，他们竟因为稀里糊涂地误闯突击队而被短暂扣留；还有，他在车子里循环播放他最爱的悲伤情歌《我心永恒》，直至最后我和维克多要他关掉，他才戴上了耳机。

　　昆都士是战区，我们不能分心；在返回喀布尔的路上，我便问起奥马尔有什么烦心的事。他说他母亲向莱拉家提亲了，但莱拉的父亲（同时也是他们的房东）彬彬有礼地耐心听完后，拒绝了，说他的女儿还年轻。"她已经十九岁了，"奥马尔向我抱怨，"那只是一个借口。向她求婚的人肯定有很多。"

　　我问奥马尔这对我们的欧洲之行会有什么影响，他说他不知道。他还需要一些时间，他必须想办法说服莱拉的父亲。"没有订婚我是不能离开的。"他告诉我。

到了喀布尔，因为我已经搬出了原来的房子，奥马尔就把我送到了我现在住的地方。我喝了杯饮料，去了庭院。可怜的奥马尔，他是逊尼派的，更糟糕的是，他囊中羞涩。他想迎娶一个富裕的什叶派姑娘，这不是门当户对的爱情。我从来没有见过他现在这个样子。多年前，他先后有过一连串的女朋友，这在像喀布尔这样传统的地方是很不容易的。那个时候阿富汗首都经济富有，挣钱比较轻松，他努力追求美好时光。不过有了莱拉以后，情况有所变化。在搬入原先的房子之后，我第一次听到了有关她的情况，但我并没有想太多。那应该是在二〇一二年的秋天，当时我们举办了一个大型派对，我和同屋的贝特称其为招待会，以示与典型的喀布尔狂欢作乐的区别。

外派期间，外籍人士的社交圈充斥着使馆晚宴、联合国机构的烧烤派对，还有以"馅饼和塔利班"等为主题的接风或饯别宴会。我们的活动办得比较有品位。奥马尔与图拉巴兹在房间里拉起带子，挂上彩灯，还在壁炉里添加了木柴。出于对邀请的阿富汗高官要员的尊重，我们在厨房里储存了酒，长条桌下的冰桶里也有软饮料，长条桌上摆放的则是从集市买来的新鲜蔬菜，以及红艳艳的当季石榴。

贝特是一位荷兰的自由职业记者，她曾穿着罩袍去南方采访塔利班。那天晚上，我和她有一个目标，我们要让别人看到，我们也能像报社一样吸引人群。我们邀请了阿富汗的将军、部长、社会名流和各国外交官。但他们会出席吗？这些要人们的安保小组已经先行来考察过，认真地记录下了此处缺乏安全房间和武装安保人员——我们仅有的安保措施是一条狗和我放在床下的一支猎枪。喀布尔常有自杀式炸弹袭击和绑架发生，许多国际人士不敢离开他们自己的院子一步。但如果大人物来得够多，派对活动也会有自己的安保人员。

那年的春天，我与三位朋友一起入住：贝特、艾尔斯贝（也是荷兰人，为一个非政府组织工作）和米夏（来自俄罗斯的摄影师）。我们在卡拉法图拉找到了一个带有小院子的两层住宅，那里靠近绿区^①，头顶上方时常传来黑鹰直升机着陆时的呼啸声。房租很便宜，但需要装修一下，我与米夏在空空如也的地毯上凑合睡了两个星期，其间奥马尔帮我们联系了木工和管道工。厨房操作台上的黑白相间的大理石是从赫拉特买来的，切割时震响隆隆，粉尘飞扬，我们的头发也变得僵硬。

我们的派对是在二〇一二年十一月十四日举行的。奥巴马刚刚赢得了连任大选。那年是他下令增兵的第三年，在增兵的高峰时期，驻扎在阿富汗的美军有十万之多；另有同等规模的工程建设人员，承担从安保到施工等的所有工作；此外还有四万盟

---

① 绿区（Green Zone），指阿富汗总统府和美国等多国使馆的所在地，受重点保护，比较安全。

军——军人的数量是当年入侵阿富汗苏军的两倍，联军的统帅由读过《三杯茶》[①]的美国最优秀最聪明的学者型军事家担任。

"把钱当作武装系统一样用。"前美军上将戴维·彼得雷乌斯曾经这样提议。这个时候，美国已经在阿富汗花费了五千亿美元。阿富汗的整个经济是围绕着外汇建立起来的，金字塔的底部是当地人，他们从事挖掘战壕和驾驶货运卡车等工作；然后是军方所称的第三国人士，通常是指从贫困国家和中等收入国家招募来的人员，如来自菲律宾的会计和来自尼泊尔的卫兵；最顶层是欧美的外派人士，他们有会英语、有西方学位以及人脉关系的优势，能够在大型的非政府组织、承包公司和联合国机构拿到国际薪酬。他们坐在装甲越野车上在城里转悠，通常是白人男子，这些人有的几十年一直跟随在战争和灾难一线，有的是刚毕业的大学生，享受着免税的薪水和战区提供的火线晋升机会。在美国，人们依然被经济大衰退折磨得痛苦不堪，有一千两百万人失业；但在这里，能够找到六位数薪资的工作，还有免费的住房、司机、厨师、花匠、门卫和家仆。

作为自由职业者，我们没有这样的生活方式。当客人们陆续来到的时候，我告诉不识字的图拉巴兹，要他假装核对宾客的名单。夜色增加了庭院的野趣，现在我们还点亮了夏威夷火炬和圣

[①]《三杯茶》(*Three Cups of Tea*) 讲述了美国人葛瑞格·摩顿森为了信守自己的承诺，冒着生命危险冲破重重困难和阻挠，在中东地区先后建立起六十多所学校的故事。

诞灯。我让奥马尔去燃起篝火。本地的乐师盘腿坐在地毯上，开始演奏一些经典的波斯旋律。贝特在烤肉桌旁主持宴会，厨师把烤肉串放在炭炉上，用一把蒲扇煽火。奥马尔悄悄走到我面前耳语："乐师们想喝点威士忌，要倒在喝茶的茶杯里，不要用玻璃酒杯。"

我瞥了一眼弹奏鲁巴布的乐师，他是一位留有大鬈曲八字胡、身穿花边背心的帅气男士，他也朝我眨了眨眼睛。"好吧，跟我来。"

穿过人群，我走向冰箱，用一个大咖啡杯装了些百龄坛，兑上可乐后递给了奥马尔，然后去门岗的图拉巴兹那边检查情况。

"外边怎么样？"

"您自己看吧。"图拉巴兹说。

我窥向外面。街上停满了各种装甲汽车和皮卡车。配备的火力差不多与一个步兵排相当：身穿豹纹迷彩服的士兵、英国军队的安保小组、手持无托步枪的外派安保公司人员、枪托上扎着闪亮带子的坎大哈人。

我走回到院子里，篝火把人群吸引到了墙边。我在人群中发现了阿富汗总统竞选中的"千年老二"阿卜杜拉博士，他正弯腰与阿富汗著名学者、八十五岁高龄的南希·哈奇·杜普雷夫人说着话。我们的招待会举办得很成功。

当大人物——至少是那些也许受到了怠慢的大人物——离开之后，酒和大麻被拿了出来，巴德的狗绳也被松开了，让它去享用剩余的烤肉串。派对要持续到宣礼师的召唤①才结束。是不是在那一晚，我们把大家叫到棚屋，围着米夏从莫斯科带来的"喀秋莎"牌火锅大加赞赏？是不是在那一晚，联合国一个机构负责人跟着流行歌曲《有空打给我》笨拙起舞时，弄丢了装有安全徽章的钱包？不管怎样，我们的确都涌入灯光旋转的前厅去跳迪斯科了。我们调大音量，举起杯子，借酒浇愁。在院子外面，战事吃紧，这是我们集体的失败。这里不是我们的家，也许我们是没有家的，至少没有共同的家。

奥马尔去哪里了？在乐师和贵宾们回家之后，我频频向他敬酒，拍拍他的背，怂恿他去跳舞，去找个舞伴。别的阿富汗朋友都在跳，可他没去，他和他们阶层有别。在前厅密集的人群中，我注意到了奥马尔，他靠在墙边，手里拿着玻璃杯，脸上带着微笑。

奥马尔家租住的房子距离我的住处十分钟的路程。他们的院子里长满了无花果树，但即使是在枝繁叶茂的夏天，他也依然能够分辨出房东家三层楼房的屋顶。这座楼里，住着那位富裕的商人、商人的妻子和两个孩子。在搬进宅子——大约是二〇〇九年我们在穆斯塔法酒店第一次见面那会儿——不久，奥马尔在巷子

---

① 信仰伊斯兰教的地方，通常在清晨、中午、下午、傍晚和晚上各时段由宣礼师（muezzin）从清真寺的高处叫唤，以通知穆斯林到清真寺进行礼拜。

里意外遇到了房东的女儿莱拉，那是一位肤色白皙、身材玲珑、如瓷器般精致的年轻姑娘。她真的还很年轻，在公共场合与他说话还不会担心名誉受损，她问他新家是否住得舒服。后来，他和他母亲礼节性地拜访了房东家，莱拉用盘子端来了茶水和糖渍坚果，奥马尔发现她的眼睛一直盯着他。

他对她来说显得年纪偏大了些，所以当发现她自那之后偷偷观察他时，他只是感觉这事很有趣。比如她会从自家的屋顶上偷瞄他在院子里锻炼二头肌，还与女友一起从边门偷看他，等他走过，就听到金属门"啪"地关上，门内笑声朗朗。

受限于父亲严格规定的家—校两点一线，莱拉只能看着奥马尔驾驶卡罗拉汽车来来去去。那是产于一九九六年的金色四速自动挡轿车，在加拿大行驶了十年之后，被运来阿富汗。我们驾驶这辆车到处跑，在玛希帕山道的下坡急弯处超越卡车，在1号公路上避开弹坑，在蓝湖周边的土路上行驶。那些日子里，奥马尔开车开疯了，他自称是得了"开车病"。驾车行驶使他感觉自由，感到眼前是一个充满各种可能的世界。他的自由部分来自他的经济状况：即使他为外国人打零工的机会变少了（这种情况时有发生），他也还有开出租车这个第二职业。

他的城市——亲爱的喀布尔，是他最爱游荡的。地图是他不曾被教授的语言，但他知道街道在哪里交会，知道哪个街区夏天下大雨时会有内涝，知道城里发生炸弹爆炸时哪里会堵车。他知道穿过卡尔特·帕尔万后面的墓地和普勒苏尔克河畔那些遍布垃圾的地方的捷径。奥马尔常常是一手扶着褪了皮的乙烯基方向盘，另一手夹着香烟，下巴随着音响的旋律而摇摆。他的录音带里老歌和新歌都有，有安立奎·伊格莱希亚斯的流行歌曲《英雄》，也有阿富汗歌星艾哈迈德·查希尔的经典歌曲。查希尔的歌声曾陪伴了奥马尔父母那代人，虽然歌词通常来自更早的诗人，像设拉子的哈菲兹①那样的神秘主义者。

> 这颗心在没有你的时候诞生，
>
> 现在该是你回来的时候了。

伊斯兰教的苏菲派诗人表达了他们对团聚的渴望。生活本身就是流亡的一种形式，是对神圣的爱的一种疏远。他们为寻找爱而到处流浪。

> 在这张孤独的床上，安抚我的是离别的痛苦，
>
> 在这个空旷的角落，陪伴我的是团圆的回忆。

这位神秘主义者崇敬的是神，神的真理无处不在，既超脱于世界和我们自身之外，又存在于世界和我们自身之内。人性之美可以

---

① 哈菲兹，全名沙姆斯丁·穆罕默德·哈菲兹，是十四世纪伊朗最受推崇的诗人。哈菲兹是他的笔名，意为"能背诵古兰经的人"。设拉子是伊朗城市，哈菲兹一家主要生活在此。

反映神圣之美；人类之间的互爱，可以点燃我们对神的爱。苏菲派诗人当然是穆斯林，但这种爱的观念超越了许多信仰；犹太学者马丁·布伯曾经写道："她眼中的'你'，让他得以窥见永恒的'你'的一缕光辉。"[①]

在一个极为传统、男女界线分明的社会，奥马尔相信爱是自由的。但他感到被欲望所奴役。十岁那年他在伊朗避难时，一个比他大的邻居女孩给他钱，与他一起玩身体的游戏。那是他的第一次。现在他欲火烧身，饥渴难耐；欲望驱使他在市内到处转悠。看到漂亮女子招手要求搭车时，他会停下车来谈好车费。如果她愿意，他们可以在车上聊天。他彬彬有礼，言语温柔，诙谐幽默，很有吸引力——事实上他长着一头卷发和一个丰满的下巴，看上去有点像年轻时的艾哈迈德·查希尔。如果他们谈得来，他会把自己的电话号码告诉对方，或者记下对方的号码。有时候姑娘会打电话给他；有时候她们留下的电话号码是真实的。尽管他让别人搭车的次数很多，这样通上话的机会其实很少。她们会在父母或老师不在时打来电话，每当奥马尔说话变得轻柔、声音相当梦幻的时候，我就知道他接到了那样的电话。

他有一大堆用过的电话卡，这说明他是靠日积月累的投入与女孩建立起联系的。最后，女孩会同意见面——但婚前性行为不但是

---

① 原文为 "the You of her eyes allows him to gaze into a ray of the eternal You"。其中，the You（"你"）指内在的神性或灵性。这句话的大意为：通过一个人的眼睛或灵魂，可以感受、理解到更高层次的神圣存在。

一种禁忌，而且是非法的，他们又能去哪里呢？他们可以在高档的咖啡馆里正襟危坐，但哪里可以单独相处呢？他不可能带她去自己家里。入住旅馆时，服务员会要求出示结婚证。在公众看来，若在家里被父兄发现，那么他们有权处死他。警察是最大的危险——如果捉住了通奸的男女，他们会敲诈勒索，甚至会试图强奸女孩。

然而奥马尔身上有一股比恐惧更为强大的力量，在这力量的驱使下，他找到了地方：母亲娘家村里一个有围墙的果园，或者是周末由朋友提供钥匙的一间空荡荡的办公室。最急切的时候，他们会开着卡罗拉汽车在市内兜风，没头苍蝇般地到处乱窜。一旦识破这些蛛丝马迹，你会发现喀布尔有许多这样的男女，他们像候鸟般离开自己的家，女孩用头巾遮掩，男孩时不时地察看后视镜。

"整座城市，我看不到一张清醒的脸，每个人都野蛮疯狂，一个比一个糟糕。"查希尔低声吟唱古代波斯著名诗人鲁米的一首诗歌。

有些苏菲派人士相信，通过贬低自己在世人眼中的身份，人们就可以摆脱自己的虚假虔诚。酒水洗刷了伪善的污渍；把自我赤裸裸地展示出来，人们就能认识真主。

来吧，亲爱的，来到废墟中的酒馆，来看看爱情的欢乐。
亲爱的，除了与爱人的甜言蜜语，哪里还会有什么快乐？

奥马尔把有些女子（即那些等候在路边，对他闪烁的车灯做出回应的女子）当作临时女朋友。但后来他后悔了。他相信真正的爱情会让他过上更好的生活，所以他不愿意接受与陌生女子的相亲安排。他要的是现代的爱情，就像屏幕上莱昂纳多·迪卡普里奥或阿米尔·汗得到的那样，是选中的，是追求来的。他驾车在市内兜风，等待着她在人群中出现。查希尔又在吟诵鲁米的诗歌了：

> 你们都去朝觐了，你在哪里？你在哪里？
> 亲爱的就在这里，来吧，来吧。

在流亡生涯中，我们寻求的那张脸戴着面纱。我们应该站到哪个门边，等候爱情的启示，倾听欢乐的呼唤？

> 你的爱人与你一墙之隔，只是咫尺之遥，
> 你却在沙漠里四处徘徊，你在期望什么？

但在他仅有的几次恋爱中，一旦女孩承认开卡罗拉的奥马尔是卑微的，认为她的双亲是不会答应这桩婚事的，他们的恋情也就随之结束了。在阿富汗，婚姻是家庭的大事；选择他就是选择冒险，所以必须排除他。在女孩的婚礼前夕，他们含泪告别，知情小姐妹转交过来纸条，女孩发来令人肝肠寸断的信息；然后奥

马尔会独自悲伤，一遍又一遍地听《我心永恒》。

在和家人搬入租来的房子几年后，一天晚上，他的手机铃声响了。

"喂？"

"你好。"他听出了她那低沉的声音，是莱拉。她已经设法记住了他的号码，并从同学那里借用了手机，因为家里还不允许她拥有自己的手机。她来电话说，自他们第一天在巷子里见面，她就爱上了他。她想与他在一起。她以前从来没有过男朋友，但她的女伴已经有了男朋友，暗地里——高中学校里，有一群经验老到的女生组成的地下组织，她们贩卖男生的电话号码，就像贩卖黑市商品那样。

但奥马尔觉得，相对他来说，她还是太年轻了——他那时已经差不多三十岁了，是她年龄的两倍。他不想让她伤心，所以他说了实话：他不是一个好男孩，他已经有过好多女朋友了。

她说她不介意，对于他家是逊尼派而她家是什叶派，或者他没有钱，她也都无所谓。在美国人到来之前，在父亲变富之前，她也在租来的房子里住过。

于是，他们开始在电话中秘密地互诉衷肠。后来，莱拉有了自己的手机，她把它藏在闺房里，只在父母亲睡着后才打电话。她父亲是个虔诚的教徒，自己不在家时禁止女儿看电视，出门前会把电视机锁在柜子里。莱拉从来没有观看过宝莱坞的电影，也就是说，她不知道自己长得像卡瑞诗玛·卡普尔，但她确实很像，奥马尔这样告诉她——同样地头发光洁，娇小玲珑，目光撩人。他对着她唱歌，就像阿克谢·库玛尔对着卡瑞诗玛唱歌那样：

　　　世界在变，季节在变，我的心永不变。

　　除了上学、去清真寺和走访亲戚，莱拉很少去其他地方。她与奥马尔的深夜通话是了解外部世界的一个窗口。但是，尽管她喜欢听他在全国各地的冒险故事，听他对国外美好生活的梦想，这并不代表着她想让他带她离开这里。她缺乏生活经验，但她的生活前景似乎已经被家庭和孩子填充了。她很难想象背井离乡，不确定异国他乡是否真有那么好。有时候已经过了午夜，他们还在讨论这些事情，但当奥马尔要她上床睡觉，免得第二天上学起不来时，她都会恳求再聊一会儿。

　　二〇一二年我搬家后，奥马尔邀请我去见他的母亲玛丽亚姆，她为我们准备了阿富汗美食羊肉拌饭。在阿富汗，邀请朋友到私宅是特别亲密的表示。他的母亲是一家之主，父亲住在城里另一处。我猜测他们可能离婚了，不过我看得出奥马尔对此感到很痛苦，所以没有具体打听。

　　他开车接上我。驶过卡拉伊法图拉干净的马路后，我们进入了泥泞的路面，然后抵达了他家附近的集市。屠夫把脏兮兮的羊肉牛肉放在外面，少年在手机店门口徘徊。在露天水沟那边，小

41

商小贩在装载着西瓜和内衣内裤的手拉车旁大声吆喝，空气中弥漫着污水和油炸面团的气味。

我盘腿坐在奥马尔家的客厅里，他的母亲玛丽亚姆走了进来。这是一位个子不高、身体结实的妇女，花色的围巾宽松地裹在她那深色的头发上。互相寒暄几句之后，她转向了奥马尔。"这就是常听你说起的那个外国人？"她笑着说，"他看上去真像阿富汗人。"

奥马尔端来了食物：拌有辣椒的切片黄瓜和洋葱、秋葵炖西红柿、一堆新鲜出炉的馕，还有羊肉拌饭——那是一盘米饭，周边点缀着煮熟的胡萝卜和葡萄干。在白亮的长粒米饭之下，是大块大块的肥羊肉。当我把食物拨往自己盘子时，一股浓郁的香味飘了起来。

"吃吧，亲爱的，"玛丽亚姆说，"吃吧，多吃点。"她是公立中学的教师，有阿富汗职业妇女那种共有的健朗风貌。玛丽亚姆是第一代有机会接受教育和走出家门参加工作的中产阶级家庭的女子。她告诉我说她很幸运，她的父亲像重视儿子的教育那样重视女儿的教育。他经常告诫她们俩姐妹要"活到老学到老"。

我们见面的时候，玛丽亚姆五十四岁，只比我自己的母亲年长一岁，但在她的一生中，她见证了欧洲花费几个世纪所进行的变革：从自给自足的农耕时代到互联网时代。她的学生面临着她童年时代没有经历过的事情，诸如家庭破裂或吸毒问题。避难归来和进城来到相对富裕、安全的首都之后，孩子们习惯了不同的风俗和方言。被之前的战争拖延了的城市化进程，在这次战争中加速了。自二〇〇一年开始，喀布尔的人口增加了一倍，增至四百多万。市民与世界联通了。玛丽亚姆的许多学生与她小时候一样渴望学习，但对这新一代的人来说，受教育的愿望受到了渴望移民国外的挑战。

在选择（哪怕只是个梦想）出现之前，一切都可以忍受。当身怀奥马尔的玛丽亚姆逃离了苏联人统治的时候，她的天地的边界是巴基斯坦和伊朗。现在，她的孩子们在与从纽约长岛到墨尔本的移民联系，通过手机屏幕知道了外面的生活。

人们移民，是因为各地情况不同。世界以贫富划分，每个国家都是少数人拥有多数的财富，富国消耗了这个星球上的大多数资源。地球上一半以上的财富集中在北美和欧洲，其人口只约为世界总人口的百分之十五。即使考虑到生活成本，美国人的平均收入也是阿富汗人的三十倍。经济学家谈及了公民价值的衡量——假定其他的一切，诸如教育等都是平等的——某个人收入的多少完全取决于他生活在哪个国家。同一个人，其在美国或欧洲的价值是在一个贫穷国家的十倍；越过边境，这个人也许就能得到更多。不平等的是边境的斜坡，要衡量的是围墙的高度。

玛丽亚姆有六个孩子，但只有长子哈里德是一九八〇年在自己的祖国出生的。两年后，奥马尔在巴基斯坦出生；在全家移居伊朗之后，第三个儿子曼苏尔出生，接着是两个女儿哈尼亚和法拉赫，最后是小儿子齐亚。或许，在流亡中度过的童年使他们感觉生活漂泊，他们都像奥马尔一样，梦想移民国外。他们知道，阿富汗是世界上最贫穷的国家之一，而且因为战争，将继续在贫困线上挣扎。但要让她的孩子去西方国家过上好生活，他们要撞六次大运。

哈里德是第一个走的。玛丽亚姆的一个姐姐是战争遗孀，二十世纪九十年代，她作为难民在瑞典安顿下来了。她回来为她那已成年并且是瑞典公民的女儿找对象。表兄弟姐妹间结婚，在阿富汗还是很普遍的——这样能亲上加亲——她对玛丽亚姆说要招哈里德为女婿。哈里德和表妹在瑞典驻巴基斯坦领事馆结了婚，并由此获得瑞典签证，飞去斯德哥尔摩。玛丽亚姆与自己的长子告别，她知道她无法去探望他，但即便如此，她还是很高兴，有一种爱叫期盼分别。

她的小儿子齐亚是第二个移民的。晚饭后，玛丽亚姆要奥马尔拿来笔记本电脑，找一段视频放给我看。这是齐亚通过精度不高的网络摄像头拍的一段视频，视频中他正跟着一首德国流行歌曲对口形。"他已然成了欧洲人。"玛丽亚姆略带伤感地笑着说。

齐亚是玛丽亚姆的骄傲，与他的几位兄长不同，他小时候从未因不得已而打工。他可以专心致志地学习，并在标准化英语考试中取得了足够优秀的成绩，进入了英国的一所大学。第一年的费用，包括学费、食宿费和机票费，差不多是一万美元。他们全家动员，奥马尔也将在坎大哈前线为外国人工作挣的钱凑了进来。学校告诉齐亚，第二年他很可能获得奖学金，但事与愿违。他拿不出第二笔一万美元了，签证也即将失效，但他又不愿返回阿富汗，于是便去了德国，丢弃护照申请避难。

当我在二〇一二年与玛丽亚姆初次见面时，哈里德和齐亚是她的孩子中仅有的两位已经移民国外的。其他孩子还与她一起生活在喀布尔，他们在那里为外国人打工。玛丽亚姆坚持让孩子们学习英语，让他们为阿富汗的外部驱动型经济做好准备。但在那个时候，显然外国的资金就像军队那样开始撤出，许多在美军占领时期获利颇丰的精英也在离开。

今天，发展中国家面临的主要问题不是人才流失，而是财富流失——流向海外的房地产和银行账户。在美军入侵前，阿富汗与全球金融系统还未挂钩，一个腐败的塔利班官员还没太大能耐，其非法收入只能用于投资鸦片或者购买新车。现在，几十亿资金合法地流出去了，富裕的阿富汗人在迪拜和马来西亚那样的地方购置不动产，在海外修筑他们的安乐窝。

对富人来说，移民是容易的，因为在二十一世纪，公民身份是可以买卖的。美国的"投资移民"项目差不多需要两百万美元，而去希腊的"黄金签证"只需二十五万欧元。据说阿富汗的国会议长在通过向外国人提供燃料致富后，用两百万欧元在塞浦路斯搞定了他本人和全家的欧盟护照。只要有足够的钱，就可以成为世界公民，就像弗朗茨·法农所描述的那样："没有定所、没有家乡、没有肤色、没有国家、没有根基的人——天使的血统。"

家里的第三次机会在二〇一四年到来了，那年奥巴马总统宣布结束美军在阿富汗的作战任务。喀布尔的犯罪、失业和自杀式炸弹袭击更加频繁了。玛丽亚姆的一位已经移民德国的前同事回来为她的女儿物色丈夫。在阿富汗，兄弟之间的婚事要按照顺序进行，如果哥哥被弟弟超先，那是很没面子的。弟弟苦等兄长好几年，是常有的事。现在按理应该是轮到奥马尔了，但他兴趣索然。他告诉我说，他也不在乎传统，就让比他小两岁的弟弟曼苏尔去当新郎吧。不管怎么说，曼苏尔更为相配，他孝顺又勤劳，与长兄哈里德一样。这次是女方的全家飞来喀布尔举办婚礼。奥马尔并没有羡慕，他祝贺弟弟攀上了欧洲的亲事。那时候他自己依然深信，他当过翻译，能够得到美国人承诺的签证。至于婚姻，他会跟着感觉走。

在与奥马尔通过电话谈了几年恋爱后，莱拉坚持要见面，他最后同意了。她现在十八岁，已经是年轻女子，正准备去宗教学校读一年级。他们开始短暂见面，他家里没人时就去他家里，有时则去她家车库里。与她独处时，他感觉激情燃烧。

就是那时，我第一次听说了关于莱拉的事。我习惯于听到奥马尔的浪漫冒险故事，所以当时并没意识到她的重要性，但我仍清晰地记得有次在我问他为什么看上去那么筋疲力尽时，他跟我讲的那个可怕故事。他告诉我，头天晚上，邻居家的女孩打电话给他，要他过去。当时莱拉的家人正专心地看他们最喜欢的电视节目，她确信一小时之内他们是不会挪窝的。于是，她借口做作业，偷偷溜到车库，把奥马尔放进来，然后他们坐进了家庭汽车的后座。黑暗中，她在他的耳边喘气，他感觉最后的防线崩溃了——

"砰、砰、砰。"

他们慌乱地穿上了衣服。有人在敲车库的门。很快她父亲就会来开门。奥马尔麻烦了。

"钻到车下去。"莱拉轻声说。他跳下车，爬到了底盘下面。她坐到前面的座位上，开启了立体声音响，这时候地面上出现了一道弧形的亮光。

"你在干什么？"他父亲从门口盯着她。

"我想听听收音机。"

奥马尔看着穿拖鞋的脚从车库门外走过去，原来是几个亲戚来串门了。如果说老头子有什么猜疑，那么他肯定已经打消了，因为他们都回到了屋子里，留下奥马尔趴在汽车底下，贴着混凝土地面，心脏狂跳不止。

第四章

奥马尔家庭

由于担心赴欧计划拖延，我去了趟奥马尔家，向玛丽亚姆打听莱拉这门亲事的进展。"年纪只是个借口。"玛丽亚姆讲述了她在房东家求亲遭拒的经历。"真正原因是我们是逊尼派，他们家是什叶派。"

奥马尔要她再去试试——在阿富汗，提亲时，应由求婚者的亲属做代表——但玛丽亚姆已经确信，她还会被拒绝。房客儿子的求婚肯定已经引起了这位房东的警觉，他现在怀疑女儿与对方有私下来往。但在玛丽亚姆看来，那姑娘并没有什么特别之处，她家也只是个没什么文化的暴发户。她担心的是奥马尔不肯离开阿富汗。她已经与小女儿法拉赫和她收养的十几岁的侄子苏莱曼一起，做好了逃离这个国家的准备。现在欧洲的国境已经开放，她只需去到土耳其海岸，搭上一条开往希腊岛屿的船。海上旅程是危险的，但距离不长；到了希腊，从雅典出发，他们便可以坐大巴和火车，穿过人道主义走廊抵达德国。

玛丽亚姆想直飞伊斯坦布尔，但这得申请土耳其签证，代价昂贵。作为公务人员，玛丽亚姆本人能够直接申请，按照官方公布的价格支付六十美元即可。但大多数人必须通过由土耳其使馆指定的旅行社办理，要想成功获签，就得支付一大笔的额外佣金给中间人。那年秋天，许多阿富汗人急于逃往欧洲，行情涨到了连一份普通的旅游签证都要五千美元。虽然这会耗尽玛丽亚姆的积蓄，但是值得的，否则，她就得穿越伊朗的沙漠和高山。她甚至还想办法把奥马尔的钱也准备好了，但他拒绝在与莱拉订婚之前离开。难道他没看见阿富汗的情况正一天比一天糟糕吗？她跟奥马尔说，要是塔利班来到喀布尔，他们会杀了像他那样曾为外国军队效力的人。

"他疯了，"玛丽亚姆告诉我，"你是他最好的朋友，请你去说服他，这是他离开的机会。"

"如果他连母亲的话都不听，我还能说什么呢？"我回答说，"不过让我试试看。"分别时，玛丽亚姆朝我露出了会心的微笑，我不由纳闷，她是不是知道我与奥马尔的计划？这应该没有第三人知道。我跟玛丽亚姆及其家人提过，我要写一本关于奥马尔赴欧旅程的书，在书中讲述他们的故事也征得了他们的同意，但我丝毫未提及自己要乔装打扮成阿富汗难民的计划。

无论喜欢与否，我正卷入他们家的西行移民计划，而且已经到了关键时刻。面对这个国家急剧恶化的形势，玛丽亚姆和她的孩子们已经奔向了阿富汗人的所谓偷渡渠道。那年夏天，也就是在边境奇迹发生的几个月之前，大女儿哈尼亚已经由此逃离了阿富汗。

玛丽亚姆一直后悔，不应该把两个女儿从伊朗带回来，她们是在那里长大的，在那里能够享受到比在这里多得多的自由。尤其是哈尼亚，她根本无法习惯阿富汗令人窒息的父权文化。即使穿着她讨厌的宽松的罩袍，她还是经常在街上遭到男性的骚扰，有时候是直截了当的求婚，但更多时候是侮辱或偷偷地摸一把。她的妹妹法拉赫试图不加理会，但哈尼亚像母亲那样随时可能爆发。她酷爱足球，在伊朗学过空手道。在她们家旁边集市的几位摊贩看到她追击并狠揍几个男人之后，人们开始传言说，女教师玛丽亚姆受人尊敬，但她的女儿是恶人。

在这样一个国家，已婚妇女是从属于丈夫的，陌生人称呼她的名字是一种羞辱；人们仍会赞许地说，某某人的女儿"没见过世面"。玛丽亚姆想为女儿们寻找受过教育、能够尊重她们的合适的对象，但没有成功。因此，当如今已经二十五岁的哈尼亚告诉母亲她要去欧洲避难时，玛丽亚姆即使心里感到恐惧，也还是同意了。

移民什么时候变成了逃难？与她的兄弟一样，哈尼亚想逃离这里，去西方过好的生活。她已经对自己的祖国失望了，战争越来越激烈，塔利班在进攻政府军：因二〇一五年战事造成流离失所的阿富汗人达三十多万，是上一年总数的两倍。阿富汗妇女面临着额外的暴力：那年春天，一位年轻女子蒙冤被控侮辱《古兰经》，在喀布尔市区被一群暴徒殴打并烧死。像哈尼亚那样的阿富汗单身女子，如果向欧洲或加拿大提出申请，是很可能获得避难许可的。但她没有去到那里的合法途径。受现有的签证以及管控航空旅行的法规限制，她和其他难民无路脱身。这一"针对难民的第二十二条军规"是有先例可循的——它曾让犹太人难逃纳粹魔爪；而在这里，它可以确保越是想去西方避难的人，越难以登上飞往那里的航班。一九八〇年，也就是苏军入侵阿富汗的第二年，德国颁布了对阿富汗人的签证要求。在免签旅行方面，阿富汗护照是世界上最差劲的护照之一。

哈尼亚知道她不能坐飞机去欧洲。她没钱办投资移民，也没有持西方护照的人想娶她。所以她是玛丽亚姆家第一个走偷渡渠道的孩子。那时候，欧洲的边境还没有开放。为了省钱，哈尼亚没去申办土耳其签证，而是只付了几百美元取得了伊朗签证；她飞去德黑兰，在那里与一位表兄以及他的家人会合了。他们与其他偷渡者一起，跋山涉水，历尽艰辛地进入了土耳其，然后越境到了保加利亚。最终，哈尼亚抵达德国，她的哥哥来接她。虽然精疲力竭，但她成功了。她提醒膝盖不好还患有糖尿病的母亲，不要走这条从伊朗出发的陆路。

哈尼亚飞去德黑兰时，玛丽亚姆到机场为她送行，这位家中的长女在安检口停下脚步，取出一双新鞋。

"妈妈，你拿上这个，"她脱下旧鞋递给玛丽亚姆，"我不想带上这个国家的尘土。"

除了莱拉，还有一个人也是奥马尔不想丢在喀布尔的——他的父亲贾马尔。父亲长期没有与他们一起生活，两三年前住到他们那里来了。他与玛丽亚姆的关系虽然已是形同陌路，但并非如我所猜真的离婚了。玛丽亚姆告诉我，即使家人都逃往国外，他还是拒绝再次流亡，所以她并不在乎丈夫会怎么样。但奥马尔不想丢下他不管，虽然父亲以前抛弃过他们。

几年前我在晚饭桌上见过贾马尔，那时候他刚刚搬来他们租的房子，与他们同住。他的个头比奥马尔还高，有着和他一样浓密的眉毛和方正的下巴，但因为背上的椎间盘突出，走路一瘸一拐。贾马尔对我彬彬有礼，但晚饭期间我们一直沉默无语，很尴尬，玛丽亚姆从厨房进进出出，显得很紧张的样子。一吃完饭，贾马尔就回自己房间去了。

从奥马尔和他的兄弟姐妹们开始记事时起，他们的父母就一直吵架；即使是开心时刻，比如生日晚会上或逛公园时——作为难民生活在伊朗社会边缘的一家人，也会被恐惧笼罩。他的双亲之间的冲突，有多少是因为被迫流亡和贫困，有多少是因为互不相容，没人能说得清楚。痛苦就是痛苦。然而在国外数十年的艰苦时期，为了孩子，他们还是一同生活，直到二〇〇二年回到喀布尔之后，他们才最终分开。在此之前，全家人曾搬进属于已经移民美国的贾马尔兄弟的房子。战争期间，贾马尔的大姐也一直住在那里，最近她嫁给了一个比她年轻得多的男子。这是一座大房子，有六个卧室，但还是不够大。那位新的姐夫认为，房子应该是他老婆的。玛丽亚姆和孩子们则认为他们也同样有份。贾马尔曾试图从中斡旋，但事情很快就恶化了。

因为院子里水井的手动摇水泵，他们打架了。新姑父大声喝止奥马尔，不要那么用力摇手柄；奥马尔回嘴时那家伙走了过来，把他打倒在地。这时，奥马尔的哥哥哈里德抄起棍子，朝那家伙后背猛击了一下。后来，警察来了，把两个男孩抓了起来，还把贾马尔一起带走了，因为他是他们的父亲。第二天，警察将他们释放了，但男孩们被勒令离开这栋房子。玛丽亚姆收拾起他们为数不多的物品，他们没什么钱，也没地方可去。贾马尔在制止冲突时扭伤了原本就不好的背，躺在卧室里休息。小女儿法拉赫进去看他，她站在门口注视着父亲，床上的父亲狼狈不堪，脸转向了别处。

"爸爸，你跟我们一起走吗？"她最后问道。

贾马尔没有作声。他受够了玛丽亚姆和儿子们的蔑视，他要跟自己的姐姐一起住。他让家人走了，从此和他们分别了十多年。

如果问他们，那么玛丽亚姆和贾马尔都会坚持说，自一九七九年秋天在喀布尔市区举行了简单的婚礼以来，他们从来没有一起过上一天快乐的日子。但玛丽亚姆最喜欢的老师、现在定居在美国加州的一位年长妇女却记得，婚礼当天的玛丽亚姆看上去脸色红润。当时的照片已经没有了，但很容易想象新婚夫妻那天的情景：贾马尔肩膀宽阔、唇上的八字胡优雅迷人，身材娇小的玛丽亚姆佩戴着珠宝，依偎在他身旁。我倾向于相信他们最初是快乐幸福的，或者至少是充满希望的；最悲伤的是从来没有失去过什么。如果祖国一直岁月静好，那么他们的爱情或许会天长地久——在他们的童年时期，人们会为每一个进步欣喜若狂；当喀布尔有了神奇的电灯和电影院时，举国上下意气风发。在独立日，人们跟随着艾哈迈德·查希尔的音乐载歌载舞："生命终将歌唱，奴役终将结束！"总统穆罕默德·达乌德·汗信奉纳赛尔和尼赫鲁的民主主义第三条道路①；据说他是个快乐的人，"用苏联火柴点燃美国香烟"。大学毕业后，玛丽亚姆仍然单身，她在财政部上班，赡养守寡的母亲。一九七八年四月二十七日，她与往常一样工作时，战火突起，大块的窗玻璃被震碎。她和其他女孩纷纷逃回了家，家里的收音机报道了政变的新闻：努尔·穆罕默德·塔拉基成了总统，他还将成为"人民真正的儿子和'四月革命'的总司令"。两个月后，歌星查希尔，他们那个年代的代言人在车祸中丧生。

玛丽亚姆的父亲在她还小的时候就过世了，一个失去了男性保护的家庭被迫走向社会。多年来，玛丽亚姆回绝了舅舅们要娶她做儿媳妇的要求，他们似乎还以为她会回到村里与牲口住在一起。但在政变发生的时候，她已经差不多二十岁了，早就过了大

---

① 纳赛尔，埃及政治家，埃及共和国第二任总统。尼赫鲁，印度开国总理。民主主义第三条道路指资本主义和社会主义中间的社会发展道路。

多数女孩子出嫁的年龄。坊间传闻她要做"老姑娘"了；一年年过去，闲言碎语越来越多。贾马尔的哥哥是她的同事，在共产党上台执政后，当贾马尔的家人向她的母亲提亲时，她还从来没有见过未来的丈夫。贾马尔是他的两位兄长抚养长大的，他们想让他结婚，以改变他每天很晚回家的习惯。从贾马尔的照片上，玛丽亚姆可以看出他长得很英俊。那年十一月，他们结婚了。一个月后，苏联入侵阿富汗。

在接下来的两年里，战事愈发激烈，但玛丽亚姆和贾马尔一直蜗居在喀布尔。与美军在越南的做法一样，苏军对乡村实施狂轰滥炸，赶出老百姓，让游击队暴露出来。农村地区的战斗最为惨烈，而在首都，"圣战"游击队员会进行炸弹袭击，人民民主党因此追捕间谍及其同党。玛丽亚姆的两位表兄弟就在她附近的村子里被捕了，此后再也没有出现过。后来，当局开始征兵，要求贾马尔那样的退伍老兵入伍，他们决定逃出去，跟随蛇头一起翻过大山去了巴基斯坦。当时他们的第一个孩子哈里德才一岁，玛丽亚姆还怀着六个月的身孕。一九八二年春天，在白沙瓦一家闷热潮湿的旅馆里，她生下了奥马尔。

钱财耗尽后，他们不得不去为阿富汗难民设置的营地。在营地里，他们被分配到曼塞赫拉附近一条陡峭而美丽的山谷。看到妇女们从下面的河里取水，玛丽亚姆感到绝望。这是她一直恐惧的农村苦活。在她看来，那些戴头巾、留大胡子的男子是令人恐惧的部落人，其中一些人最近刚从与苏军交锋的战场回来，眼神显得遥远而空洞。为了能住在难民营并接受联合国的援助，阿富汗人必须去某个"圣战"游击队那里登记。这样的"圣战"组织有七个，由巴基斯坦支持。一位巴基斯坦的准将写道："这些营地里，有可以加入'圣战'的大量潜在兵员。成千上万的男孩来到营地避难，在此长大成人，然后追随他们的父兄奔赴战场。"

在那十年里，六百多万人越过边境来到伊朗和巴基斯坦，形成了世界上最大的难民潮，这个记录阿富汗人将保持三十年。

从一开始，"难民"的现代概念就一直与权力和政治缠绕在一起。一九五一年，多国代表团在日内瓦开会，为联合国起草关于难民的条约。日内瓦湖畔的争论扭转了一个中心问题：谁是难民？与其他移民相比，这些外来者应该被允许获得作为公民的多项权利，其中最基本的是居留权。难民是不能被遣送回国再遭危险的。签约国将被要求接受对自己主权前所未有的限制。由于第二次世界大战中人们流离失所的景象还记忆犹新，有些代表团坚持认为，"难民"的定义应该扩大，应包括那些逃离暴力的人，但美国坚持只局限于反抗苏联暴力的人。由此，根据一九五一年《日内瓦公约》的国际难民法框架，难民被定义为"由于种族歧视、宗教信仰不同、国籍有别、从属于一个特别的社会群体，或因政治观点的不同，而有合理的理由担心受到迫害的人"，而不是简单地逃离战争或灾难的人——这是为"冷战"的异见人士定制的标准。

对那些逃离苏联的人，西方的态度可能会很宽容。一九五六年，苏联武装侵略匈牙利，匈牙利人纷纷逃离，美国公众强烈呼吁要为他们提供避难。当北越人民军攻克西贡的时候，十四万南越盟友及其家属被疏散到了美国。越南战争结束之后，人们仍然乘坐小木船，以及由走私团伙租用的铁壳货轮等舟艇逃离。到一九七九年六月，每个月差不多有五万四千西方媒体所称的"船民"在东南亚海岸登陆，其中绝大多数是越南人，但也有逃离老挝和柬埔寨的难民。当地政府用枪口胁迫载着难民的船只返回；海盗乘机强奸和谋杀了几千人。在一九七九年的一次大会期间，西方与越南的邻国达成了交易：敞开海岸，敞开大门。作为这些国家为船民提供临时避难的交换条件，西方承诺重新安置他们。在接下来的三年时间里，六十多万难民移民海外，绝大多数去了美国、加拿大和澳大利亚。

西方的电视报道说，船民的苦难触动了本已为越南战争感到内疚的良心。一种新的人道主义政治正在兴起，它将撼动旧意识形态，并且在"冷战"结束后依旧存在。作家海因里希·伯尔用自己出资的船只营救了船民并把他们安置在了西德，谈及此事时，他写道："我的想法就是，只要情况允许，人们的生命就应该被拯救。"

随着世界的变小，人们得以通过新的途径互相可见，因而看到贫困的陌生人并不一定总是会引发同情。随着发展中国家人口的激增，从以前的殖民地前往欧洲和北美的移民也在增加。西方对移民的抵制，从某种意义上来说，是与人道主义背道而驰的；二者都是对"他者"形象的情绪反应，按照法国哲学家伊曼努尔·列维纳斯的说法，"他者的面孔既是杀戮的诱惑，又是和平的呼唤"。

法国著名记者和作家让·拉斯帕伊于一九七三年在巴黎出版了臭名昭著的小说《圣徒营》。他在书中想象了一支庞大的移民船队，"为逃避饥荒、苦难和不幸"，正开足马力驶往欧洲。拉斯帕伊写道："第三世界人满为患，西方是它的泄水道。"拉斯帕伊常常因为粗俗的种族主义而不受人待见，他认为政治正在变成一场围绕富人对穷人所抱情感的斗争。拉斯帕伊认为，由于人道主义的伪善，以及"各种媒体中奢侈品广告旁关于全球贫困的言辞激烈的小文章"的影响，西方已然变得虚弱，"没有力气和意愿说'不'了"。

这部小说中的法国总统预见了自己国家的毁灭，于是派遣一艘军舰去拦截移民的船队。但舰长发来报告说，看到妇女和儿童的处境，水兵们非常同情，因而拒绝开火。军官们告诉总统说，法国面临两难选择："要么接受这些人，要么在夜里把他们的船只全都击沉，这样在谋杀的时候我们就看不清他们的面孔了。"

在我小的时候，父亲给我讲过一个关于那些小船的故事。一九九〇年夏天，他是加拿大海军"休伦"号驱逐舰的一名军官。在南中国海航行时，他们看到了远处的一艘船只。这是一条木船，船首画有眼睛，长度大约是六十英尺[①]。露天甲板上密密麻麻全是

[①] 六十英尺约为十八米。

衣服沾满了泥土的人。他们在几个星期之前逃离越南，眼下正驶向马来西亚，但暴风雨损坏了船的发动机。烈日炎炎，他们漂浮在航道旁，由于脱水和痢疾都奄奄一息，其中十五人已经死去了。他们原本可能成为大海的又一个秘密；但那天下午，一架加拿大的直升机发现了他们，于是海军中队派舰船来营救他们。

有一段视频，是从我父亲站立的"休伦"号舰桥上拍摄的，有人把它上传到了YouTube网站。镜头的焦点是木船的后甲板，一个男孩脸朝下一动不动地躺在那里。难民们在伸长脖子仰望，他们的脸上挂着微笑，双手合十祈祷着。在无线电通信噼噼啪啪的声响中，可以听到从水面上传来的他们的呼救。九十人转移到中队的补给舰上。两个死去的难民被安排了海葬，其他人则获得了在加拿大的避难资格。

长达数月的出海期间，父亲把自己四个黑发孩子的照片放在他的军帽里。我还记得他回来时身上军服散发的那股柴油味，也记得它的黄铜纽扣和羊毛在我脸颊上摩擦的感觉。

母亲在不列颠哥伦比亚省生下我时，他正在日本海航行，直到三个月之后才看到他的头生子。母亲抱着我在码头上等待。一位报社的摄影师为我们三人拍了张合照。后来，有人把照片从报纸上剪下来寄给了他，并在照片上潦草写道："又一个混血儿出生了。"

与许多北美人一样，我的祖先是移民，但他们跨越的是不同的大洋。我的姓氏艾金斯是由爱尔兰传入的苏格兰姓氏，我父亲这边也有"纯粹的"魁北克人血统[①]。从十九世纪起，通过轮船和火车，第一次工业革命把地球上的人混杂到一起，他的先辈随着五千五百万欧洲人移民到了北美。我的中间名字Yutaka（日语汉字写作"豊"）取自我外祖父的名字，他于一九二二年出生在美国加利福尼亚州，是第二代日裔美国人。曾外祖父是商船船员，他在旧金山结束了海员生涯。我的曾祖父和曾外祖父都在萨克拉门托山谷的农场里劳作过，他们通过照片分别认识了来自和歌山和广岛的后来的新娘。在一九二四年的移民法案（边防巡逻队也于这一年设立）禁止亚洲人入籍之前，他们把她们带到了美国。"金色西部本地人"（Native Sons of the Golden West）和美国退伍军人协会等组织游说了几十年，该移民法案最终获得通过。第二年，富兰克林·德拉诺·罗斯福在《梅肯电讯报》撰文说："去远东旅行过的人都知道，亚洲与欧洲或美国血统的结合，十有八九会产生最不幸的结果。"日本偷袭珍珠港时，罗斯福是美国总统，他做出的反应是授权扣押生活在西海岸的十多万日裔居民，其中三分之二已经是美国公民。参议员埃德温·约翰逊说："他们的黄皮肤将会一直不变。你认为他们最终会与我们融合，在各方面都像白人那样被接受吗？"

我的外祖母原名静，后改名为玛丽·安，她在洛杉矶郊外长大，战争爆发那年她十三岁。在校车上有些白人孩子朝她吐唾沫，

---

① 指加拿大魁北克的法国移民血统。——译者注

因为她长着敌人的面孔。政府命令日裔美国人去拘留营报到时，告知了他们哪些东西是可以带的，而其他的一切几乎遗失殆尽。静和她的家人去了位于圣塔安尼塔赛马场那边的安置中心，政府将他们安顿在一个日晒雨淋的马厩里。她的父亲拒绝回答"忠诚问卷调查"中的问题，于是他们被带到了图利湖隔离营。后来他改变了主意，政府随之将他们转移至靠近密西西比河的阿肯色沼泽地。一九四三年，日裔美国人被送到搭建了油毛毡棚屋和铁丝网的内陆岛上，如托珀兹湖、希拉河和哈特山那样的地方。外祖父一家人被安排在科罗拉多州的阿玛奇隔离营，营地的名字来源于当地的一位夏延族印第安女子，她嫁给了白人庄园主，她的父亲绰号"孤熊"，死于军队在桑德克里克实施的大屠杀。

兰斯顿·休斯[①]在一九四四年写道："最近发生在日裔美国人身上的事情，和那些所有曾发生在我们身上的事情，迫使美国的黑人和日本人置于相同的境地。"即使后来重新获得自由，许多第二代日裔美国人还是避开了西海岸，他们搭乘火车和灰狗长途汽车，四散去了工厂、灌溉工程和新开发的郊区。我的外公外婆在丹佛顶峰台垫公司的生产流水线上相遇。外公年长七岁，有过一段失败的婚姻，还有赌博的坏习惯，但很有魅力，所以外婆面对父母亲的反对依然爱上了他。他们不想一辈子在工厂打工或做家务。为了过上更好的生活，他们不停地迁徙，到芝加哥后，命运

---

① 兰斯顿·休斯，二十世纪美国著名的黑人诗人、作家。

发生了转折——他们干起了小鸡性别鉴定的工作。这是二十世纪二十年代日本人创造的方法，日裔美国人很快将其掌握并几乎垄断了市场。经过多次重复，鉴定人得以凭直觉识别小鸡的生殖器，而生手很难做到。一个熟练的鉴定人可在一小时内区分上千只小鸡的雌雄，准确率达百分之九十八，由此收入颇丰。外公外婆在密西西比州获得了小鸡性别鉴定的特许经营权，随后搬迁到了州府杰克逊。一九五九年，他们的第五个女儿，也就是我的母亲在那里出生了。那是美国对有色人种实施隔离制度的《吉姆·克劳法》行将废止的时期，密西西比州的白人仍在竭力维持学校里的隔离。外公外婆在一个白人社区买了一栋房子，孩子们被允许就读附近的学校，没有经历什么波折。那时，已开始有许多白人老兵带着日本和韩国的新娘从海外归来。

外祖父丰从小就喜欢汽车，对他来说汽车意味着自由。有一天，他把一辆大卡车停在草坪上，那是他用全家的积蓄买来的——这时他已经对小鸡失去了兴趣，他的未来是从事冷藏运输。此后他很少回家，一心开车，抽云斯顿烟保持清醒，努力偿还赌债。一九六四年夏天，全美各地来到密西西比州的志愿者称这个夏天为"自由之夏"[①]，丰正驾车行驶在通往加利福尼亚州和伊利诺伊州的高速公路，从新奥尔良到孟菲斯的51号高速公路，以及三角洲地区的砂石路上。

---

① "自由之夏"运动指美国南方黑人争取平等权利的斗争。

九月二十二日，丰向杰克逊的法庭申请破产。当天下午，他去印第安诺拉卸货，因心脏病发作倒地去世，时年四十二岁。他的七个孩子中最大的才十二岁，最小的只有两岁。我的外婆不得不同时处理破产事宜和办理丧事。之后，她搬到西雅图安家落户，经营一家花店，再也没有嫁人。与许多第二代日裔美国人一样，对她来说，活下来意味着能够成为正式的美国人，因为政府调查问卷的问题一直在她的脑海里闪现："除非必要，你能不说日语吗？"她为孩子们起了教名，并确保他们能够上大学。除一人外，所有的孩子都与白人结了婚。

我的母亲遇到了一位年轻的海军军官，那就是我的父亲，当时他的战舰靠泊在西雅图港。母亲跟着他去了加拿大一座城市的郊区，那里也是我们几位兄弟姐妹打冰球的地方。我记得一些事——一位女性因为停车位辱骂我母亲；学校里发生了霸凌行为；我意识到自己的长相与众不同，不是那么讨人喜欢，但内心深处，我觉得自己与白人朋友是一样的。上大学时，外婆过世了，我从来没有问过她关于隔离营的事情。孩提时期，我感兴趣的历史是父亲书架上的图书：温斯顿·丘吉尔的回忆录，以及讲述法国殖民地英雄传奇故事的《白色与金色》。成年后，我努力进取，去大城市谋生，最后到了顶级城市纽约，成为历史学家尼尔·阿尔文·潘特所称"美国白人范围第四次扩大"的受益人。今天，继承了多元文化的美国，在接纳了贫穷的英格兰人、爱尔兰人、德国人，以及意大利和犹太人之后，也使越南难民的女儿阮氏善青得以成长为蒂拉·特奎拉——著名的首位双性恋真人秀电视明星。

在奥马尔小时候，他家最喜欢看的是加拿大电视剧《通往埃文利之路》。这部剧在伊朗很受欢迎，那时候他们家在那里避难，他还是个蹒跚学步的小男孩。剧中的主人公萨拉·斯坦利是一个城市姑娘，长着如同爱德华王子岛上干草地般的金黄头发，她被送到乡下与亲戚一起生活。萨拉、萨拉、萨拉，眼睛像只小灰猫。他对看得兴致勃勃的家人发誓说，长大后他要去加拿大娶她。

他们住在伊朗城市设拉子，那是诗人哈菲兹和萨阿迪的埋葬地。他们全家八口人住在老城区的一栋小房子里。与巴基斯坦将许多阿富汗人安置在营地里的做法不同，在伊朗，阿富汗人可以进入市区。当地人去了前线与伊拉克打仗，市区里需要劳动力。然而，奥马尔一家人的生活依旧艰难，尤其是在贾马尔在建筑工地弄伤了背之后。在伊朗，妇女外出工作相对容易。玛丽亚姆替人打扫卫生，还帮邻居熨烫旧衣服，以便去集市出售。有时，她会去阿巴斯港开展"行李箱贸易"——从黑市上购买商品，放入行李箱，然后由奥马尔和几个兄弟搭着饼干和口香糖一起沿街叫卖。

即便婚姻美满，这样的生活也会很艰难，贾马尔和玛丽亚姆从来没有和谐共处过。按照传统，应该由女方让步，但玛丽亚姆是不会那样做的。贾马尔受伤后躺在家里，没了工作。妻子完全不理会他那一家之主的威严，甚至在他打了她而双方暴力升级之后依然如此，他对这一点感到十分愤怒。多年后，他向我表达了疑惑——他是不是应该再凶狠一点，闹出点大动静来？在逃离喀布尔之前，他的姐姐为弟媳妇玛丽亚姆的任性而奚落过他："我们父亲有好几个老婆，而你连一个老婆都搞不定。"但在设拉子，他是孤独的。

长大后，奥马尔看上去比几位兄弟更像父亲。他还继承了父亲对音乐的爱好，喜欢听录音磁带：喜欢像艾哈迈德·查希尔那样的老派人物，也喜欢年轻一代的漂泊在西方国家、歌唱回家渴望的歌手，比如法尔哈德·达里亚。他的歌曲《亲爱的喀布尔》在二十世纪九十年代很是流行：

让我从伊朗唱到巴基斯坦，

亲爱的，你有来自喀布尔的消息吗？

阿富汗人在伊朗越来越不受欢迎了，警察也变得更加蛮横。但奥马尔因为有一双淡色的眼睛，日子比哈扎拉人要好过一些。哈扎拉人的面孔长得更像亚洲人，常常有地痞恶棍尾随他们到家，冲他们喊："阿富汗垃圾！"

奥马尔的头发是棕色的，口音听上去像是设拉子人。趾高气扬的样子是他从喜欢的宝莱坞电影中愤怒的年轻人那里学来的。相对于他的年龄而言，他长得比较高大，而且血气方刚。他还从当地一些混混那里学会了使用刀子，但没有沾染在城市里相当流行的海洛因。

读书期间他一直在打工挣钱，为自己买了自行车和收音机。他替人擦皮鞋，帮人采摘开心果。十岁时，他就已经能够拎起商店里五十磅重的冰激凌桶。十三岁时，他开始在建筑工地上打工。长大后，他想当一名医生，去帮助人们；或是当一名飞行员，去周游世界。他知道在外面的某个地方，某个属于他的地方，他能过上更好的生活。他的一位朋友住在机场附近，他们常常一起出去，在围栏边待上好几个小时看飞机飞升和降落。

"冷战"的结束改变了西方对难民的观点。穷国之间发生的武装冲突，不再被看作超级大国之间、超级大国的意识形态之间的战争。法国战地记者、哲学家伯纳德·亨利·莱维写道："可怕的战争，没有信仰或法律，对冯·克劳塞维茨的逻辑与对黑格尔的一样无知。"

自一九八九年苏军撤离阿富汗之后，几百万阿富汗人返回家乡。贾马尔也想回去，但玛丽亚姆拒绝了。她不相信那些极端派的叛乱分子会让她的女儿们继续上学。三年后，"圣战"游击队与民兵发生了混战，西方把注意力转向了别处。伦敦的《泰晤士报》称："那个国家部落之间的争斗和世仇，与世界无关。"

然后就是军阀时期。"爱没有了，奉献没有了，热情消退了。我们在血海中奄奄一息。"诗人哈利卢拉·哈利利写道。二十年后，当美国人开始撤离、政府摇摇欲坠之时，那些九十年代的断壁残垣对阿富汗人而言会是一种警告：能逃尽逃。喀布尔成了一座废墟的迷宫，被各个武装检查点瓜分。闯关意味着要冒生命危险，但这也许是逃避饥饿的唯一途径。玛丽亚姆从一封来信中获悉，一些民兵抢劫了她的兄弟，打瞎了他的一只眼睛。然后是塔利班横扫阿富汗，残酷的正义几乎是他们唯一的吸引力。一九九六年，他们攻占了喀布尔。

五年后，奥马尔一家得到了等待已久的好消息：十年前移民美国的贾马尔的哥哥，准备在那里为他们申请难民身份。但他们必须离开伊朗去巴基斯坦，那里有美国的领事馆。他们卖掉带不走的物品，去贾马尔在白沙瓦的一位姐姐家暂时安身。当玛丽亚姆和贾马尔去美国领事馆提出申请的时候，他们被安排过几个月后再来面谈。那是二〇〇一年夏末。

九月十一日，他们从电视上看到，纽约世贸中心的双子塔在燃烧。当他们回到美国领事馆的时候，美军特种部队及其军阀联盟已经抵达喀布尔。领事馆官员告诉他们，阿富汗人的难民申请已经中止了。玛丽亚姆回忆起他说的话："你们的国家现在已经自由了。回家去吧。"

难民们返回阿富汗。他们乘坐破旧的丰田皮卡车，或是早就在德国被淘汰的奔驰大客车。他们步行或搭乘驴车，携家带口翻山越岭。他们成群结队地通过韦什和托克罕的边境检查站。他们乘坐波音747飞机，穿着西服和锃亮的皮鞋落地了。他们带着硕士学位证书，穿戴着假肢，抱着脸蛋红彤彤的婴儿回来了。

五百万人回来了。这是联合国历史上最大的遣返项目。"重建一个稳定、自由、和平的阿富汗，是美国的长期承诺。"时任美国总统乔治·布什说，站在他身边的是阿富汗新的领导人哈米德·卡尔扎伊。在此之前，塔利班曾禁止音乐；此刻，阿富汗电台播送的第一支歌曲是达里亚的《亲爱的喀布尔》：

        亲爱的，你有来自喀布尔的消息吗？

        你听到我的消息了吗？

二〇〇二年春天，奥马尔全家乘坐的大巴车驶上开伯尔山口，抵达了他们自己国家的边境。在边防检查站，粗陋的塔利班白色旗帜已经换为阿富汗王国时期黑红绿三色国旗。看到这面旗帜，奥马尔的心里充满了希望。

第五章

告　别

奇迹从来都不会长久。

冬天来了又走了，玛丽亚姆和其他人还在等待土耳其的签证。我写完了昆都士的那个故事，还处理了一些杂事：我们为看门人图拉巴兹在一个非政府组织找了份工作，送看门狗巴德去了城北的一个农场。我暂时搁置生活中的其他事情，开始认真考虑这次旅行的准备工作。

然后从欧洲传来了坏消息。先是巴尔干地区的边境关闭了。接着，欧盟在三月十八日宣布，所有已经登陆希腊岛屿的难民都必须待在那里的营地。我们的旅程变得艰难了许多——我开始纳闷奥马尔是不是想离开。

"已经是春天了。你打算怎么办？"我们坐在家门口的卡罗拉汽车上，我问道。

他没在听我说话。他正聚精会神地思考在他离开之后，莱拉的父亲会不会让她立刻嫁人。只要他还在喀布尔，他就有能力阻止这事发生——使用武力，如果有必要的话。

"使用武力？你这是什么意思？"我问他。

他苦笑了一下。"我可以证明我和她已经在一起了。那就谁也不能娶她为妻。不然的话，我就抢亲。"

我不知道他是不是认真的。我从来没有见过他这个样子。

"她怎么说？"

莱拉的父亲搜查了她的房间，发现了她的手机。现在奥马尔必须等待几天的时间，等莱拉通过同学与他联系。

"她说如果我离开，她父亲强迫她嫁给别人，那是不能怪她的。"

我不止一次感到纳闷，不清楚莱拉到底是怎么想的。如果她不愿违抗父命，那他们怎么结婚？奥马尔告诉我莱拉最后同意了离开是最好的办法。但我认为也许她是想他留在这里。我已经不想与他争论了。或许我只是在浪费自己的时间。

奥马尔告诉我，他已经找到了能够娶到她的方法。他会想办法成为富人。除了杀人越货，他什么都愿意干。他要去加兹尼或坎大哈购买印度大麻，以双倍的价格在喀布尔销售。

我告诉他说，他这是疯了。他点头承认。

"我为爱情而疯。我已经与她恋爱了四年。我是她交往的第一个男人。我接受不了别人把她娶走。"

"英语中有一个说法：'爱一个人就应该让她自由。'"

"放弃她？"他问道。

"如果她回到你身边，那说明她是爱你的。"

"我不能放弃她，兄弟。我不能。"

"那就不是爱。"

"不是吗？"

"那是自负。"

"我知道我是爱她的。"

诗人埃利亚斯·阿拉维写道："她告诉我说，这里的空气中飘浮着死亡，你可以关闭所有的门窗，但它最终还是会进入你的房间。"

四月十九日上午快九点钟的时候，我坐在朋友家的书桌前练习达里语，一阵风把窗户朝里吹开了。街上回响着汽车喇叭声和狗叫声。我查看了一下推特，人们很快就将市中心浓烟升腾的照片发了上来。马哈茂德·汗大桥那边发生了爆炸；从沉闷的巨响来判断，应该是一次大爆炸。我打电话叫奥马尔过来，坐进他的卡罗拉汽车，一起朝市中心驶去。载着伤员的救护车在对面车道上呼啸驶过。我们经过了由德国大使馆张挂的广告牌，上书：离开阿富汗？你确定吗？

"看那些人。他们毫不在乎。"奥马尔驾车仔细绕过了一些正在挥锹铲石子的打工者。即使炸弹携带者就在身边行走，人们也得活下去。但爆炸越来越多，外国人和精英人士已经躲到了混凝土围墙里面或检查点。现在伊斯兰国①已经在阿富汗设立分支，什叶派的学校和清真寺成了他们的目标。联合国将会记载，那年阿富汗的平民伤亡人数达到了历史最高峰，有一万一千多人死伤，其中三分之一是儿童。

警方在爆炸现场的周围拉起了警戒线，奥马尔让我下车。我出示了记者证，继续穿过街道。街道空荡荡的，只有几个一脸迷茫的店铺老板在打扫碎玻璃。天开始下雨，打湿了我忘记换下的平底便鞋。我能够听到前方激烈的枪炮声。经过一排汽车配件商铺后，我走进了一个大院子，那里有用波纹铁皮搭建的棚子。马路那边还在交火，一个情报机构的院子遭到了袭击。在一个汽车修理棚，我发现一群阿富汗记者围在里面等待着。雨点打在屋顶上发出了擂鼓般的响声，空气中有一股涤纶服装的气味。我看到了马苏德·侯赛尼，四年前，因为一张照片，他获得了普利策新闻奖。照片中，一个穿绿色衣裙的女孩身上沾满了鲜血，低头看着家人的尸体尖叫号哭。

"今天，喀布尔市内马哈茂德·汗大桥的恐怖袭击清楚地显示了在正面交锋中敌人被击败了。"总统穆罕默德·阿什拉夫·加尼的办公室发推特说。塔利班在院墙边引爆了一辆满载炸药的面包车；此后三名身穿偷来军服的武装人员冲进去，对着幸存者开枪扫射。爆炸的冲击波横扫附近的一个交通环岛和市场。那天的爆

---

① 伊斯兰国，简称ISIS，是一个极端恐怖组织。

炸导致了大约七十人死亡，另有三百五十多人受伤，包括安全部队人员和平民。有些人奇迹般地活了下来，比如一个修自行车的人，他被爆炸的气浪掀到了春雨过后暴涨的河水里。其他人干脆消失了。一个星期后我回到已被摧毁的市场，看到一位妇女在为儿子号啕大哭："孩子，孩子，我眼睛瞎了。你人在哪里啊？"

"昨晚我听到了奇怪的声音。"奥马尔告诉我说。他一直在房子里与父亲待在一起。关于父亲，奥马尔和他在欧洲的兄弟们一直在讨论该怎么安排。兄弟们都不想让老人留下来，但因为奥马尔还在喀布尔，这副担子就落到了他的肩上。与几位兄弟相比，他一直与父亲最为亲近。在贾马尔于二〇〇二年抛弃他们之后，奥马尔与小妹法拉赫有时候会去姑妈家探望他。尽管有旧伤和怨恨，但奥马尔还是爱父亲的。这位曾经用皮带和拳头统治过他们的大个子男人，正在变得苍老。父亲去医院接受伤病背部的手术，是奥马尔开车送的。姑妈过世后，在美国的伯父决定出售他们的房子，是奥马尔和法拉赫劝说贾马尔来与他们一起生活的；让父亲像乞丐那样寄人篱下令人羞耻。起初贾马尔不相信他们，还怀疑这是个圈套，但他也没有其他地方可去。

玛丽亚姆虽然勉强接受了她那已经生疏了的丈夫的存在，但她对这样的安排很不高兴。她尽可能给他点轻微的羞辱，比如最后才给他端饭，让他感到自己是不重要的、多余的。孩子们也不再尊重父亲的权威了。贾马尔只得自己做饭，并搬到了外面院子里的一个房间，即使是冬天也住在那里，一个人孤独地待着，其他时间里就看电视和抽烟。

但现在全家人都要逃往欧洲。而父亲发过誓，决不再次离开自己的祖国。他威胁说如果只留下他一个人，那他就去坎大哈，而且他们以后再也不会听到他的消息。奥马尔认为这是恫吓；他的兄弟们则不敢确定。但即使他们的父亲愿意与家人一起飞赴土耳其，他们能够凑出五千美元去为他办理签证吗？老头子身无分文。

奥马尔告诉我，头天晚上他父亲肯定是认为房子里没人。奥马尔坐在自己的房间里，听到了他以前从来没有听到过的声音——老人家在哭泣。

土耳其的签证终于下来了，而且很快就会过期。玛丽亚姆尽可能等着奥马尔。这时候已经是五月份了，夏季的花卉姹紫嫣红，她要儿子开车送她去郊外她娘家的村庄。十四岁的侄子苏莱曼因为要跟她一起去欧洲，和她一起来了，这样他也可以与依然住在村子里的父母、兄弟姐妹们道别。奥马尔驾车沿着远离机场的那条道路行驶，经过了一些闲置的水泥场地，那里的样板防爆墙和掩体，看上去像是花园的守护神似的。十字路口，有小孩在售卖苦瓜。

玛丽亚姆小时候住在楠格哈尔省，她的父亲在那里当公务员，夏天时母亲会带上她和兄弟姐妹返回喀布尔郊外家乡的村子。玛丽亚姆的舅舅们用木犁耕作麦田；妇女们在院子的泥墙边料理葡萄园，在水车磨坊里制作面包。玛丽亚姆小时候经常与表兄弟们一起玩耍。他们在田野里自由奔跑，还爬上运河的堤岸，看丰涨而又清澈的河水。夏天，河水温暖；到了秋天，当葡萄成熟，挂满枝头，河水就变凉了。那时的气候没那么干燥。

奥马尔驱车经过了蜿蜒曲折的河滨，那里有舒马利平原边缘的检查哨卡。广袤的农业河谷地区，经过巴格拉姆空军基地一直向北延伸四十英里。在繁荣的岁月里，此地曾承载着喀布尔新景象的一个宏伟愿景——根据法国和日本建筑师的设计，这里将出现一个能容纳三百万人的现代化住宅群，配置自来水和电力供应。但结果什么也没有实现。公路远处的平原一片荒凉，只能看见砖瓦厂的烟囱，厂里的工人都是来自乡村的移民。为了获得按每千块砖头计价的报酬，他们全家老小，包括孩子、父母和祖父母，每天一起从早到晚地劳作，用木模制作砖头泥坯，然后搬进窑内烧制，使用的燃料是废旧轮胎的碎渣，燃烧时产生致癌的二噁英和重金属。

沿着通往西北方向的弯弯曲曲的公路行驶两三英里后，奥马尔来到了这个村庄中用土墙分隔的农田和果园。前方的山脊上，绿色的旗帜在墓碑上方迎风飘扬，玛丽亚姆的母亲就埋葬在那里。奥马尔驾驶卡罗拉进入一条土路，驶过一所小学，穿过河岸边的一片房屋，那里有几个孩子站在桑树林下的一个阴凉处。他们经过了一座旧时的土城堡，由于苏军的炮击和日晒雨淋，锯齿形的围墙已被毁坏。那是玛丽亚姆外祖父家的废弃城堡，据说闹鬼了。

如今，他和三个妻子的子孙后代已达三百余人，他们拥有这里绝大部分的土地。奥马尔有一次痛苦地告诉我，其中的部分土地本应该是玛丽亚姆的，根据伊斯兰法律，她的母亲分到了一半的土地，她也可以从母亲那里继承一部分。但她的那一份被亲属抢走了，理由是玛丽亚姆嫁到了外村并在战争期间逃往国外，因此丧失了所有权。

奥马尔在苏莱曼家的房子前让他们下了车。苏莱曼的父亲伊斯梅尔是一个精力充沛的农民，年近六旬，长着一双罗圈腿。他是与玛丽亚姆关系最好的一位堂兄弟。二十世纪九十年代喀布尔发生军阀混战时，她的母亲曾来他家居住；后来，她也是在这座房子里去世的，当时玛丽亚姆在伊朗生活。伊斯梅尔把长子苏莱曼送到喀布尔与玛丽亚姆一起住，为的是让这孩子在首都上一个好学校。听说她要离开阿富汗去欧洲，这位农民凑钱为儿子买了签证。"你可以去那里读书。"他告诉儿子。

玛丽亚姆待在村里的一周时间里，有一百多人过来看她。她的亲戚都知道，这可能是他们最后一次看到她了。他们尊敬她，认为她有男子般的气概，因为她当上了教师，虽然运气不好嫁了一个不争气的丈夫，但把六个孩子抚养长大了。他们在一起吃饭，唱歌，聊天，回忆已经过世的亲人。曾经，她这一代人的预计寿命约为三十岁。在波斯语中，说想念某人要说成"你的地方位置是空的"。她想念她的堂兄们，也就是伊斯梅尔的几位兄长。在葡萄和麦子成熟的季节，她曾和那些男孩一起玩耍。后来，人民民主党政府把他们带走，他们就从此消失了。但现在，他们的两个孩子结了婚，由于小夫妻是堂兄妹，两兄弟将会有相同的孙子、孙女。

在这里，群体赋予了个体生命以意义，但即使是女孩，玛丽亚姆也不想嫁给村里的堂兄表兄。她想过现代的生活。她的孩子们则甚至从未考虑过这样的农村生活；他们一个接一个地流亡去了西方国家的城市。

玛丽亚姆每天去母亲的坟头祈祷："奉至仁至慈的真主之名。"在这里，死者依然为生者而存在着，玛丽亚姆不知道她在欧洲时会不会也与他们同在。"我们只崇敬你，我们只从你这里寻求帮助。请为我们指引一条坦途。"在贫瘠的山坡上，这位孤独的妇人是在为自己已经失去的而哭泣，还是在为即将舍下的而哭泣？

七天后，奥马尔如约开车来接母亲。玛丽亚姆拥抱了每一位亲属，他们互相祈求今生和来世的宽恕。

奥马尔经常在上午驾车经过莱拉的学校，希望能见她一面。几个星期以来，他一直在等待她的来电。最后，他等在她家门口，跟着她去学校。当她与一位同学跳下出租车走向学校大门时，他停下了汽车。

"嘿！"他透过车窗朝外喊道，"我爱你。"

她没理他。在校门口，那位同学进去了，而她继续走向一家商店。

他又朝她喊道："我爱你！"

这一次，她从他旁边经过时说了声："别跟着我，你这个恬不知耻的人。"

她走进商店。他在旁边把车停好。当她出来时，他抓住了她的双肩："你为什么那样跟我说话？你为什么不打电话给我，也不和我说话？我爱你，难道你不知道吗？你不是也说过爱我吗？发生什么事情了？怎么回事啊？请你告诉我。我都要发疯了！"

她的脸已经变白了，但只是轻柔地说："请放开我。人家都在看呢。"

他松开了手。

"我可怜的母亲。"奥马尔低声说。他告诉我，他在机场送别玛丽亚姆时，她给了他一个信封，里面装满了美元，那是她的积蓄和他的兄弟从欧洲寄来的钱。

"给你父亲。"玛丽亚姆说。这些钱，加上奥马尔从自己口袋里拿出的一千美元，足以让贾马尔拿到土耳其签证并抵达伊斯坦布尔。老人已经不反对逃离了，奥马尔带他去拍摄了护照的照片，并带他参加了申请签证的面谈。他的父亲将飞往伊斯坦布尔与家人会合，然后再想办法去欧洲。

在贾马尔临行前的晚上，我和奥马尔买了些烤肉串带到他家。当我们停下汽车的时候，贾马尔骑着他那辆吱嘎作响的自行车出现了。我们礼貌地邀请他一起吃，使我惊奇的是，他接受了。

我们盘腿坐在起居室里，吃着烤肉串和面包。老人用他灰白眉毛下的那双眼睛仔细端详着我。"你已经走遍世界了，"他打破了沉默，"告诉我，哪些国家最好，哪些最差？"

"我认为是各有千秋的。"我回答。

"你认为阿富汗怎么样？"

"阿富汗很穷，人民正在受苦受难，但能够互相关照，"我想了想，"这是我见过的最漂亮的国家之一。"

他把一杯咝咝作响的可乐端到唇边。"你见过金门大桥吗？"

"见过。"

"它还是世界上最长的桥吗？"

"我认为中国有了更长的大桥。"

"为什么外国人要给动物起名，比如叫汤姆或吉姆？"

我哈哈笑了起来。他在担心第二天的旅程，于是我解释了在伊斯坦布尔移民局卡口要注意的事项，以及机场的行李转盘是怎么运作的。法拉赫和苏莱曼会在机场外面等他。

奥马尔的父亲已经六十三岁了。明天将是他第一次乘坐飞机。他跟我们讲述了他第一次见到飞机时的情景。那还是在国王当政的时期，他是个十岁的男孩。那架飞机通体是鲜亮的黄色，只有一个螺旋桨，降落在政府医院前面的道路上。人群中有人说，它是一架喷洒农药的飞机，是加拿大派来对付蝗灾的。

贾马尔起身离开后，我与奥马尔对视了一下："我从来没有见过你父亲像今天这么友好。"

"他对我像一个陌生人，"奥马尔说，"前几天他说了声'谢谢你'。我都不记得他什么时候因什么事情感谢过我。"

一起走到外面后，我看到黑暗中贾马尔在无花果树之间踱步。夏天的空气是那么温和与干爽，几乎让人感觉不到。

奥马尔去打开大门，贾马尔朝我走过来，街灯照亮了他疲惫的模样。

"你不能带他去加拿大或美国吗？没有办法吗？"

"这不可能。如果他先去欧洲，或许还有办法。"

"那军方呢？你能不能请求他们考虑一下他？其他人好多都是走这条路的。"

"美国护照我是不能保证的。他们拒绝了他，因为他拿不出相关的文件资料。"

"你想帮助他吗？"

"想。"

"他是第一个想离开的孩子，也是最想离开的。而现在，他是剩下来的最后一个了。"

"他会有办法的，"我说着，看往奥马尔，"如果可能，我也会帮助他。"

第二天，我与他们一起去了机场。奥马尔让他父亲穿上了一件淡色的高尔夫球衫和一条便裤。西方的服装使他看上去更高了。我们握手言别，让我感到惊奇的是，贾马尔拥抱了我。

"照顾好奥马尔。"他对我耳语道。

到七月份的时候，我已经等了奥马尔半年了。很快我就不得不放弃，然后两手空空地回到纽约，把他留在阿富汗。这简直是在浪费时间。夏季正在慢慢过去。玛丽亚姆每星期从伊斯坦布尔打来电话，希望他改变主意。他们已经在有许多阿富汗人的社区找到了一套公寓。有传言说，边境将会重新开放。

奥马尔还是早早起床尾随莱拉去学校，但不敢接近她。仅仅看到她就能使他感到安心。他会在校门外停车一个小时，一边抽烟一边看着学生们到校、离校。他告诉自己，她想把他赶走，因为她要服从父亲。但他确信，莱拉还是爱他的。

他又开始与我讨论我们的计划——先去欧洲，然后他会在能向莱拉的父亲证明自己有所作为的时候，再回来找她。也许他会去意大利，听说在那里阿富汗人获得居住许可的速度是最快的，在德国和瑞典则要等待太长的时间，人们滞留多年还是没能获得避难许可。他没有那么多的时间。我告诉他说，我已经准备好了。

一天，他接到了一个陌生号码的电话。是莱拉打来的。

她告诉他说，她为那天在校门口说的话表示歉意。"人们在看着。"

"我也很抱歉。"在公共场合闹事是他的过错。他说他一直在考虑设法离开这里去欧洲。如果他去了，那她愿意等他吗？

"去吧。"她告诉他，"去吧，要回来接我。"

第二部分

路途

第六章

打点行装

奥马尔靠在自动扶梯的栏杆旁，低头看向购物中心的楼层。"自从我们成了盗贼，月亮就出来了。"他忧郁地说。波斯语的这句话，意思类似于"我们错失了良机"。我们刚刚去了位于古尔巴哈中心低楼层的旅行社。六个月前，当欧洲的边境依然开放的时候，旅行社人满为患，他们为一些人提供从喀布尔到德国的全程旅行，而且保证到达，不然就退款。而现在，我们被告知，从这里能抵达的最远的地方是伊斯坦布尔。

想象一下，世界上的城市由一个路网连接，这些路网测量的不是物理距离，而是风险：被人劫持、被困在中转点、被欺骗、被绑架或被杀害的风险。对偷渡者来说，两点之间最短的路线很少是直线，而可能是飞行半个地球到一个有腐败官员的机场去转机。隔着围栏握手的两个人之间的空间距离，可能比沙漠还要广阔遥远。

每一条路线都有对应的价格。钱多意味着风险小。移民可以走他们付得起价钱的最短路线。只有一部分路线是每个旅客都能看见的。随着边境的关闭，路线发生变化，但人们会找到穿越边境的新路线。前一年，有些期望去欧洲避难的移民发现了一个漏洞：可以骑自行车经由北冰洋从俄罗斯去挪威。

对阿富汗人来说，赴欧洲最长也最便宜的路线是越过与伊朗的陆地边境，然后翻山越岭到土耳其——这是一段极度危险的旅程。快捷的途径是拿到签证后直接飞去伊斯坦布尔，就像奥马尔的父母那样。那也是奥马尔的计划，由于欧洲边境关闭，需求下降，他就可以在某个旅行社讨价还价，花费两千五百美元获得签证和机票，这个价钱是几个月前他母亲所支付的一半。

旅行社告诉他，办妥手续至少需要两个星期的时间。

一旦奥马尔获得签证，我们就会一起飞赴土耳其。到了那里，想如何偷渡进入欧洲就要取决于他了。最有可能的是，我们会坐船去希腊的岛屿。我既紧张又感到松了口气——此前，我没有意识到自己对这次旅行有多迫切。现在奥马尔的住宅里已经没有别人了，我们就在那里打牌，看配音版的土耳其肥皂剧。这些电视剧都经过了审查，出现女人胸部的镜头时会打上马赛克，就像未来派时尚配饰一般。至于新闻节目，二〇一六年的要闻再也不是搭乘舟船的难民，而是英国脱欧投票、美国共和党任命唐纳德·特朗普为总统候选人，以及法国尼斯一辆卡车在海滨大道上冲撞人群的事件。在美国民主党全国代表大会上，一名男子与他那戴头巾的妻子高举《宪法》册子大声疾呼："去看看那些爱国者的坟墓吧，他们是为保护美国而牺牲的！"

有时候，奥马尔的两位邻居朋友会加入我们的聊天。十九岁的扎卡里亚瘦瘦高高，是打篮球的。他是在伊朗出生和长大的难民，属于什叶派。历史上，什叶派一直受到阿富汗逊尼派统治者的压迫。阿富汗中部的哈扎拉人往往有着明显的中亚人面部特征，诸如高高的颧骨和杏仁色的眼睛，我自己也常常被当作哈扎拉人。在阿富汗，他们的面孔在像"伊斯兰国"这样凶狠的极端分子眼里是什叶派的标志；在伊朗，他们的面孔则是阿富汗难民的标志，警察经常会拦截像扎卡里亚这样的年轻人。他为这种危险的处境吃够了苦头，因此当伊朗政府招募阿富汗民兵去叙利亚为阿萨德政权战斗时，他考虑过要不要报名。如果应征成功，报酬会很好，并且可以为全家拿到在伊朗的合法居住权。但他听说了关于阿勒颇战役①太多噩梦般的故事，如果被抓住，叛军会用扦子把你的肠子拉出来。于是，他打消了这个念头，决定逃往欧洲，那是他从未见过的地方；但他在土耳其边境被伊朗人抓住，并被驱逐回了阿富汗。如今，他在建筑工地干清洁的活儿，晚上常常喝得烂醉，他听着蕾哈娜的歌曲，梦想着逃出去。

奥马尔的另一位朋友马利克是裁缝，在喀布尔长大。他

---

① 阿勒颇战役是叙利亚内战中最悲壮、最艰难的战斗。

二十一岁，瘦高个、头发卷曲，坐着时躬身向前，似乎是想尽可能少占空间。他的父亲是卡车司机，一直努力挣钱供养家庭，直至有一天得了老年痴呆症开始犯糊涂。现在，如果不把老人家仔细看住，他就会跑出家门消失。在丧失记忆的时候，马利克的父亲会像小孩般地信任周边的人，很快就被骗走手机和钱。奥马尔和马利克经常开车四处找他，通常会在科特桑吉的出租车站点找到他，那里的商铺老板在他以前开车时就认识他了。

上一年的秋天，马利克从亲戚那里借了一千四百美元，这些钱仅够请蛇头带他从险路走到伊斯坦布尔——经由尼姆鲁兹沙漠和伊朗。他告诉我们说，这是一条折磨人的路线。他曾走了一整天都没喝过一口水，进入伊朗后，蛇头把他塞进了轿车的后备箱。两个星期后，马利克抵达土耳其边境，然后，那里的伊朗卫兵抓住了他，把他驱逐回了阿富汗。"我是听说过这条路线很危险，但没想到那么危险，"他说，"我还以为我会死呢。"

我有点好奇，想走走那条沙漠路线，但我知道奥马尔不想去冒不必要的风险。现在边境已经关闭，从土耳其进入欧洲已经够危险的了。

这是一个晴朗而炎热的日子，奥马尔把车窗摇了下来，我们坐在他的卡罗拉轿车里，在车流中一寸一寸地爬行。喀布尔城市湛蓝的天空中，一艘白色的侦察飞艇身上挂着一组摄像机，此外，它还使用了"广域持续侦察"，即"天空之眼"和"自动实时地面全部署侦察成像系统"这样的技术——这些都为它提供了清晰的视野。在阿富汗，我们犹如生活在玻璃鱼缸内，我们生活中的点点滴滴都被美国政府收集了起来；每一次手机通话、每一次信息传输、每一次祷告，都被收集到了这个神秘的项目之中。或许，我们有几根头发也被数得清清楚楚。这艘飞艇将记录下夹在车流中的我们的这辆卡罗拉以步行的速度行驶，然后又以爬行的速度进入市中心。河岸边，被部分损毁以及才建造了一半的楼房，矗立在一堆堆光秃秃的混凝土和生锈的钢筋之间，染色玻璃已经沾上了烧烤的烟尘。一楼的商铺是按照类型来排列的：手机店、金店、日用杂货店。奥马尔把汽车停在了曼达维市场，我们下车进入了一个有顶棚的服装市场。每一个店铺门口都有一位商人，一只手拿着手机，另一只手拿着苍蝇拍。我们来这里是为了采购出行的衣物和装备。

在阿富汗农村地区，人们穿传统的短袍和裤子，不然会引来异样的目光。而在喀布尔市区，能够看到许多穿牛仔裤和夹克的人。其中含有阶层意味：有些年轻的职业人士会对穿袍子的同龄人不屑一顾。但不管是富人或穷人都知道，如果去欧洲，就要穿得像个欧洲人。

我和奥马尔走向市场内的廉价商品区，这是一条臭水河边的露天市场。这里的服装来自工资成本低廉的孟加拉国和柬埔寨工厂，质量与西方国家低价折扣店里的H&M牌或GAP牌衣服差不多。在西方国家，人们对这类快时尚的需求极度旺盛。虽然这里的时装款式跟风伦敦和纽约，但因发展过猛似乎反而弄巧成拙：淡色方格子面料上俗气的鲜亮鸢尾花饰、用亮片拼凑成的大片装饰、绒线编织出的毛毛虫装饰图案。我拿起一条犬牙织纹的棉布长裤，仔细阅读精美而厚实的硬纸板标签上的文字：

八宝莉

自从流行礼服的时代结束以来

简单方便和功能齐全的市装潮流

改变了男士服饰的面貌和他们的生活

能指与所指已经分割[①]，廉价冒牌货形成了自己的体系。那里有一排CK皮带，其实不是正规的Calvin Klein，而是仿冒的Cal Kreian和Calwine Klam。我们买了花衬衫和带磨损风格的牛仔裤，然后回到车上，驶向布什集市。那里有许多店铺，店铺是由可重复使用的海运集装箱组装而成的。这些标准尺寸的铁箱子是我们这个时代最重要的物流革新品之一，极大地降低了全球贸易运输的劳务成本，为消费者提供了越来越多的世界各国的产品。没有它们，将无法想象有亚马逊这样的公司。布什集市以美国第四十三任总统的名字命名，是在二〇〇一年联军入侵后不久建立

---

① 标签的原文中，Burberry（巴宝莉）被拼成了 BAROBRRY，modern fashion（时装潮流）被拼成了 modem fashion，错讹百出，错拼的单词已不能准确表示它原本指代的事物。

起来的，专门出售军车装卸的商品，后来也售卖进口化妆品、野营用品和旧衣服，衣服质量往往比我们在曼达维市场见到的"新潮"服饰要好。

二十世纪六十年代，人类学家路易·杜普利发现了一个有趣的现象：许多阿富汗人身穿挂着"二战"军功章的过时美国军服招摇过市。那个时候，百分之九十五的美国服装产于美国国内；而今天，百分之九十来自海外，结果就是许多服装都绕地球转了一圈。如果你向慈善机构捐献旧衣服，那么它们很有可能会被运往发展中国家，在那里大量售出。

我们走进了一家专门售卖二手T恤的集装箱店铺，浏览其中一大摊富有美国特色的货品。那里有各式T恤，可在垒球锦标赛和家庭团聚时穿的、在沙滩聚会时穿的，也有供喜欢殖民历史的人穿的。有的T恤印着基督教天使或快餐品牌，有的则是为巴拉克·奥巴马参加总统选举投票时穿的，还有全国步枪协会的T恤或印着"告诉你的咪咪，别盯着我的眼睛"的。那里还有一摞摞方方正正的特大和超特大号T恤，不是给阿富汗普通人穿的，我认识的人里面可能只有一两个军阀会穿这种衣服。我告诉奥马尔："在美国，穷人胖，富人瘦。"他不可置信地摇了摇头。

英美服装文化风靡全球。我曾经走马观花地去过兴都库什山最里头，与白胡子的长者一起喝茶。他们戴着花花公子的兔女郎针织帽，穿着尊尼获加的长袖运动衫。二〇〇八年第一次来阿富汗期间，我花了一个晚上的时间，在戈尔省的一个茶馆里讨论跳舞是否是罪。我的同伴解释说，阿亚图拉·霍梅尼[1]在他的著作里既没有明确禁止也没有明确同意跳舞。谈话进行到一半的时候，我注意到他穿了一件套头毛衣，胸口处有一幅一个油头粉面的男士挥舞手杖的漫画图案，上面还印有他自己都不知道意思的文字："马尔伯勒舞蹈中心"。

在布什集市，我买了一件黄色的幸运符T恤。奥马尔挑了一件黑色的，上面印着星条旗和哈雷摩托车的图案，图案下面还有一行字："自由之境"。之后，我逛了下户外用品商铺，选择了一个容量是三十公升的双肩背包。从集市出来，我们在一个摆放着刀具的玻璃柜台停了下来，瞅了一会儿，那里陈列着各种各样的刀子，从附有镊子钳的折叠小刀到黑色的弹簧刀。

"要不要来几把刀？"奥马尔问道。我从柜台抬起头来。很快我们就会去一些凶险的地方。

"你以前拿刀打过架，是吧？你刺伤过多少人？"

"很多，我也记不清了。十个，或者更多。"他开始在自己的胳膊和脖子上数伤疤。"在伊朗，在巴基斯坦，在阿富汗……不说了。我是为了自卫，我必须那样。"

我们离开了，没买刀具。

---

[1] 鲁霍拉·穆萨维·霍梅尼，伊朗什叶派宗教学者（大阿亚图拉），一九七九年"伊斯兰革命"的政治和精神领袖。

"瞧！一眨眼工夫，不用说，我已经成为他们中的一员了。我这件历经磨损、褴褛破旧的夹克是我这个阶层，也就是他们阶层的标志和广告。"

一九〇三年，在作品《深渊居民》的开头，杰克·伦敦穿着旧衣服深入英国伦敦的贫民窟，混入"一个新的、不同阶层的人群之中，他们没有名气，一副穷困潦倒、借酒浇愁的模样"。该书出版后立即成为畅销书。一位现代评论家写道："这位年轻的美国作家在研究伦敦东区的人时，采用了探险家在探索最黑暗的非洲野蛮部落特征时可能会采用的方法。"

有时候，我们在瞄准别人的镜头中，也能看到我们自己。英国维多利亚时期的记者和社会改良家，把他们乔装打扮访问贫民窟的活动称为"去找哈伦·拉希德"，沿用了《一千零一夜》中隐姓埋名主持正义的哈里发的名字。①由理查德·弗朗西斯·伯顿爵士用生动的英语翻译的阿拉伯民间故事集《一千零一夜》于一八八五年出版，那时候他已经因为游历了英帝国周边而闻名遐迩。最著名的是，这位军官兼天才语言学家深入圣城麦加，这是非穆斯林人士的禁地，但他带着阿富汗护照，乔装打扮成朝觐者去了那里，沿途描绘了易受攻击的奥斯曼城堡草图。他从埃及报告说："阿拉伯人仇视和蔑视欧洲人，但还是渴望他们的统治。"

---

① 哈伦·拉希德，阿拉伯帝国阿巴斯王朝的哈里发（伊斯兰国家政治、军事、司法、宗教首脑），因世界名著《一千零一夜》中生动地渲染了他的许多奇闻轶事而为众人所知。

但乔装打扮和假冒身份并不单单是帝国主义者干的事情。主张在广大的伊斯兰地区抵制殖民主义的哲马鲁丁·阿富汗尼（他的陵墓坐落在喀布尔大学的校园内），实际上是伊朗人。当他戴着头巾以逊尼派神职人员的身份出现在奥斯曼法庭上时，他想隐藏自己的什叶派出身。阿富汗人也写过他们假装是不同派系或种族的事情，尤其是在二十世纪九十年代的军阀混战时期，来自对立族群的人有可能在检查卡口遭谋杀。阿里·阿克巴里在他移民欧洲的回忆录《非法旅程》里描述道："我仔细观察他们。我模仿他们洗脸的方式。"他想假扮成逊尼派，"但我犯了一两个错误。我把他们祈祷的方法与我家的搞混了"。喀布尔的哈扎拉族民兵有一种特别的检查口令：在大客车的过道上检查乘客的时候，他们会高举一颗酸奶干球——达里语将其读作 *quroot*。许多普什图人发不出这个音，于是被带下了车。

我正在练习发音。我一直在演练第二个自我——一个来自普通家庭的喀布尔年轻人，今年二十六岁，而不是我的实际年龄三十一岁，这样我就不用多解释了。我将自己的声音录了下来，并与奥马尔为我录制的声音作比较：

> 我叫哈比卜，来自喀布尔的沙哈尔瑙。嗯，具体来说是卡拉法图拉街区。我与母亲和兄弟姐妹一起生活，住在出租房内。租金？每个月六千阿富汗尼。我在哈吉·亚库布广场的一家餐馆打工，但我们经济状况不好。与其他难民一样，

我离开祖国走上了偷渡这条道路。

此行于我有利的是，阿富汗有多种语言和方言，而且人们从国外流亡回来后还带来了外国口音。多年来，为了自己的安全而融入已经成为我的一个习惯。相应地，假冒阿富汗人也使我意识到了亚洲人面孔在国外有可能遇到的麻烦，如想得到优待，我就必须亮明自己的西方人身份。我的美国口音、我与人眼神交流的方式、我身穿的服装，这些是能够撬动世界的杠杆。"在这个意义上，乔装打扮是一种广泛存在的现象。"阿萨德·海德写道。

我问阿富汗的朋友们，这样模仿有没有冒犯到他们，他们似乎觉得不是问题。"这取决于你的意图。"一位记者告诉我。我认为，如果我学会了哈菲兹的语言，如果我能够盘腿坐着与他人共同进餐，如果我理解伊斯兰教的仪式，有些人甚至会将这些行为看作我在自我提升，他们会说"阿法利内"——你真行。

不管怎么说，我与奥马尔的这次旅行没有其他途径可走。如果有关当局抓住我们，发现我是西方人，那我们就得分开了。我们的蛇头也许会绑架我索要赎金。奥马尔也会处于危险之中。布什集市的那些刀具让我开始思考做事的限度，因此我设定了一条原则：只有在要保命的时候，我才会说谎或做违法之事，并且不能伤害到其他人。

等待奥马尔土耳其签证的那段时间里，一个晚上，电视屏幕出现了街上楼房燃烧和人群愤怒的画面，一辆坦克在车流中左冲右突，像是一场怪物卡车拉力赛，只不过轿车内都是有人的。土耳其发生了一次未遂政变。"这情况可不妙。"奥马尔说。

几个星期后，他灰头土脸地来见我。旅行社退回了他的护照和钱款。政变之后，土耳其使馆搁置了所有的签证申请。奥马尔不能坐飞机去伊斯坦布尔了。我们终究还是得跨越沙漠。

第七章

遭遇挫折

蛇头约他在帕格曼见，那是喀布尔郊外的一条山谷，人们喜欢去那里野餐。奥马尔驾驶卡罗拉缓慢地碾过一条车辙，看到了前方陡峭的山谷。开车途中，他很少说话，依然对土耳其的签证遭拒感到不快。他原本是想安全地飞过去的，但现在已是八月下旬，距离冬天没多少日子了，我们不得不采用方案二：从喀布尔出发，经由陆路跨越两千多英里去伊斯坦布尔。若走这条路线，我们需要找一个可靠的蛇头。

如今，很少有比人口走私者遭更多唾骂的人了。根据西方政治家的说法，他们的贪婪根植于迁徙危机。意大利前总理马泰奥·伦齐称他们为"二十一世纪的奴隶贩子"。当然，蛇头们自己不是这样看的。"坦率地说，为避难者提供帮助最多的其实是人口走私者。"达乌德·阿米里写道。因为对在澳大利亚附近海域发生的一次惨烈的难民遇险事件负有责任，他被判入狱。

在阿富汗，因为已经有两代人一直在逃离战火，所以人人都有可帮忙联系上蛇头的亲戚或朋友。蛇头们也不是躲躲闪闪的。经一位共同的朋友介绍了我们之后，蛇头卡里姆说在帕格曼见面，在那里我们发现他在督造一个室外浴池。卡里姆身材高大，有一头卷发，长着双下巴，两只小指上戴着戒指。他邀请我们吃午饭。我们一起坐在一个平台上，听着身下河水的流淌声。我有点紧张，担心他会发现我是外国人，所以我基本上是让奥马尔说话。卡里姆是当地的普什图人，但他在尼姆鲁兹的一个合伙人与俾路支部落有联系，可带人穿越沙漠，抵达伊朗。

没有边境就没有蛇头。奥马尔小时候，阿富汗人来回伊朗很方便，只要在边境向卫兵象征性地支付几块钱就可以了。但在二十世纪九十年代，伊朗收紧了边境管控，阿富汗人开始徒步走边境城市扎黑丹附近的捷径，付给蛇头一百五十美元左右即可到达德黑兰。后来，伊朗修建了一道十五英尺高的大墙，并布置了武装卫兵，移民们被迫深入到巴基斯坦沙漠，那是由蛇头和叛乱分子控制的边远地区。现在去德黑兰的旅途变长了，危险性增加了，费用涨到了七百美元。但此前一年的越境人数却是空前之多，他们的通行费总额估计达到了五亿美元。伊朗的边境大墙反而让黑帮发展了产业，他们对设备和人员进行了投资，还买通了边防卫兵，这些人是暴力商人。

就着一盘香喷喷的咖喱羊肉，卡里姆解释说，他这个地区的蛇头都是在一位神通广大的前"圣战"游击队长的保护下开展工作的，那人现在是政治家，如有必要能够协调喀布尔的警方，作为回报，他收取费用和其他好处。他告诉我们用不着担心，去年他把自己的两个儿子送出去了，走的也是这条路线。现在他们在德国生活。"经由尼姆鲁兹的路线并不是那么糟糕，"他说，"只是，如果警察叫住你，不要跑。千万别跑，不然他们会开枪。"

我们向他道谢，表示会考虑一下。回到喀布尔后，我们又与另外几个蛇头见了面；奥马尔很想找一个在边境地区遇到麻烦时能关照我们的蛇头。然后他听说了阿迦·萨希卜的事，那是一个阿富汗人，居住在伊朗，去年把奥马尔的一个表兄弟送去了土耳其。他们使用加密的免费网络电话Viber联络；这个蛇头声称，他可以在尼姆鲁兹的边防关卡买通伊朗卫兵，这样我们就没有必要去沙漠绕行了。送我们俩到伊斯坦布尔，他的要价是每人一千三百美元，这是一个合理的价格，但我们要把钱交给第三方暂时保管。我们可以避开巴基斯坦的沙漠了，奥马尔很高兴。在我听来，这个消息太利好了，似乎不像是真的，但我们也没有其他更好的选择。

"我还以为那里的边境管控很严密。"我告诉奥马尔。

"总有蛇头走的路径。"

我们出发的那天，奥马尔驾驶卡罗拉去了在科特桑吉的一个二手车市场，虽然车子已经很破烂，但他还是卖了三千美元。"这是一辆好车。"事后他跟我说，一脸落寞。与爱车告别后，他所有的告别都完成了——他的家人都已经走了，他心爱的姑娘则被她的父亲圈在了院墙之内。奥马尔即将再次成为一名难民。

去尼姆鲁兹的大客车将于第二天一早出发。晚上，我取出在边境地区要穿的衣袍和裤子，把从布什集市买来的衬衣和牛仔裤塞进了背包。我还带上了一些干果和坚果，以防万一滞留在沙漠；还有一条止血带和棉纱敷布，因为卫兵动辄就会开枪。偷渡的风险高了很多。组织偷渡的帮派是臭名昭著的绑匪，与塔利班有联系。如果他们发现我是西方人，那对他们来说，我就是价值几百万美元的人质。我更担忧的是伊朗政府，虽在抓捕的时候警察会很粗暴，但阿富汗难民通常只会被驱逐出境，不会遭遇其他的处罚。可如果伊朗人知道了我是什么人，他们很可能对我提起间谍指控。二〇〇九年就有几个美国人在伊拉克边境徒步旅行时被抓，还被关押了几年，后来阿曼苏丹国的元首出面斡旋，才被释放。我跟奥马尔说过，如果伊朗人识破了我，他必须声称我们是在路上遇到的，他并不知道我的真实身份。不然的话，他会陷入与我一样的境地。

但他们怎么会知道？阿富汗的迁徙者旅行时常常不带身份证件——也许会被强盗或警察拿走——我和奥马尔临行前都会把护照留在喀布尔。我取出为这次旅行专门购买的廉价智能手机，做了仔细的检查，删去了通话记录。我看了下时间，奥马尔要到半夜才会来接我。经过几个月的等待，似乎很难相信今晚我们真的要离开。我冲了个澡，站到了镜子前：伊朗人没有我的指纹记录，我也没有文身，我接受过割礼。肤色是难辨别的表象；语言才是会让我们露出破绽的因素。

我的三星手机铃声响了，是奥马尔打来的。

"怎么了？"我问道。

"哦，没什么。如果我再带上其他人同行，行吗？"

"什么？"

"马利克和艾勒姆想要与我们同行，可以吗？"

马利克就是那位父亲得了老年痴呆症的腼腆邻居。艾勒姆是奥马尔的表兄弟。奥马尔解释说，他已经把售卖卡罗拉汽车的钱借给了他们，所以他们应该可以去土耳其。他们都与奥马尔关系不错，人也值得信赖，但无论如何，他这是要在最后一刻改变计划。我强忍愠怒，告诉自己这是奥马尔的决定，不是我的。

"随你吧。"我说。

最后，当午夜里奥马尔坐出租车过来的时候，后排座位上只有马利克一个人。我上车坐到了他旁边。我向他打招呼，他想微笑一下，结果却挤出了一副令人恐惧的鬼脸。我不知道我作为一个外国人的存在，会不会让人感到舒服。很可能不会。或者，他是不是认为我有特别的办法能让我们避开麻烦？当然，马利克经历过沙漠旅行，知道前方会有什么艰难险阻。

出租车在空旷的街道上行驶，很快就把市中心抛在了后面。一路上，奥马尔和马利克都沉默不语。我平静地呼吸，努力让脉搏慢下来。几个月的耐心等待现在将面临考验。如果做好了准备，那么危险能使你集中精力，排除杂念，让你能坦然面对。

我们正在赶往城市西部一个叫"商行"的地方。这是沿着绕城国道，即1号公路南行的出发点。1号公路蜿蜒南下，通往坎大哈，再回头北上，到达赫拉特。商行的主路是一条被卡车碾压得坑坑洼洼的沥青公路，沿途是廉价的旅馆，当地人称它们为"穆萨法卡纳"。旅馆的后面是畜牧场和屠宰场，那里像一座有许多土墙构成的迷宫，旁边是一条漂浮着动物内脏的小溪。

我们付钱后下了出租车，路上看到一家一家的人在看管成堆的行李，以及正在清点袋装粮食和罐装食用油的村民。你可以根据背包来辨别其他去往伊朗的旅客。廉价旅馆内点着彩色灯带的灯，灯光下，小商贩守着堆满了坚果和香烟的摊位，或是手持放着皮夹子和念珠的盘子在旅客中穿行兜售。票贩子在叫喊1号公路沿线的地名：瓦尔达克、加兹尼、扎布尔、坎大哈、赫尔曼德、尼姆鲁兹、赫拉特。乞丐也混杂在人群中，有些是倨傲的长者，另有些是萎靡不振的吸毒者："为你祈祷，旅客先生！保佑你一路顺风，穆斯林兄弟！"

许多汽车客运公司在1号公路经营业务，但我们还是从艾哈迈德·沙哈·阿卜杜利那里买了车票，因为我们看到了它前面停着的一辆模样相对现代的一九九一年推出的奔驰O404型大巴。凌晨一点，大门打开，我们随着人群涌进了停车场。那里有十多辆鲜亮的O404型大巴，车厢内都亮着灯光，它们将驶向不同的目的地。可是去尼姆鲁兹的车在哪里呢？"在停车场后面。"一位工作人员告诉我们。

我们在那里找到了一排破旧的奔驰O303型大巴，是一九七四年的型号。我们的大巴车挡风玻璃上贴了一张写着"赞美安拉"的贴纸，布满裂纹的玻璃被遮住了一大片；车门上有一张生物危害标志贴纸。车身上用德语写着：

儿童乐园
多布勒旅行社

下面是德国下萨克森州的一个地址。

客车乘务员是一位矮壮的秃顶男子，他检查了我们的行李，然后用记号笔在上面写下我们的座位号。"他在搜什么？"奥马尔开玩笑说。我注意到他的行李中多了一个旅行袋。"谁会携带毒品和枪支去坎大哈呢？"

这好比是运煤炭去煤城纽卡斯尔，完全是多此一举。

为安全起见，政府不允许大巴在凌晨三点钟之前发车。我们想在座位上打个盹，小贩和乞丐在过道上走来走去，一边念着祈祷词，一边兜售能量饮料。更多的旅客陆续上车了，大都是背着背包的年轻人。

终于，头顶上方的灯光熄灭了。一阵汽车发动的合奏响起，然后是一次喇叭的齐鸣。从那些新型的奔驰O404开始，大巴全都出发了。当我们隆隆地驶上简易公路时，更多的大巴从其他客运公司的停车场驶出来，组成了一支首尾衔接的车队，雷鸣般地驶向前方。司机们左冲右突显示车技，他们称之为"马背叼羊"。这个说法来自一项全国性的体育运动，两队人马争抢一个无头的山羊畜体。在一座峡谷大桥上加速之后，大巴车队驶过最后一段有路灯照明的道路，扎入黑暗之中。

与能稳固控制边界的实体政权不同，阿富汗更像是一个中世纪帝国，其薄弱的管控力像一条缎带沿着道路和山谷延伸进无政府主义的领地。1号公路两旁，政府的控制主要局限于城镇，尤其是在夜间；在农村地区，背着步枪来拦截你的可以是任何人——警察、土匪、叛乱分子，或既是警察又是土匪。在流动检查点，塔利班会随意逮捕或处决疑似政府工作人员的人；"伊斯兰国"会仅仅因为一个人是什叶派，也就是说看上去长得像哈扎拉人，而实施杀戮。1号公路危机四伏，路边炸弹当然是有的，大巴车驾驶员开车鲁莽也是出了名的。司机们改装了大功率的德国发动机，增加了一个额外的档位，可以让汽车以每小时八十英里的速度在两车道的公路上疾驰。他们一边狂按喇叭，一边避开炸弹坑和油罐车。司机们一个班次开十五到二十小时，常常靠着大麻制剂或安非他命那样的兴奋剂提神。

黎明时分，进入加兹尼省的岩石山谷时，我们路过了两辆被烧得焦黑的大巴车残骸，它们跟前都垒了一堆碎石，上面插着旗帜。三个月前，这里死了七十三人，两辆大客车迎头撞上了一辆油罐车。扭曲变形的汽车底盘太大了，难以拉去拆解。去赫拉特的路上，有好几处车祸现场，有些车辆早已锈迹斑斑，另有些留有几堆碎玻璃，还没被风吹走。

曙光透进车厢，旅客们醒过来了，他们用能量饮料和几撮纳斯瓦尔（naswar，一种当地的碱性烟草，可挤入嘴中）提神。我从奥马尔那里要了一支松树牌香烟，听过道上的旅客闲聊。

"你会被土耳其迷住的，"一位大小伙子说，"你有什么不良嗜好？"

"我没有什么不良嗜好，除了大麻。"另一个说。

"那里很难搞到大麻，但有许多酒。受到诱惑时，别说你不想试一试。"

"嗯，如果搞得到，那我当仁不让。"

气温升高了，谈话消停了。下一个省份扎布尔显得很荒凉，目光所及不是棕色就是褐色。望向北边的地平线，可以看到参差不齐的山峰。夏天，那里的高山峡谷是牧羊人和羊群的活动区域，稀薄的空气中飘着花香；等到秋天，这些花会被积雪覆盖，来年春天的雨水又会滋润这里的平原。

邻近中午时分，快要抵达坎大哈的时候，我们看到了越来越多的村庄。司机调慢车速打开车门让小贩上车了。一个孩子摇摇晃晃地走在大巴的过道上，手里端了一个银盘子，上面放了一些塑料袋包装的果汁。几英里后，大客车在遇到路上坑洞减速时，这个孩子跳下了车。接近市区时，我们经过了一片开阔地，那里搭有几百顶帐篷，他们是库奇游牧部落人，带着养肥待售的羊从山上下来了。一辆平板拖挂车停在硬路面上，一家人在赶牲口上车，女人的洋红色衣袍显得很是扎眼。

据说坎大哈这个地名来自西坎达尔，也就是亚历山大大帝，两千三百年前他在这里创建了一座城市。一百年后，阿育王[①]拓展了他的佛教王国，地域从坎大哈延伸到了孟加拉国。考古学家发现了关于阿育王的一道法令，是用那时候的当地语言希腊语和阿拉米语刻写的。碑文记述了这位皇帝在征服羯陵伽之后转为和平主义者的故事："十五万人被俘虏、驱逐，另有十万人遭杀戮，还有差不多同等数量的人死于其他原因。此后，他为遗憾和怜悯所困，痛苦万分。"

坎大哈市区的交通环岛附近，有许多黄包车。气温肯定有三十八摄氏度了，沾满了尘土的树枝无精打采地垂挂着。我们经过了一幅宣传画，画面上的人物是一位身穿中将制服、看上去有点孩子气的男子：那是我和奥马尔第一次合作时报道过的阿卜杜勒·拉齐克。最好别让拉齐克知道我们来这里了。他不喜欢我的报道，虽然这并没有对他的职业生涯产生多大的影响。他得到了提拔，现在负责整个省份的警察工作，他和他的密友成了巨富。他是喀布尔精英人士讨好的对象，对那些仇恨塔利班的人来说，他还是他们心目中的民间英雄。他的照片张贴在出租汽车上，以

---

① 阿育王，印度孔雀王朝的皇帝，统治几乎整个印度次大陆，被许多人视为印度最伟大的皇帝。

及各地的检查卡口。在他晋升之后，联合国曾报道："坎大哈省的官员使用了更多的体罚以及残暴、非人道和侮辱性手段，残酷性也升级了。"两三年前，有人拍了张一位美军高级将领的照片，照片中，他一只手从身后搂住拉齐克，两人的脸上都挂着微笑。

已经是午饭时分了，尽管旅客们提出要求，但司机拒绝停车。我们继续向西行驶，在下午的晚些时候，驶过了赫尔曼德河，在那里，通往南方省会城市的分岔道路已经被塔利班切断了。我在广告牌上看到了另一张熟悉的面孔：去年死于路边炸弹的当地警察局局长赫克马图拉。英雄的海报成了烈士的海报，在阳光下，油墨已经褪成了淡蓝色。二〇一四年，鸦片获得创纪录的丰收，产量达到二〇〇〇年的两倍，那时候我见过赫克马图拉。他热心地派了几个人手陪同我去他管辖区域的边缘地带，罂粟田是在那里开始种植，然后深入干旱荒地的。地里打了水井，用上了水泵，并越来越多地使用太阳能。

一百年前，经历了对亚洲移民和鸦片烟馆的数十年恐慌之后，美国国会通过了第一部禁毒法律，也就是一九一四年的《哈里森毒品法》。此后，打击毒品的战争在全球展开。在美国的压力之下，伊朗和土耳其先后禁止了鸦片的种植；二十世纪七十年代，阿富汗农民开始为国际市场供货，在"圣战"游击队的领导下，产量大幅增加。两年前的一次旅行期间，在地处早先由美国人建造的运河区的马尔扎，我住在一位农民家中，因而有机会看到了阿富汗各地的劳工赶过来在田地里收获罂粟的景象。晚上，工人们手工将橄榄色的球形果实表面划开，然后在第二天早上刮下由汁液累积氧化成的褐色物质。长势良好的作物一季里可收获三次或三次以上。赫尔曼德气候干燥。二十世纪五十年代，美国出资建造了两座拦河大坝，帮助安置沿河的游牧民。这个产业消耗水、化肥和人：男孩子因为偷运毒品在伊朗被捕并判以绞刑，女孩子因为庄稼歉收而被抵押。但生活艰难，人命总得有金钱价值。我的主人向我展示了他的部分收获——一只聚氨酯袋子里装着的像是糖浆的东西。我捧起这个篮球大小的团块，闻到了草香味，想到了类鸦片的兴奋作用。阿富汗农民卖给当地商人的价钱是几百美元，经走私渠道运到欧洲，作为以克为重量单位的海洛因出售时，其价值将超过十万美元。

在尼姆鲁兹省，大客车驶离1号公路，进入了南下去扎兰季的道路。我们现在已经到了靠近伊朗高原的极为边缘的地区。我们的旁边是死亡沙漠，那是一片平展的玄武岩，夏天的气温可以超过四十八摄氏度。我们抵达省会城市扎兰季的时间是下午六点半，落日使沙丘的边缘变成了土黄色。从喀布尔出发，我们已经坐车行进了十五六个小时，行程差不多是六百英里。大巴在一个警方的检查点停留后驶入了车站。当旅客们拖着僵硬的双腿下车时，小商小贩围了上来。

"巴斯塔尼！巴斯塔尼！"一个男孩在用伊朗语叫卖冰激凌。另一个男孩举起了一堆印有《古兰经》语句的吉祥小饰物。我和马利克相视一笑，但奥马尔买了一个挂在了脖子上。

我们走到主街，经过了兑换货币的亭子，那里堆放着一沓沓破旧的伊朗里亚尔。两层楼的房子是用煤渣砖砌成的，外墙没有粉刷。暮色苍茫中，霓虹灯标牌闪烁。大街上刮来一阵西风，吹起了一些废旧塑料用品。

现在我们要找到那座安全屋。奥马尔拨打了在伊朗的蛇头阿迦·萨希卜给他的号码，对方告诉了他该怎么走。我们挤上了一辆人力车——其实是一辆在底盘上焊接了一个车厢的机动三轮车，颠簸着驶上了道路，行驶了两三英里后，在快到城市主广场的地方停了下来。

"上次我在这里停留过。"马利克说。

道路的前方，一个身穿淡紫色衣袍的人向我们挥手，当我们走近时，他自我介绍是我们要停留的安全屋的管理员。他是普什图人，看上去三十多岁的样子。我们跟着他经过敞开的大门，进入了一条巷子，已经有四个背包的小年轻在那里等着了。我们走过右边的一条路，进入了安全屋。那是一座有围墙的房子，还有一个狭窄的院子。主房间约四十英尺长，有木梁支持着的草泥抹成的低矮的天花板；房间的另一端被齐腰高的矮墙隔开，用作厨房，一位长相冷峻、穿淡蓝色衣袍的厨师在忙碌着。

管理员嘱咐我们放下行李休息一会儿。他说我们是属于一个叫阿利亚团组的成员。我们必须记住这名字，沿途各个帮派就是凭这个来区分旅客的。我们就像包裹那样，由他们一站站投送。

给他们的费用，由牵头的组织者阿迦·萨希卜支付，在我们抵达土耳其后，萨希卜将从我们付到第三方的账户上收钱。

"去集市买点东西吧，水、食物什么的，"管理员告诉我们，"蛇头也许会在一小时内或明天早上打电话催你们动身。"

我们把行李放到了角落里。我看了看那四个小伙子；听口音，他们应该来自东部，像农村青年。"去问问他，我们要走哪条路。"我朝管理员那边做了个手势。奥马尔灰头土脸地回来了。

"他说我们要经过巴基斯坦。"

奥马尔取出手机，打电话给在伊朗的蛇头阿迦·萨希卜。

"他说现在走直线很危险，所以他们要让我们绕道巴基斯坦。这条路线比较安全。"奥马尔告诉我和马利克。

我看着奥马尔，他的脸色变得刷白，似乎马上要病倒了。我认为我们应该继续前行。我们已经冒着生命危险到了尼姆鲁兹。对我来说，从沙漠绕行并不算什么。我甚至对此已有所预料，但显然奥马尔没有想到。他曾对那位蛇头深信不疑，但那只是他的一厢情愿。我可以察觉到他想打退堂鼓。

"没办法了，"我说，"我们别无选择。"

"如果你们愿意，那我也愿意。"马利克说。

"嗯，我们没事的，"我说，"还是继续吧？"

奥马尔勉强点头表示同意。我们迷茫地坐了一会儿，然后我想起来我们应该换点钱买点东西，我叫奥马尔跟我一起去，让马利克留下来看管行李。

"我太相信阿迦·萨希卜了，"我们走到大街上后，奥马尔说，"他说他会把我们直接送往伊朗的。"

我们继续走向市中心。十年来，凭借贩运人口和毒品，以及合法进口燃料和水泥，扎兰季得到了蓬勃发展。我的一位阿富汗朋友二十世纪九十年代曾在这里工作，当时这里还是个苍蝇乱飞、只有三条街的城镇。他告诉我，商铺老板们从来没有听说过大蒜。现在，我们经过的商店挂满了背包和沙尘暴天气里佩戴的滑雪镜。奥马尔为马利克买了一双银色的跑鞋，因为他没有一双像样的鞋子。然后我们把一百美元换成伊朗货币，换算下来是三百多万里亚尔。亭子里的孩子建议说，可以把一半的钱换成五十万面额的钞票，以便于藏在腰带里或鞋底内。

我们的西边就是伊朗边境，过了西尔克桥就是伊朗正式的国门。自从伊朗人修建了国境线上的大墙以后，偷渡的线路转移到了南方的巴基斯坦，那里每年有长达一百二十天是沙尘弥漫的刮风天气，整个夏季昏天黑地。那个地方叫俾路支斯坦，俾路支人分居在跨境地区。身处三国交界处，俾路支人饱受毒品和谍战之困，时不时地受到这个或那个国家的压迫，他们脚下的土地不时被这个或那个国家划为自己的疆域。旅行者是由俾路支人带着通过边境沙漠的。

安全屋内来了更多的旅行者。我们坐在地毯上，围着一块长长的塑料台布吃饭，厨师的儿子在为我们服务，端来了长条形的馕饼和鸡汤。饭后，马利克在试穿跑鞋，我拎了拎奥马尔带来的那个额外的旅行袋，感觉好像里面装了石头。

"我们一人只能带一个包，"我说，"这里面是什么东西？"

奥马尔打开了袋子。他带来了全套的洗漱用品：刷子、大瓶的香波、古龙水和其他各种护肤液。

"你带这些东西干吗？"我说。马利克笑了起来。"发胶？"我从袋内取出了一个罐头，"香波？"

"我们需要香波的，兄弟。"

"奥马尔，不要。"我们抢夺发刷，他夺回了一瓶古龙水。

"这很贵的。"

"你肯定会后悔的，东西尽可能少带，"马利克一边说，一边试穿上新鞋，"我们要走好多天的路呢。"

在放弃那个额外的旅行袋和奥马尔的大多数护理用品后，我们重新分配了下行李，最后每个人的背包差不多重。

两个男人走了进来，他们的肩上斜挂着几个包。

"你们是赛义德·艾哈迈德的旅客吗？"两人中的大个子用达里语问道。他长着亚麻色头发，留着锅盖头，露齿微笑着。

"不，我们是阿利亚团组的。"

"嗯，好的。请帮我看下包好吗？"

二十分钟后，他回来了，伸开四肢坐到了我们旁边。他说这是他第七次试图偷渡进入伊朗。

"哇。那你被驱逐了多少次？"奥马尔问道。

"六次。"

"这不是很危险吗？"

他哈哈笑了起来。"这是最危险的路线，你们在拿自己的命当儿戏，兄弟。你们会落到盗贼和警察的手里。人命对他们来说一文不值。"他用北方人的长音腔调，细细说起了前方的危险：车祸、枪击、在沙漠里渴死，以及遭受巴基斯坦警察的虐待。他说，相比之下，伊朗人似乎还算是仁慈的。

"巴基斯坦警察？"奥马尔喊道。"巴基斯坦警察！"他重复着，来回地看着我和马利克。

"巴基斯坦警察在边境上等着你们。他们会搜查你们的口袋、行李，拿走他们想要的任何物品。"

"他们想要的任何物品？"

"而且你什么也不能说。只要敢吭一声，他们就会打死你，像打死一条狗一样。"那人站起来，拍了拍我的肩膀，"兄弟，这就像我们在场地上踢足球，能不能把球踢进球门，全凭我们的运气。"他又哈哈大笑起来，然后走到外面去了。

"别听他的，那家伙喜欢吹。"我说。

"那巴基斯坦警察呢？"奥马尔回答，"我认为我们不能去巴基斯坦。"

在安全屋内讨论这事是不合适的。

"我们去外面抽根烟吧。"我说。

我和奥马尔站起来，走到巷子尽头的一个空旷处。我们点上香烟，默默地站了一会儿。安全屋的屋顶上方，我们可以看到蛇

113

头们喝茶和警惕张望的身影。

我努力思考该说些什么让奥马尔振作精神。他曾经对几乎所有事情都很乐观，但随着年月渐长，我发现他在与我一起执行任务时不那么热衷于冒险了。他经历了太多的危难，看到了太多的尸体。诚然，为钱而冒险和为荣誉而冒险是不同的，但对我来说，重复暴露在危险面前产生了相反的效果。某样东西——英国诗人和作家罗伯特·格雷夫斯所说的"情感记录装置"——已经被关掉了。我明白我的情感功能很可能受到了损害，但这对当时在阿富汗和叙利亚那种地方工作的人来说，似乎是有益的。我认为我可以把情感和理智分开来。在将要行动时心生恐惧是自然的，但并不理智。

奥马尔先开口说话了。"路途太凶险了，兄弟。我绝对不想去巴基斯坦。"

"我们已经到了尼姆鲁兹。要想返回已经太晚了。"

"没有太晚。我们还在阿富汗，我们可以返回喀布尔。"奥马尔坚持道。

"我不回去。"

马利克从空地的暗影中出现，加入了我们的谈话。"奥马尔你听我说，他所谈到的每一种危险我都见过。你在担心巴基斯坦警察，是吧？过边境时，他们会在那里等着，然后，清点车上的人数，清点偷渡者手里的钱。就这么回事。我们经过了三个警察检查点，没人哪怕来碰我们一根手指头。"我们只能勉强看到马利克的眼白。"别担心警察或小偷。还是想想翻车，想想这一路开车有多危险吧。看在真主的份上，我们会到那么高的山路上去，从上面往下看的时候会想，我是怎么到这儿的？"

"谢谢你，马利克，"我打断了他，"奥马尔，他说得对，刚才那家伙夸大其词，完全是放狗屁。别听他的，好吧！"

奥马尔勉强点了点头。在这样的形势下，很难客观地评估风险，即使能做到，是否愿意冒险，也是看你本能做什么决定。人们常常会留心别人是否恐惧，看他们是更害怕还是更勇敢。为了给彼此打气，我们必须装作很有信心。

回到安全屋后，我想起来忘了买水。我让马利克与我一起去集市。"马利克，这条路线你以前走过，"走在街上时，我说，"每天几百号人在走，应该没那么危险。"

"百分之九十九是危险的！"他回答说，"但如果你愿意冒险，那我可以奉陪。我们已经到了尼姆鲁兹，无法折返了。我们怎么对家人解释？会被看作懦夫的。"

"听我说，奥马尔已经害怕了。想想后面我们要是遇到危险，他会是什么反应？我需要你去鼓励他。"

我们回来，却看到那个来自昆都士的亚麻色头发男子，也就是之前吹嘘前方很恐怖的人，正与奥马尔相谈甚契，真令人惊诧。他们并排侧卧，手支下巴，脸凑得很近，就像两个小男孩在一起过夜的样子。我看不清那个陌生人的脸，但奥马尔显得全神贯注。

我在他们旁边坐了下来。

"这是最好的馕，来吃点。"那人说，他转过去把一大张馕放在了我的背包上。

"不用，谢谢，我已经吃过了。"他坚持要我吃，所以我撕了一小片，结果粘在了口腔顶上。我不得不打开水瓶，用水把它冲了下去。

"朋友，你来自哪里？什么地方？是哪里人？"他问道。

"喀布尔。"

"喀布尔哪里？"

"沙赫尔瑙。你是哪里人？"

"昆都士。"

"市里的？"

"是的。你去过？"

"去过。"我脑海里自动浮现出上次执行任务时的场景。一天晚上，我与摄影师和阿富汗特种部队一起，沿着战事胶着的前线巡逻。当时，我们需要穿过一条暴露的道路，士兵们说，塔利班狙击手只在白天活动。我慢跑着跟在摄影师维克多身后，这时一串发亮的曳光弹在他的大腿旁边掠过，噼啪声仿佛就在我身边。狙击手在用PKM轻机枪射击。我们立即躲进了掩体。"该死的，他们有夜视镜。"中士队长啐了一口唾沫抱歉地说。子弹与我们擦肩而过，我们全都毫发无损。

"阿富汗我最喜欢的是两个地方，"陌生人又说，"喀布尔和马扎里沙里夫。你去过马扎里沙里夫吗？在那里，你可以整晚待在外面，没人来干扰你。"他梦幻般地微笑着。在昆都士市内，夜间街道都是空荡荡的。

"你受过什么教育？"再次停顿之后他问道。我凝视着他。他的脑袋侧向一边，搁在手掌上的脸压变形了。

"十年级，"我说，"你呢？"

他叹了一口气。"我没有读过书。"他这个随意的提问让我一阵紧张，似乎他能看出我有点奇怪。我是不是患上了多疑症？我不该多疑吗？恐惧的种子已经发芽了。

"我要去抽支烟，"奥马尔说，他站了起来，"哈比卜，你跟我来好吗？"

从他说话的口气，我知道他已经做出了决定。

"从一开始我就说，我不想经过巴基斯坦。听信那个该死的蛇头是我的过错。"

"奥马尔，我们一起来到这里，是为了去伊朗。"

"我不去巴基斯坦。我不去。"

"你事先就知道这些危险。你没有听过马利克的故事吗？你现在之所以害怕，是因为危险到了面前。"

"被动遇到危险与主动选择接受危险是不同的。我们为什么要拿自己的生命冒险呢？如果我们死了，欧洲好不好还有什么关系呢？"

"这是偷渡者的路线，当然是危险的！你还能抱什么幻想吗？在我们登上大巴之前你就应该考虑到的。"

"我不能拿自己的命去冒险，兄弟。你也一样。不值得。"

"你就这样丢下我和马利克，算什么朋友啊？"

他低头看向自己的脚。我感觉内心一阵愤怒。我们默默地走回安全屋。我朝昏暗的日光灯眨了眨眼睛，然后叫马利克跟我到外面去。

"奥马尔想返回喀布尔。"我说。

马利克狠狠地踢飞了一块小石子。"胆小鬼！我就是因为他才来这里的。是他邀请我来的。他算什么男人啊？"我们站在那里，看着周边的泥墙。"我母亲乞求我别离开。我兄弟乞求我别离开。他们都忐忑不安。我现在哪有脸见他们呢？"

我还有最后一张牌可打。我猜测奥马尔不会让我们在没有他的情况下继续前行。"马利克，如果你还是想走，那我跟你一起走。"

"没有他我走不了。我没有去土耳其的钱。我的钱只够走到伊朗。"

"别在乎钱的问题。我会支付的。"

"可我是因为奥马尔才来这里的。我还以为我们会一起去。我还以为我们是三个人，有三个人，情况还不是很坏，遇到什么事我们都可以互相照应。"

"我们两个人也是可以的。你以前也经历过，不是那么危险的。"

他朝我转过身来，灯光下他脸色灰黄。他的身体在颤抖。"太危险了，简直令人窒息。"他摇摇头。"我知道前面会发生什么事。

118

我很害怕，甚至比奥马尔更加害怕。可我有勇气。而他没有，小样儿。"

"马利克……"

他站起身来。"不，我要返回喀布尔。"

我看着他扬长走回安全屋去了。这次旅程失败了。也许奥马尔永远也不会离开阿富汗。我已经花了差不多一年的时间在等他。一怒之下，我想到了独自继续前行。我站了一会儿，在心里盘算着，直至愤怒转为羞愧。我想起了奥马尔提出的疑问：我们为什么要去冒生命危险？我与他们一样，也回答不了这个问题。

我回到屋内。奥马尔和马利克瘫坐在角落里。其他旅客在睡觉，为第二天的旅程抓紧休息。几个毛头小伙子并排躺在一起，用围巾盖住了头和身子。

这时候已经是半夜十一点钟了。去喀布尔的大客车将在四个小时后启程。奥马尔打电话给在伊朗的那个蛇头，告诉他我们要回去了。奥马尔跟他说，我们其中一人家里有大事要去处理，但两三天后我们还要回到尼姆鲁兹来。我们背上了背包。这时候，昆都士的那个陌生人醒了，他朝我们眨巴着眼睛。"哦？怎么回事啊？"我们走出房门的时候，他大声吼叫道："嘿！你们去哪里？"

"喀布尔。"我瞪着他说。他似乎很失望。他是希望我们好还是希望我们坏呢？

狭窄的院子里，我们被屋顶上的蛇头叫住了。"我们两三天后回来。"奥马尔重复说，斜眼看着我们上方的人影。

"我先打个电话，你们不会介意吧？"其中一个蛇头说。他是安全屋的管理员。这是一个反问句，但他抱歉地补充说："这样他们就不会责怪我没有通知他们。"

身材高大的厨师挡住了出口。

"三个阿利亚的人。"我们听到管理员在说。过了一会儿，他又说了声"好的"，然后转向了我们。"还剩下多少人？"

马利克看往屋内，数了数躺在地上的人。"十一个。"

我们推开厨师，从他身边走了过去。他跟到巷子，叫住我们："嘿！"我们转过身来。"饭钱你们付一下。"

我们交了钱。他的态度缓和下来，陪我们走到了大门口，并嘱咐我们到哪里买大巴车票。我们相互跟随着上了路。

"等等。"他探出身子，他那粗犷的形象在街灯的照射下变得歪歪斜斜。"听我说，我是俾路支人，我要告诉你们一件事。现在路上情况不好，前几天有二十个人被杀了。那些家伙把人送过去只是为了赚取佣金。我不是阿富汗人，我是俾路支人！他们是阿富汗人，而且他们是对自己的同胞下毒手。开斋节后再来吧，但愿那时候形势会有好转。"

我们坐人力车回到车站等待。大巴车只载了一半的乘客，我找了个座位坐下。车轮动了，朝着北方驶去。车窗外，死亡沙漠沉浸在黑暗之中。但在我们的头顶上方，无人机或人造卫星在俯视着。它们能看到那些在荒野里迷路的人吗？

我们的大巴要再次经过南方的战场，但我太累了，无暇去顾及。可我也无法入睡，因为感到自责。我只得侧听过道里其他旅客的轻声聊天。有些人是在边境或在对移民的大扫荡中被抓后，遭伊朗驱逐出境的。其他人则是与我们一样，曾计划着越境，但中途失去了信心。一个圆肩膀的大胡子男人说，他是喀布尔北方巴格兰地区的农民，他们那里正被塔利班控制。他不到二十岁的儿子想去伊朗找工作，未征得他同意，就与几个朋友一起跑到尼姆鲁兹，然后按照通常做法，以未来工资为代价，与一个蛇头签订了协议。但随后，蛇头帮派间起了纠纷，一个竞争对手绑架了那些孩子，把他们囚禁在沙漠的一座棚屋内。这位父亲和其他男孩的家人得知后，一起来到了扎兰季，逼迫第一个蛇头卖掉汽车和一些田产，把男孩们赎回。逃亡的儿子现在安全地待在伊朗工作，这位父亲可以回家了。

　　说完自己的故事，男子把前额抵在座位的靠背上，睡着了。几个小时后，大巴抵达扎布尔，他醒了过来，眉头上留下了一个印记，就像虔诚的教徒在祈祷后的印记。

第八章

潜入土耳其

现在是执行方案三的时候了。在喀布尔机场，奥马尔坚持要提着我的箱包去安全检查点，那里有两名警察在搜查旅客。我们最后一起抽了支烟，但都没去看对方的眼睛。尼姆鲁兹之行失败已经过去了一个星期，如果奥马尔不愿意穿越沙漠，而且没有签证也不能飞去土耳其，那就只剩下一个选择：拿到伊朗签证，合法前往德黑兰，然后在蛇头的安排下进入土耳其。一开始他没有这么做，是因为他不想单独在伊朗翻山越岭，长途跋涉。我也不能与他一起飞往德黑兰，即使能够得到签证，伊朗政府也会派人盯着我。但马利克愿意同行，因为奥马尔曾借钱给他。我可以用自己的护照飞往土耳其，然后在伊土边境附近等待奥马尔和马利克。一旦他们越境过来，我就加入他们，我们将在伊斯坦布尔与玛丽亚姆和其他人会合。当然，不能保证奥马尔和马利克不会被抓住并被驱逐回阿富汗。

告别的时候，我转向奥马尔，再次在他的眼神中看到被留下来的恐惧。我们拥抱了彼此。

"好了，亲爱的兄弟，我们很快就会相见。"他说着，咧嘴一笑。

我把包背到肩上，与其他旅客一起走向航站楼，内心涌上了一阵柔情和悔意。我已经为自己在尼姆鲁兹的行为向奥马尔道了歉。我把这次旅行当作由我负责的另一次任务。但如果我作为记者跟随奥马尔——这也是我乔装出行的理由——我就得让他来为自己做决定了。但是，在涉及我的朋友，尤其是在关乎我们生命安全时，我很难做到客观。我从来没有对自己的角色感到如此迷茫。

飞机升空后，我深深地吸了一口气，靠在了椅背上。客舱内的宁静使人安心，我可以在接下来的几个小时内整理思绪。我开启了面前的屏幕，切换成将飞机显示为在地球上方飞行的图标的画面。城市的名字一个个从飞机图标旁飘过。孩提时，我就迷上了地球和地图册，父亲还教我在帆船航海和野营旅途中如何使用指南针。我们的航班将飞越巴库附近的里海，从屏幕上看，飞机的航迹像是一条曲线，但实际上是地球曲面上的直线。平面地图呈像肯定会发生扭曲；在我面前的墨卡托投影图上，热带地区显得很小，而北美和欧洲则很大。虽然空间似乎很稳定，但它与时间一样，可以相对于我们的运动扩展和收缩。我在六个小时内完成了从喀布尔到伊斯坦布尔的两千两百英里的旅程。从舷窗看出去，城市在逐渐变大，横跨地平线的灯火网被博斯普鲁斯海峡切断。

我在伊斯坦布尔的阿塔图尔克机场只停留了两个小时——这一天我不打算待在土耳其，而是要从这里转机。我已经决定把笔记本电脑和包括我的第二本护照在内的其他物品都寄存到我的意大利朋友家里，旅程一结束我就可以去取回来。我会在那里过一个晚上，然后飞回土耳其。很难预计我要在边境等待奥马尔和马利克多久，但我想做好准备。

在伊斯坦布尔下飞机后，我跟着指路牌来到了行李提取区，接着乘自动扶梯到了土耳其航空公司的办票柜台，旁边是他们为头等舱和商务舱乘客提供的休息区，像我这样经常坐飞机旅行已经获得了金会籍资格的经济舱旅客，也是可以享受的。休息区里有一个两层楼高的中庭，可通过悬浮楼梯上下。我走下楼梯到了自助餐厅，选了新鲜烘焙的土式比萨，从啤酒桶龙头里接了一杯艾菲啤酒。我坐进一把可调式躺椅里开始吃饭，前面的一排屏幕上正在播放新闻和体育比赛，这些节目来自世界各地的不同时区，但秒针的跳动是同步的。在我身边，服务员轻快地清理食客吃剩的残渣，走到门后去了，那里隐藏着一系列工作间，由货梯和廊道连接在一起。不久以后，第二个机场，即伊斯坦布尔机场，将取代这个阿塔图尔克机场。

土耳其航空是飞往国际目的地数量最多的航空公司，伊斯坦布尔是世界上最繁忙的空中交通枢纽之一。隔着窗户玻璃，我可以看到停机坪上喷气客机白色的尾翼稳定装置，像一排排风帆。当法国哲学家米歇尔·塞尔透过这些窗户玻璃望出去时，他看到的是现代的信使："钢铁天使带着肉身天使，通过电波天使传送信号天使。"

我经常坐飞机来往伊斯坦布尔，尤其是在开始报道叙利亚战争之后。从这里飞往安塔基亚或加济安泰普的国内航班航程很短。那里的边境对面，由于狂轰滥炸，城市正在变成废墟，成千上万的平民正在遭受屠杀。暴恐蔓延到了土耳其。就在两个月之前，三个身穿炸药背心、手持突击步枪的男子袭击了这个机场，杀死了四十五人，许多旅客从航站楼逃到了停机坪上。

去意大利的航班开始登机了。我汇入来自六大洲的客流，穿过廊道前行。旅客们穿着高跟鞋或拖鞋、沙滩裤或朝觐的衣袍，留着络腮胡子的人也许来自即兴演奏乐队或塔利班，潮人或真主党。土耳其航空公司没有直飞的里雅斯特的航班，但可飞到附近的威尼斯。去欧盟国家我是不需要签证的。在威尼斯马可波罗机场，边防警官看了看显示器就在我的护照上盖章放行了，没有提出什么问题，这无疑是因为系统中没有出现异常。边防移民局检查机构越来越多地依赖自动分析，例如基于乘客数据的风险评估，为的是让值得信任的旅客顺利通过，其他的则会被仔细核查。"某些人的速度快，其他人的速度慢，二者在逻辑上是相关的。"美国著名的人文地理学家蒂姆·克雷斯韦尔如是解释说。

我坐火车前往的里雅斯特，在朋友家过了一夜。第二天返回土耳其的最便宜航班是从卢布尔雅那出发，坐大巴过去路程很短。我最终的目的地是靠近伊朗边境的凡城。飞机抵达伊斯坦布尔后，我不得不再次转机，但与前一天不同的是，我需要办完移民局的入境手续才能够去国内出发的航站楼。客机落地时，时间还很早，卡口那边空荡荡的。在用绳索分隔的通道迷宫里，我才走到一半，一个大个子男子朝我匆匆走来，亮了一下他的警官证。他拿过我的护照，边看边皱起了眉头，示意要我跟他走。

我从来没有写过关于土耳其的报道，所以纳闷这事是不是与我报道叙利亚有关。我知道自从五个星期之前土耳其发生未遂政变之后，这里的形势很紧张，这也使得奥马尔的签证泡汤。政变中，几百人丧生，策划者还袭击了雷杰普·塔伊普·埃尔多安总统下榻的酒店，但他脱险了；事后他称这些事件是"上帝的礼物"。接下来的几个月时间里，他的政府发起"清洗"，将有五万人被捕，一些人在拘押期间将遭受严刑拷打。

警察把我带到一间狭小的审讯室，那里另有两个穿便衣的人——一个是年轻人，身材瘦削，穿着牛仔裤，胡子又长又乱；另一位年长一些，坐在一旁，身体粗壮、大腹便便，显然是头儿。因为我不会说土耳其语，那年轻人就尽其所能地为我翻译成英语，但翻译得不够好。

他们要我打开旅行包，同时问我来土耳其干什么。我告诉他们说我要去凡城，那是库尔德地区的一个城镇，他们像是打了个激灵。

"凡城很危险，"年轻人说，"为什么要去那里？"

我解释说，我在写一本关于阿富汗移民的书，而且我还要游览一下，看看凡湖和阿勒山——这倒是真的，因为我也许要花很长时间才能等到奥马尔和马利克。

年长一些的家伙一边抽烟一边翻动我的护照，每翻一页他的眉头就皱得更紧一些。每当我抗议我是无辜的时候，他都会用一根粗壮的手指头贴到嘴唇边要我别说话。

"你信仰什么宗教？"他问道。

"我家是信奉基督教的。"

"为什么你走的全是伊斯兰国家？"他举起我那本盖满了印章的护照说。我凝视着他，强忍着没有放声笑出来。难道他们认为我来这里是要加入"伊斯兰国"？他们还没有问我报道的事。他们是不是在监控镜头里看到一个中东人长相的服役年龄男子，就决定把他带进来？

"我不单单访问伊斯兰国家，而且我是记者，我到访这些国家是为了工作。"

"能否看看你的记者证？"

他们把我问住了。我没带记者证，也没带相应的装备。年轻人要我打开三星手机，我照办了。他快速看了一下。

"你删除了所有的联系人！"他喊道，"你在说谎。你不肯告诉我们到访此处的真正目的。你将被驱逐出土耳其！"

我恳求他们用谷歌查找我，但年轻人不愿意翻译。他的老板开始发火，吼叫着让我滚蛋，挥舞着手掌好像要打我耳光。我怔住了，跟随大个子警察到了外面。整个事情的发生只用了不到十分钟。

他把我带到了机场的旅客驱逐区，那里有一张桌子和几名卫兵。他们告诉我，返回卢布尔雅那的航班要到第二天上午才起飞。大个子警察快速戴上手套对我实施搜身，没收了我的手机和护照。他要我在几份用土耳其语书写的文件上签字，遭到我的拒绝后，他耸耸肩带我去了隔离室。

那是一个低吊顶的房间，安放了大约三十把躺椅，上面覆盖着纸衬片，看上去像是牙医的候诊室，只不过有一扇门被从外面锁上了。后面的过道可通向一个有淋浴设施的洗手间。室内有禁止吸烟的标志，但差不多有一半的人在抽烟。

我看向门边的付费电话，电话旁边有一张清单，上面是各国大使馆的电话号码。也许我还能应付这个局面。"你可以去管理员那里买电话卡。"一位穿袍子的阿拉伯男子告诉我，他一直在观察着我。我敲响了房门，直至一名卫兵来开门。我交给他二十里拉，拿到了一张有划痕的电话卡。随后我好几次试图打给在喀布尔的一位朋友，他在外交圈有许多人脉关系。但我无法启用电话卡，它要求我拨号进入一个复杂的呼叫菜单。看到我受挫，那位阿拉伯男子好心地递给我他自己的手机。我拨通了朋友的电话，得到了伊斯坦布尔两三位联系人的号码，但因为临近土耳其开斋节的一周长假，人们已经不上班了。我试了试加拿大驻安卡拉的领事馆，工作人员态度很好，但也像那张电话卡那样无能为力。最后我只得放弃，一屁股瘫倒在躺椅上。

"现在占一个座位是明智的，下午人会很多。"那人说着，坐了下来，告诉我他叫阿布·哈龙。他身材细瘦，是一个保守的阿拉伯人，唇上的髭须刮得干干净净，但留着一副络腮胡子。他说一口流利的英语，带有些许美国口音，但他说他出生在也门，后来在沙特阿拉伯长大。多年来他一直与妻子和孩子们住在伊斯坦布尔，六个月前，他去沙特阿拉伯朝觐，但土耳其人因某种原因不允许他返回。沙特人也不愿意接收他。也门因为内战已经满目疮痍，所以土耳其人不能把他驱逐到那里。此后他一直滞留在机场，无法离开。

"你在这个房间已经待了六个月？"

"我的律师认为，我很快就可以出去了，愿真主保佑。"他淡淡微笑着说。这里有过十几个也门人因为签证的事情受困，但他是最后剩下的那个。他是驱逐隔离室的室长。其他人只是在等待下一个航班以返回他们先前的出发地，另有一些人是从其他地方被驱逐到这里转机。现在我们一共八个人，但正如阿布·哈龙所预见的，一天下来，人数增加了。大多数人来自中东或非洲，也有一个中国人，以及一个去乌克兰遭拒的俄罗斯年轻人。其间来了一个尼日利亚人，他走过来与房间里的每一个人握手。他告诉我说，他在芝加哥被美国移民局禁止入境，现在转机返回两天前刚刚离开的拉各斯。

除了我，似乎没人为被赶到这里而特别愤懑。我的怒气也很快转变为绝望。这次旅程现在是泡汤了。我们在抽烟和凝视天花板吊顶的过程中度过了白天。我们房间的楼上是商务舱休息室，我渴望能够再喝几杯那里的艾菲啤酒。妇女和儿童的隔离室在我们的隔壁，男人与老婆说话要隔着石膏板墙大声喊叫。有时候，那部付费电话会响起，通常是某个人的亲戚打来的。我被召唤过去接听一个电话，因为我会说法语。线路另一头的女人要找的那个人不在这里；他已经走了，我告诉她。"那他们是把他送往法国还是喀麦隆？"没有人知道。

我带着一本平装本小说，是美国黑人女作家托妮·莫里森的《宠儿》。心态平静下来后，我开始阅读，时间过得快了，痛苦也消退了。夜里，我们在椅子上打呼噜；黎明时，在出口标志灯的昏暗中，一名卫兵叫醒我让我去登机。随身物品也归还给我了，除了护照——它被装进了一个塑料袋，由卫兵直接交给了机组人员。在其他乘客登机之后，我被押解到了客机尾部。当我们在卢布尔雅那降落时，斯洛文尼亚的一位警官在登机桥旁边等待着我。

"发生什么事情了？"在他的办公室坐下来后，他问道。

"我认为现在土耳其不欢迎外国记者。"我说。

警官点点头表示同情，在我的护照上盖章，让我进入了欧盟。

回到的里雅斯特后，我在圣马可咖啡馆连续喝了三杯饮料，思考着我的窘境。奥马尔和马利克已经拿到了伊朗签证，应该已经在德黑兰了。不久他们就会与蛇头一起尝试跨越伊土边境抵达伊斯坦布尔。但现在我被禁止入境土耳其了。要把我的名字从禁入清单上删除，即使可能，估计也要几个月。在冬天到来之前，我们没有那么多的时间。

生平第一次，我约略知道了边境对许多人意味着什么，它意味着与爱的人之间的一道墙。我独自坐在咖啡馆里，自问接下去应该怎么办。我知道我可以在欧洲等待奥马尔，然后为本书重新构建他的旅程——假定他能够完成。我知道我在尼姆鲁兹太急躁了，失去了我的职业冷静。我知道我是拿自己的生命和自由在赌博，这在某些人看来似乎是毫无意义的。可我不能丢下奥马尔。我必须去土耳其。我需要实施方案四。

那年的早些时候，当巴尔干地区的边境关闭时，成千上万的难民被困在了希腊和保加利亚，他们被迫生活在肮脏、充满暴力的难民营里。我听说有一些人付钱请蛇头把他们带回了土耳其。我或许可以装扮成想去伊斯坦布尔与家人团聚的阿富汗人。

不过，细细琢磨此事，我断定若是自己一个人行动，可以做得更好。阿富汗移民称这种行动为"品尝巧克力"，因为越境奔向自由就像糖果那样甜蜜。使用谷歌地图，加上一点好运，有些难民不用蛇头带路就越过边境抵达了欧洲，在只需避开官方边境关口的情况下尤为如此。但若在偏僻和荒无人迹的地方行走，还要考虑边防巡逻队和围栏，这时就需要用指南针或全球定位系统（GPS）进行导航。

我查阅笔记本电脑上的卫星地图和地形图，在欧洲设防地区搜寻薄弱点。自从欧盟对希腊的岛屿加强管控以来，许多移民转而走陆路试图越境进入保加利亚。在欧盟的支持下，保加利亚建起了高大的边境围栏，并在上面安装了带刺铁丝网。但据我在网上所看到的，升级改造过后的围栏还没有延伸到黑海，那里的边境跨越斯特兰贾山脉——一片人烟稀少的原始自然保护区。我决定从那里过境。

第二天，我走进的里雅斯特长途汽车站昏暗的拱廊，看到了路牌上用西里尔文打的低价车票广告，广告的目标人群是那些想回家的家政人员和体力劳动者。[①]我购买了一张赴保加利亚首都索非亚的车票。大巴车载着我们穿过市中心广场，驶离港口，经过一些高大的石头房子，朝着内陆的绿色山丘驶去。第一次世界大战之前，的里雅斯特一直是奥匈帝国在亚得里亚海北岸的主要港口。探险家和间谍伯顿在这里担任过英国领事，晚年时曾在这里翻译《一千零一夜》，每当感觉精神不振或心情不好的时候，他就会与夫人伊莎贝尔一起沿着这条路上行，进入喀斯特高原，那是斯拉夫内陆腹地开始的地方。那个时候，人们可以一路走到特兰西瓦尼亚，但依然没有走出这个使用多种语言的帝国。直至第一次世界大战，数百万人为了建立新的独立国家而战死沙场，并带来了战争的副产品——现代难民。用德国思想家和政治理论家汉娜·阿伦特的经典话语来说：难民是流亡者，缺乏"拥有权利的权利"。

---

① 西里尔文是保加利亚语的文字，保加利亚有许多人在意大利从事家政、体力工作。

今天，世界以民族国家划分。有些哲学家争辩说，各民族应该采取现实政治①的做法，因为它们共存于本质上暴力的无政府状态；其他人则梦想建立一个民主的联邦，战争不再。一七九五年，德国哲学家伊曼努尔·康德在满目疮痍的欧洲写道："可以看到，这种逐渐涵盖所有的国家，从而通往永久和平的联邦主义的观念，是切实可行的，也是具有客观现实性的。"

康德的和平愿景，已经因为欧盟的建立而接近实现。欧盟是根据自由贸易而建立起来的"地球村"的一个形式，一九五一年诞生时叫作欧洲共同市场，其目的是统一法国和德国的煤炭和钢铁产业——让战争在实质上变得不可能。此后，欧盟由六个国家扩展为二十七个。二〇一二年，欧盟获得了诺贝尔和平奖。在获奖仪式上，欧盟委员会主席说："在过去的六十年间，欧盟已经证明，各国与各族人民是有可能跨越边境携手同心的，是有可能克服彼此之间的分歧的。"

我们的大客车一路东行，驶入了斯洛文尼亚，在逐渐消退的蓝紫色天空的衬托下，群山显得碧绿青翠。"我这是在度假"，我告诉自己。天色暗了下来，我的面容映在车窗上，外面的世界只剩下街灯、立交桥和出口匝道。每一次夜间的坐车旅行，看到的景色都是相同的。我们经过的橘黄色灯光照亮的场地，也有可能

---

① 现实政治主张当政者应以国家利益作为从事内政外交的最高考量，而不应受到当政者的感情、道德伦理观、理想，甚至是意识形态的左右。所有的一切都应为国家利益服务。

是加拿大安大略省某个白雪覆盖的地方。上大学期间的一个圣诞假期，我从学校回家经过郊区时，曾把这个情景作为未来真实故事的序幕。"我愿意生活在我的小说之中。"法国作家钱拉·德·奈瓦尔在《东方之旅》中写道。车窗玻璃让我的眉头感觉到了凉意。

我们已经一口气从意大利进入了斯洛文尼亚，其间没有停车。路牌文字的改变，显示我们已经跨越了国际边境。但当我们抵达克罗地亚时，大巴车停了下来，旅客全都下车，去为护照盖章。我们正在离开欧洲中心没有国境线的申根区。在欧盟的许多协定中，难民们至少会熟悉其中的两个——《申根协定》和《都柏林公约》。签约地点一个是避税天堂卢森堡的酿酒小镇申根，另一个是曾因饥荒和移民而损失了一半人口的爱尔兰首都都柏林。两个协定反映了全球化的核心矛盾——尽管资金和货物可以自由流通，大多数的人却不能。《申根协定》在其成员国之间放弃了国境管控；货物运输、银行转账和人员来往都不受阻碍。《都柏林公约》在申根区内部重新设立了针对某一类人的边境，要求避难者在他们抵达的第一个欧盟国家提出申请，并留在那里，直至他们的去向得到确定。例如在意大利登陆的船民，不得继续前往法国或奥地利，如果被抓住，他们就会被遣返。实际上，《都柏林公约》为欧盟的富国设立了一个缓冲区；德国的周边是其他的申根国家。安置难民负担最重的是地中海和巴尔干国家，它们成了欧洲堡垒的外围防线。《都柏林公约》是它们为了共享申根区的繁荣所付出的代价。

又过了五个小时，强光再次透过车窗照进车厢。我们到了塞尔维亚边境。克罗地亚已经在二〇一三年加入欧盟，但还在等待获批加入申根区；塞尔维亚尚未加入欧盟和申根区，但正在积极申请。塞尔维亚采取了更为严厉的移民管控和边境政策（这是欧盟边境"外扩"的一个例子），作为回报，塞尔维亚公民已经获准申根国家的免签。《都柏林公约》优先于《申根协定》。加入欧盟意味着构筑城墙，将非欧盟国家隔在墙外。加入申根区之前，波兰不得不停止对乌克兰人的免签待遇，西班牙也取消了对季节性入境务工的摩洛哥人的免签政策。结果，二十世纪九十年代第一批载着移民的船开始跨越地中海，那是穿越直布罗陀海峡的简短的航程，船上乘坐的是"焚烧者"，他们放火毁掉来时的陆路、水路以及自己的证件。西班牙加强了防备，现在想从非洲进入欧盟，需要绕路从利比亚和埃及去意大利和马耳他。欧盟最重要的边界是地中海；海洋成了护城河，将贫富差距日益扩大的两个大洲分隔开来。"边境产业联合体"提供船只和侦察无人机，而欧盟的外交官则把上述协定和安全项目深入推进到非洲和亚洲。欧洲所谓难民危机，应该被理解为这个边境系统的危机。它由"阿拉伯之春"革命运动所引发，这些运动推翻了地中海南岸的看门人，诸如本·阿里、胡斯尼·穆巴拉克，以及最为关键的穆阿迈尔·卡扎菲，他在罗马访问时曾站在意大利总理身边警告说："明天的欧洲，也许就再也不是欧洲人的欧洲，甚至会变成黑欧洲，因为几百万黑人都想进来。"

　　黎明时分，大客车翻山越岭进入了保加利亚，我们最后一次办理移民局手续，重新进入了欧盟。在索非亚，我用一些欧元兑换了列弗。作为欧盟的最新成员国之一，保加利亚还没开始使用欧元，也没加入《申根协定》。我登上一列火车，沿着马里查河谷下行，平原慢慢地变成了起伏的农田，沿途经过耸立着红色钟楼的村庄。夏天已经结束，麦田金浪滚滚。临近黄昏，身后的光线把农田染成了火红色。

从亚得里亚海到黑海港口布尔加斯，我的巴尔干半岛行程差不多已经走了七百英里。第二天上午，我乘坐小巴士沿着海岸去了锡内莫雷茨，那是靠近土耳其边境的一个度假城镇。我下了车，走过用木板封上的冰激凌摊位，进入我在网上找到的酒店。前台的女服务员皱起了眉头：这个反季节的单身男子，或许是来寻欢作乐的游客吧。在她为我办理住宿登记时，我询问了酒店网页上列出的自行车借用服务。

"我们有几辆自行车可供住店客人使用，"她说，"但出去时别忘记带上护照，尤其是在边境地区。你肯定知道，我们正面临着外国人涌入的问题。"

我向她保证会注意的，然后拿上钥匙找到了自己的房间。我把从布什集市买来的背包放到行李架上，登录注册无线网络，查看了WhatsApp。没有信息。

"你在哪里？"我给奥马尔留言。

第二天，我被奥马尔的回复唤醒了："我们明天出发赴边境。"该是我自己开展探察的时候了。我蹬上自行车，穿过城区，向南骑去。

锡内莫雷茨位于黑海沿岸一个弧形海滩南侧的尖角。"冷战"时期，游客来自"铁幕"①两边，但有些客人，尤其是东德人，则是怀着通过土耳其逃往西方的秘密意图来到此处。

在那个年月，边境大墙是与欧洲的极权主义相关的。历史上这种物理隔断很少见，因为成本很高，而且阻止不了入侵的军队或铁了心的偷渡者。其优点是可以让广大民众留在原处。"冷战"期间，对于西方国家来说，柏林墙是自由世界与非自由世界之间的分界线，越墙而过则是难民。

我骑行在农田与林地的接合区，远处有几座谷仓，再往前，丘陵逐渐多了起来。我抵达了边境区，边境长一百六十英里，纵深一两英里，其标记为一条与土耳其边境平行的道路。在共产党执政时期，该区域设有围栏和雷区，未经特别允许是禁止进入的。研究人员相信，曾有一百多人在试图逃往西方时在这里被枪杀身亡。设立监控，边境大墙才发挥作用。在保加利亚，边防卫兵得到了各个村庄举报告密者网络的协助；在度假胜地，有一项多国参加的行动来监控海滩上的游客。一九六四年，东德国家安全部史塔西设立了季节性的安保部署，即"打击人员偷渡行动小组"。

一九八九年柏林墙倒塌，东欧国家转向资本主义。保加利亚拆除了边境线上的围栏和雷区。"当时的看法是，边境地区的这些

---

① "铁幕"指冷战时期将欧洲分为两个受不同政治形态影响的区域的界线。

设施是反民主的。"一位前部长这么说。然而，柏林墙倒塌后的混凝土碎块像四散的种子到处发芽了似的，自那之后，边境屏障的数量大幅增加了。一九八九年，全世界只有十五处边境筑有高墙或围栏；到了二〇一六年，数量增加到了差不多七十处，还有更多的在计划或建设之中。尤其是"9·11"之后，这些高墙以安全的名义筑立起来，但实际上，它们是在富裕与贫穷之间划出的界线。

自保加利亚于二〇〇七年加入欧盟以后，边境地区又装上了围栏，这次是为了把人挡在外面。曾经追捕本国公民的边防卫兵，如今在追捕外国移民。越境者将遭受例行的殴打和抢劫，并被强制遣返土耳其。那年秋天，在距离锡内莫雷茨不远的地方，手无寸铁的十九岁阿富汗年轻人齐亚拉赫·瓦法，遭到了边防部队的枪杀。

快接近检查点时，我放慢了自行车的速度，边防卫兵在那里检查离开边境区域的车辆。我可以看到竖立的带有铁刺网的围栏穿过田野，进入林地。当我穿着花衬衣和短裤骑车经过时，挎着卡拉什尼科夫冲锋枪、坐在那里休息的边防卫兵和战士，没一个特别注意我。我继续朝南骑行，两英里后到达了雷佐沃，旁边就是与此同名的穿越斯特兰贾山脉的界河。去土耳其的最近入境点在内陆三十英里处，在河口有一处地点，可以观望对岸高高飘扬的土耳其国旗。有两对中年夫妻站在那里拍照。他们是保加利亚人，从年纪上看应该记得"铁幕"；那个时候，作家卡帕卡·卡萨波娃写道，边境是"一个几近神话的实体，既无法接近，也无法看见"。

接下来的几天里，我都在靠近边境的林间小路上骑行和远足，每天下午回来后就跳进黑海游泳，那里的半咸水像是枝条在我的腿上挠痒痒。晚上我在城里的一个烧烤店吃饭；大约九点钟的时候，会有一辆装甲车开过来，下来几位全副武装的宪兵，他们是部署在边境地区的机动安全部队。有一次，一名宪兵对我和我手里的海鲈鱼多看了几眼，在林子里待了太长时间，他或许是在纳闷：是不是到处都能看到阿富汗移民。

我在等待奥马尔和马利克安全抵达伊斯坦布尔的消息。但奥马尔还没回复；我打电话给玛丽亚姆，可她也没有得到消息。奥马尔和马利克正与他们的蛇头一起在某个地方翻山越岭。我不想再耽搁下去了：一场风暴的冷锋两三天之内就会到达这里的海岸。我向玛丽亚姆确认了她在伊斯坦布尔的地址，说我很快就会去她那儿，但没说具体何时。

"我也许会直接出现在你家门口。"我告诉她。

"愿主与你同行，"她说，"我在这里为你祈祷。"

我检查了一下装备：三公升水、一些欧元和土耳其里拉、一把小刀、一个指南针和我的三星手机，里面有我已经下载的这个区域的地图，而且与大多数智能手机一样，里面还有内置的全球定位系统。我扔去泳装早早上床，感觉到了作出决定后的身心放松。

第二天上午我退了房，坐出租车去西里斯塔，那是边境区域北侧的一处受人欢迎的海滩。我坐进汽车后座，收音机里传来了一首熟悉的歌曲。我简直不敢相信自己的耳朵，这是奥马尔最喜欢的歌曲之一——由西班牙著名流行歌手安立奎·伊格莱希亚斯演唱的《英雄》。这首白金单曲开始时节奏舒缓，只有安立奎伴随着吉他声低沉吟唱，但在终曲合唱部分，镲片、小提琴和钢琴的音调都提高了上去，他大声唱道：

> 我会成为你的英雄，宝贝，
> 我可以吻走你的伤痛。
> 我会永远在你身边，
> 你令我无法呼吸。

出租车驶入砾石铺就的停车场时，轮胎发出了吱嘎吱嘎的响声。我背上背包走向海滩，路过躺在毯子上的早起的人，爬上了南端的岩石。这条线路我之前探察过。线路上有一条弥漫着刺柏香气的小径，沿着悬崖向前延伸。半个小时后，我抵达了一个岬角，边境区的围栏在那里伸入海中。我步入林中，换上牛仔裤和徒步鞋，继续深入灌木丛，在那里找到了我的地标——一个空穴，里面有一个破碎的手提箱和一双儿童跑鞋。

边境区从这里起始。我爬过灌木丛，来到了一条两车道土路的边缘。在我的这一边，是一道生了锈的链状围栏；另一边则是一道稍新一些的十二英尺高的围栏，顶部装有铁刺网。在车道中间的隆起部位，还有第三道带横栏的围栏，就像是牲畜的护栏。沿土路每隔四分之一英里，就有一根电话杆，上面装有摄像头。

栏杆底部，也就是摄像头的盲区，有人——无疑是偷渡者——在围栏中间割出了几个洞。

我扭动身子钻过这侧围栏的孔洞，看了看路两边的情况，然后从路中的牛栏下爬过去，再从另一侧围栏的洞口钻出，进入阴暗静谧的森林。在共产党执政时期，有些偷渡者将边境区的起始处误认为实际的国境线，从而成为对面卫兵的醒目目标。当然，我知道我必须越过边境区抵达雷佐沃河。我检查了一下手机中的定位系统，然后朝内陆行进，穿过公路，到了一个宽阔的干草场，那里有一匹马在远远地盯着我。我找到了之前在卫星地图上看到过的林中土路，那是一条细细的羊肠小道，一直通到河边。长在路上的高高的野草似乎没受扰动，可我差点踩上了一大堆动物的粪便。由于担心会有骑警巡逻，我决定从林中穿行，于是按指南针指引的方向进入了林中。

灌木丛中有许多棕色蜱虫，还有成群结队的蚊子和蠓虫环绕在我的脑袋周围。为防虫咬，我在身上的暴露部位抹上了驱虫药水，还戴上了一顶迷彩的宽边网罩帽，那是在锡内莫雷茨的一家户外装备商店购买的。穿戴成这样，只身一人走向南方，我不知道自己看起来像什么。迷路的游客？保加利亚的治安队员？要去河对岸接应客户的蛇头？

绵延起伏的林地被陡峭的沟壑切割。脚下的橡树叶中有糖果包装纸和塑料瓶。在林中的一个开阔地，我经过了一片宽阔的、被压平的草地，这些野草看上去像是经历了一次突发的洪水的结果，但我看到这条野草带，沿着山坡，上下倒伏，似乎不受重力影响——不是水流所致，而是人流，是被潮水般的移民并排走过踩倒的。

几个小时后，地形开始下降。我听到东南方向好像有重型机械的响声，这引起了我的警觉。顺着山坡下行的时候，我闻到了河流中的泥土气息。我看到更多被踩扁的塑料瓶子，是土耳其品牌的，最后我来到了一条沿着雷佐沃河伸展的道路。透过灌木间的隙缝，可以看见碧绿的河水。

走出林子来到路上后，我大吃一惊：二十码以外，灌木中半藏半露着一顶灰绿色的警用帐篷。我赶紧跃入河岸的荆棘丛中，蹲下身子细听。没发觉动静。我没看到警察，但在这里很容易被路人发现，我得尽快过河。

到了这个点上，就没有回头路了。我已经因为威胁到国家安全而遭到过土耳其的驱逐。现在最好是当一个没有记录的阿富汗人，这样的话，警察通常是会放行的。我从背包中取出一瓶保加利亚的乳香酒，喝了一大口，差点吐了出来——味道像是添加了茴香的汽油。我拿出护照，然后把酒倒在一个坑里，试着点燃，但火总是熄掉。慌张之下，我拿小刀割开护照的纸页，堆成一堆，直接点上火。我注视着火焰把彩色的印章和贴箔的签证烧黑——那是我过去几年间记者工作的证明。但我一次性加了太多的纸页：它们在闷烧，尤其是厚厚的封皮，同时升起白色的烟雾，笼罩在道路上方。我把纸片抽了回来，用被熏烫的手指将它们一张一张地放回去烧，这样烧得干干净净了。

烟雾和酒精使我头晕目眩。我脱下衬衣和牛仔裤，把它们与背包一起塞进一个垃圾袋内，吹进空气后扎紧了袋口。我穿着内裤，提着袋子，蹒跚穿过荆棘丛，到了河岸边，站定。然后，我把袋子高举过头顶，用力抛向远处，随之跳入水中。

我在阴暗处潜入水中，河水很凉爽。浮出水面后，我伸手抓住漂浮不定的袋子，用侧泳方式拖着它前进。雷佐沃河此处的宽度只有二十多米，游到水流平稳的河中心时，我的耳中感觉到湖泊般的宁静。我能够尝到水中的铁锈味道，河水如同周边的树木一样翠绿。

土耳其一侧的河岸更高。我倚着一段沾满烂泥的树干，用力把袋子抛上岸去，然后手脚并用地爬上泥泞的岸坡，到了一个幽暗的小树林里。我穿上衣服，回头去看河流时，只能见到茫茫的森林。

天色开始变暗。我看了一眼手表，是下午五点钟。我的计划是隐藏到月亮升起，然后步行至海滨小镇伊内阿达，那里每天上午都会有一辆大客车开往伊斯坦布尔。我在一棵倒下的树后找了块地方，躺了下来。

我的呼吸和心跳恢复正常了。和着层层蝉鸣鸟叫，森林的声音重又响起。一只松鼠从树干猛地跳下，叽叽咕咕地，像是在责骂我。我听到了山鹬的扑翅、潜鸟的叫唤，以及像是发狂的狐狸的叫声。树叶之间的一片片天空变得暗淡，逐渐模糊不清。我的四肢像是沉入了泥土之中。闭上眼睛，我看到火焰在吞噬我的护照。

突然，我猛地一惊，有什么东西在我耳边沙沙作响。是松鼠吧，我心想，但接着听到了明白无误的喵喵声。我坐直身子，茫然地张大了嘴。这里有猫？天黑得伸手不见五指。我摸索着去抓之前找到的一根木棍，把它横放在胸口上。我肯定是在做梦。或者是糊涂了？

　　黑暗就像是一床厚被褥。各种动物也躺在它的下面。只要我待在林子里，就没人能发现我。时间凝成了一个单一的点。我上次来保加利亚还是在八年前，那一次我因为搭顺风车而在途中滞留，不得不躺在野外过夜，醒来时身体已被露水沾湿。那些日子里，我学会了在恶劣的环境中睡觉。那年深秋，在抵达阿富汗后，我去游览了巴尔赫古城，神秘的宗教圣人鲁米就出生在那里。前一天的晚上，我与男孩们一起在阿莫宾馆抽了许多印度大麻，回到自己房间时，心里一阵惶恐。但第二天上午，我还是身穿新袍在马扎里沙里夫坐上了通勤车，车上的其他旅客都盯着我看。

　　巴尔赫曾被希腊人称为巴克特拉，是当时巴比伦的竞争对手。亚历山大大帝在赴印度的路上，娶了当地一位叫罗克珊娜的公主。十三世纪初叶，鲁米在成吉思汗的军队入侵之前逃离巴尔赫，迁徙到了安纳托利亚，这位苏菲派的长老在那里讲授"法纳"（fana），即湮灭，一种自我和短暂的世界被一扫而空的状态，只留下神圣的本质。他写道："如果你寻求归于真主，就应该从有我转向无我。"

　　我曾离开考古遗址附近的村子，走进先知琐罗亚斯德曾经布道的高原。城市被岁月冲刷得面目全非，只留下旧时城墙地基的一个巨大的环形高地。

"他蔑视一切可以被感官感知的事物，把自己的权威建立在无形事物之上。"

热浪使人昏昏欲睡，我发现了一个公园，几位打工者在那里打盹。我想消失；我躺到草地上睡着了，太阳照在我的喉咙上。

"他的爱是明显的，他的所爱是隐藏着的。"

在创世神话中，知识意味着流亡。你会发现你无法回到原路。当我在那次旅程中第一次亲眼见到贫穷和战争时，我为他人的苦难感到痛苦，但直到后来我才意识到，我同样可怜自己，因为我也生活在这样的世界里。

"你爱的那张面孔；当青春消逝之后，你为什么感觉疲惫？"

当这个破碎的世界让我们感到自己也已破碎时，我们会去寻找一些东西来修补。但我已经失去了信仰，感觉到了与历史的脱离；我认为与他人在一起并肩作战是我此刻唯一能提供的支持。

"如果所爱能被感知，那么人人都会知道爱。"

现在我身处荒山野岭，孤身一人。与奥马尔的这次旅程搞得如此糟糕，以致我不清楚还能做些什么。我已经累了，对前方的路途有不祥的感觉。但我不能留在林中。有人在等着我。

对面的树干上出现了一个黄色的亮点。我转过身去，透过树枝看到了升起的月亮。我又坐了一个小时，随后便拿着木棍出发了。月亮几乎是浑圆的，月光像街灯一样照射下来，树木在路边留下了一摊摊黑影。

去伊内阿达的路程是十英里。午夜后，我在一个朝南的山坡上停下来休息，从那里我可以看到位于黑暗的大海与乡村之间的城市的灯光。我又花了一个小时才到达郊区，几条狗断断续续地吠叫着。我扔掉木棍。河口处有一座长桥，河对面是一个野营场地，那里基本上是空的。我颤抖着坐到了一棵树下，因为只穿了一件T恤和风衣。黎明前的时辰总是最冷的。

天色开始发亮时，我穿过了通往沙滩的道路。东方的天际，一抹紫红晕染开来，把天空染得通红。"早上天空一片彤红，水手出海不能放松。"我哼唱着，走进了城里。

伊内阿达大致呈三角形，街上满是烧烤店和旅馆。从内陆延伸过来的公路，在这里与海岸大道交会。在长途汽车站，我用洋泾浜式土耳其语买去伊斯坦布尔的汽车票。女售票员要我出示身份证件。我耸耸肩，她看着我想了片刻，还是给我开出了票。

我在一家饮食店喝了碗扁豆汤，然后走进一家咖啡馆坐下来，看向远处的车站停车场。我喝着滚烫的茶水，一支接一支地抽烟。一辆从宪兵部队开来的卡车在售票处旁边停了下来，两名警察下车后走了进去。刚才的女售票员肯定是报警了。这里无处可逃。我努力为接下来要发生的事情提前做好准备。那女的会出来指认我。当警察过来要求查看我的身份证时，我会坐着，尽可能保持平静。我是一个没有留下过任何记录的阿富汗人，一个难民。他们会抓走我。但无论发生什么事情，我都不能说英语。

现在这个时间点，玛丽亚姆肯定已经晨祷过了，所以她也已经为我和奥马尔诵读了《古兰经》中著名的宝座经文。有一次她对我解释说，该经文的力量可以为所爱的人筑起护墙，它比空气更透明，比钢铁更坚固。经文引导她懂得了神的属性，真主，除祂外绝无应受崇拜的；祂是永生不灭的，是维护万物的；瞌睡不能侵犯祂，睡眠不能克服祂；天地万物都是祂的；不经祂的许可，谁能在祂那里替人说情呢？祂知道他们面前的事，和他们身后的事；除祂所启示的外，他们绝不能窥测祂的玄妙；祂的知觉，包罗天地。天地的维持，不能使祂疲倦。祂确是至尊的，确是至大的。[①]

警察出来了。看到他们驾车离开，我重重地跌坐回椅子里。随后，一群旅客涌向停车场。看到他们开始上车，我付完茶钱走了过去，出示了车票。

抵达伊斯坦布尔时已是下午。看到绵延的山丘变成工厂和购物中心，我感觉好多了。我出了林子，但没有迈进监狱。可我不知道接下来的计划是不是能够顺利执行。我必须找回奥马尔。我答应过自己，我们再也不会分离。

走出伊斯坦布尔的长途汽车站，我搭乘出租车去往玛丽亚姆给我的地址，登上了公寓的二楼。他们的房门敞开着。我敲了敲，奥马尔的妹妹法拉赫走到了门厅。

"有什么事吗？"她问道，接着就认出了我。她笑了。

---

① 引自《古兰经》宝座经文，马坚译本。

第九章

法拉赫的故事

　　还是没有奥马尔和马利克到达伊斯坦布尔的消息。玛丽亚姆最后得到的消息是，他们在边界处伊朗一侧的一座安全屋内，准备翻越崇山峻岭。他们的手机关机了，所以我们只能等待。

　　玛丽亚姆家租住的是一套有三个卧室的公寓，位于泽丁布尔努区的一家血汗工厂的楼上，这一带属于伊斯坦布尔西部的工人住宅区。奥马尔的父亲独自占了一个卧室，玛丽亚姆、她的侄子苏莱曼、法拉赫和她的一位来自喀布尔的朋友希琳则分住在另外两个卧室。卧室装饰成了阿富汗风格，地毯上摆放了靠垫。晚上他们会聚集在大房间内观看宝莱坞电影。

　　第一天晚上吃饭时，大家围坐在铺在地毯上的桌布旁，我告诉他们，我来土耳其的途中遇到了问题，所以是泅水渡河进入这个国家的。我解释说，一旦奥马尔到了这里，我会与他找蛇头一起去欧洲。同时，我请他们别透露我的真实身份：从现在起，我是阿富汗人，名叫哈比卜。

"哈比卜，这是一个好名字。"玛丽亚姆笑着说，其他人也点头表示同意。

他们没有问我什么，我也不知道还能说些什么。或许他们认为我知道应该怎么做，他们很相信我的信念。经历过战争和受过迫害的人，极少会用合法和非法这样清晰的界限去看世界。他们滞留在欧洲门槛边的伊斯坦布尔，每天都感受着生活的乏味和压力，不管怎么说，我的到来是受欢迎的，因为能给他们带来一点新鲜的感觉。

白天，贾马尔避开玛丽亚姆躲在自己的房间里用手机看电影，而苏莱曼和希琳——她与法拉赫同年，也是二十岁——在附近的一家餐馆打工。玛丽亚姆去清真寺祈祷的时候，我与法拉赫待在一起。她还是渴望找一份工作，她对我讲述了母亲抵达前，她在土耳其度过的几个月里发生的事：先是独自一人在伊斯坦布尔，接着与希琳一起待在安纳托利亚的埃斯基谢希尔市，等待联合国批准她们的避难申请。

法拉赫是玛丽亚姆的小女儿，她有母亲宽阔的颧骨和闪亮的长发，现在已经不戴头巾了。出门之前，她会花很长时间梳理头发。以前在伊朗的童年时代，她的绰号是"开心果"，现在她的性格依然外向乐观，可我在WhatsApp和Facebook上看到过她的头像——一颗被箭射穿的流血的心和一个沮丧女孩的剪影，上方写着"为什么是我？？"。

法拉赫与家里的其他孩子一样，梦想移民到西方。她还与弟弟齐亚一样，高分通过了标准化英语考试，但家里的钱只够送男孩去国外读书。因此，她在喀布尔找了一份薪水不菲的工作——在一家外国人开办的非政府机构教语言课程，并开始存钱。她认为如果塔利班再次来到喀布尔，有一天她也许需要钱去找一个蛇头带她去欧洲。

然后她遇到了哈里斯。大概在一年前，她还住在阿富汗的时候，哈里斯在Facebook上发信息给她说，他是在一位朋友的婚礼录像中看到她的。与姐姐一样，法拉赫也对传统的婚姻心怀抵触，她喜欢哈里斯，他能让她高兴。当终于同意与他见面之后，她发现他与照片上一样英俊，浓密的头发理成了像艾哈迈德·查希尔那样的发型。他是一名衣着时髦的记者，渐渐地，他早上开车送她去上班，常常讲一些他遇见的大人物的轶事逗她开心。

当他们决定订婚的时候，双方的家人都很高兴。但在举办仪式后的第二天，哈里斯泪流满面地来到她家。他要忏悔：他没有对她说真话。法拉赫只知道他经济拮据。他父亲的外币兑换商店被大火烧毁，他们欠了客户很多钱。现在哈里斯告诉她，他曾与一个年纪比他大的离了婚的女人有一段风流韵事。那个女人曾承诺他，如果他们一起逃往土耳其，就替他偿还债务。但女人的前夫，原"圣战"游击队的一名指挥官得知了他们的事情，带领一帮打手绑架并殴打了哈里斯，直至他发誓再也不去见那个女人。

这些都是在他遇见法拉赫之前发生的事情，哈里斯告诉她，现在已经结束了。他只是要向她坦白清楚。她原谅了他。他们发誓决不互相欺瞒。她开始资助他，每月给他一百或两百美元，很快她的工资就没有结余可以存下来了。

法拉赫后来才意识到，那时候她真是糊涂。她的几位哥哥或许会嘲笑她，但与双亲一样，她相信黑魔法和魔法师用几绺头发和几块非清真肉编施的咒语。她看到过一位朋友的驴珠，那是在孟加拉国某种野兽的脑袋里找出的卵形硬物。如果把这颗珠子平放在指尖上，然后轻轻地发出类似叫唤动物的声音，它就会自行旋转。如果施运得当，你甚至可以让某人成为你的奴隶。

每天早晨的上班路上，哈里斯都会给她拿一瓶水，坚持要她喝掉。接下来的整天，她都感觉与世界之间隔着一层纱布。有几次，哈里斯带她去见一位一脸邪气的毛拉[1]。那人念咒语时，她低头弯腰坐着，直至房间旋转。哈里斯跟她说，那是保护她的咒语。

从此，法拉赫脸上鲜露笑容。她变得压抑和易怒，经常与母亲和奥马尔吵架。她甚至不去见自己最要好的朋友希琳。她们曾在喀布尔的女子联盟一起踢足球；希琳个子不高，性格豪爽，肩膀宽阔，理了一头精灵短发，是踢得最好的球员之一。其他女生都想与她交朋友，但她选择了法拉赫作为自己的至交。她们分享一切，不论好坏美丑；她们甚至还在各自的前臂刻上了同样的印记。后来，法拉赫不再给她电话，希琳很伤心，以为法拉赫与未

---

[1] 毛拉是对伊斯兰教教师或领袖的尊称。

婚夫在一起幸福得没空想念她。但有一天她们不期而遇，希琳注意到她的朋友憔悴而凄楚。她还看了一眼法拉赫的手腕，发现已不见金手镯的影子。

法拉赫感到羞耻难当，她让希琳发誓保密，然后说出了真相：哈里斯已经走投无路了；他说他父亲的债主在威胁他。她已经把工资都给他了，所以只能卖了手镯。

在希琳的帮助下，法拉赫明白了哈里斯是在利用她。他与法拉赫说定开斋节不用互相交换礼物，背后却为自己的母亲和姐妹买了漂亮的新裙子——这成了他们关系的最后一根稻草。法拉赫解除了婚约。好几个星期，哈里斯可怜巴巴地恳求法拉赫别抛弃他，发誓他绝对不会爱上别人。他在她工作的地方等她，给她看他手臂上刻的法拉赫的名字。有一天，他逼迫她坐进自己的车子，驾车时他掏出手枪，顶在自己的脑门上，咆哮着说要自杀。

她犹豫了。要不是通过Facebook发现哈里斯依然在与那个指挥官的前妻见面，她也许还会对他做出让步。希琳听着法拉赫的倾诉，把她抱在怀里安慰。

"我不能没有你。"法拉赫说。

"我也一样。"

"可我不能住在这里。我要逃离这样的生活。"

她们决定一起逃往欧洲，在那里她们可以重新开始。那是二〇一五年下半年，边境还开放着。她们只要能够去到土耳其，然后坐上小船就可以了。玛丽亚姆自己也在准备离开，她给了法拉赫一些钱，奥马尔也给了；希琳则从自己家人那里得到了帮助。她们给了中间人差不多一万美元，对方向她们承诺，即使领事馆被围攻，也能帮她们搞到土耳其签证。但几个星期后，那人只拿到了一份签证，是法拉赫的。

姑娘们已经买好了机票；法拉赫必须在签证过期之前独自飞去伊斯坦布尔。她住进了一家廉价旅馆，在那里等希琳。可是希琳的土耳其签证遥遥无期。最后希琳搞了份伊朗的签证，她可以先飞德黑兰。她对家里撒谎说直接去伊斯坦布尔，因为她知道家人绝对不会让她独自一人翻山越岭去土耳其。

边境是暴力集中地。非法越境的女性会落到蛇头、卫兵和其他移民手里，有受男人攻击的风险。被强奸是有些难民在逃离时要付出的代价。边境管控越严，这样的风险就越大。典型的非法移民者形象——健壮的年轻男子——常常被用来证明边境严控的正当性，但实际上这是这种政策的一个后果。对穷人来说，通行能力是男人特权的一部分。

但希琳与其他女子不同，她留着一头短发，在阿富汗期间有时会被当作男孩。在德黑兰下飞机后，她用自己的衣裙和头巾换来了牛仔裤和衬衣。她在山区走了一半的路后才被团组的其他人猜出是女人。然后，她感觉到蛇头在盯着她。最后一天，他们试图把她与其他移民分开，说她体弱，准备让她骑马，但她又喊又叫，最后其他阿富汗人团结一致，拒绝丢下她。就这样，她安全抵达了伊斯坦布尔。

两位朋友团聚了，但奇迹也结束了。这时已是三月份，欧洲的边境关闭了。她们没有足够的钱找蛇头把她们送到德国。一旦法拉赫的签证到期，她们两人都会是这里的非法滞留者。但法拉赫有一个主意。她听说联合国在接受到西方国家重新安置的申请。如果他们认为你符合要求，那你就可以移民到像美国或加拿大那样的国家。被选中没那么容易，但她认为两个单身的阿富汗女子也许有机会。在二人的申请接受审核期间，她和希琳在土耳其的逗留就是临时的合法状态。她们坐上了夜班大巴，赶赴土耳其首都安卡拉。

每年有几百万人为逃离战争而背井离乡，但大多数人没有离开自己的祖国，他们去到国内的另一个城镇或难民营，仍然希望不久能够返回家乡。那些被迫去国外的人，通常不会走得很远。全球五分之四以上的难民安置在发展中国家，那里的边境和从富裕国家得到的人道援助把他们留在原地。从这个筑起的难民池中，西方小口小口地喝。二〇一五年全球两千多万的难民中，大约有十万人脱离苦海走向新生，其中大部分流向了美国、加拿大和澳大利亚。重新安置是自愿和人道的举措——这与一九五一年《日内瓦公约》中规定的一国须对跨越该国边境寻求庇护的难民尽法定义务形成了对比——但也起到了作为软实力工具的作用，即帮助解决一些区域性的危机，如针对越南船民实施的"为开放门户而开放海岸"政策所做的。此外，那些让寻求避难者几乎不可能到达自己领土的公约签约国，如澳大利亚，可以用它们的重新安置项目来证明自己对难民所作出的贡献。避难的权利成了获得重新安置的特权。然而，如果把申请重新安置比作排队，那么寻求避难者就可比作插队者，实际上这更像是彩票中奖。

在越南战争结束后的一九七九年，西方安置了全球二十分之一的难民。二〇一五年，这个数字约为两百分之一。但个体在西方国家获得安置的成功概率还取决于他的国籍，以及他是在哪一个发展中国家提出申请的。当法拉赫和希琳在二〇一六年春天出发去安卡拉时，土耳其接收了全世界最多的难民，总数达到了三百五十万：有逃离内战的叙利亚人，还有阿富汗人、伊拉克人、伊朗人和其他许多国家的人。但这些国家的人都不能在土耳其获得永久避难的权利——出于历史的原因，土耳其只承认来自欧洲的难民，而欧洲几乎没有难民。然而，当时的土耳其是对移民相对友好的国家，那里有庞大的非正式经济体系和宽松的执法制度。叙利亚人获得了土耳其政府的临时保护；至于其他国家的难民，土耳其早已授权给联合国难民事务高级专员办理相关手续，条件是那些获准临时避难的人最终都要被安置到国外——多年来确实如此。但现在，在逃离战争的新难民大量涌入的重压下，这一机制不灵了。

一九九五年至二〇一〇年间，驻土耳其联合国难民事务高级专员办事处已认定三万五千名伊拉克人和伊朗人为难民，并且将他们几乎全都重新安置到了西方国家。另一方面，阿富汗人的申请表堆积如山——目的地国家对重新安置他们不感兴趣。二〇一三年，为应对阿富汗人的移民浪潮，联合国停止了将他们登记入册。人们在避难办公室门口开展了闭口绝食斗争之后，这个流程重新开放了，但随着阿富汗人源源不断地来到安卡拉讲述他们的故事，积压的表格不断增加。

夜行的大客车上，法拉赫将一侧肩膀靠在希琳身上。她在思考明天的面谈，想知道应该说些什么才能为她和朋友打开通向新生活的大门。

"在难民营里，故事代表了一切。"蒂娜·奈叶利写道，她在孩提时期逃离了伊朗。"新生活中的每一天，难民都会被问及与其他投机者和经济移民的区别。"

清晨，法拉赫和希琳来到安卡拉，但当她们找到避难办公室时，门口已经排起了一条长队，大都是阿富汗人和伊朗人。在波斯语的对话中，法拉赫听到了英语单词case。队伍的末尾，有一个年轻的阿富汗男子，胡子刮得干干净净，还背着一个孩子。互相打了招呼后，那人打量着她，问道："你是什么case？"

法拉赫知道，case就是情况，也就是故事，是对"你为什么离开"这个提问的回答。她将不得不对陌生人讲述她的故事，因为对方能够决定她是不是真正的难民。但说什么呢？一个单薄的故事并不能概括她的全部生活。

"故事好不好，决定权不在讲述者而在倾听者。"意大利作家伊塔洛·卡尔维诺写道。根据一九五一年的定义，难民是因"种族、宗教、国籍、特定社会团体成员身份或政治观点"而逃离迫害的人。当联合国难民事务高级专员进行"难民状况判定"时，面谈官会倾听"合乎逻辑的"和"可信的"故事，以"基于个体"证明其"有恐惧被迫害的正当理由"。战争和其他的集体不幸是不够的。土耳其非政府组织的工作人员认为，阿富汗人遵循谦逊的文化准则，并且普遍缺乏教育，因而讲不好故事。例如，一个逃离塔利班控制的目不识丁的农民，他的几个儿子被迫服役，他的村子遭到了空袭，但他也许只会说一家人逃难是因为庄稼歉收，家里没有吃的了——换句话说，是因为经济的原因。"每一种痛苦都会过去，除了饥饿之痛。"阿富汗谚语如是说。

针对"为什么离开"这个提问，正确的回答是：因为被逼无奈，因为别无选择。但在我们这个世界上，自由是什么意思？难民是自由的反面形象；自由描述着我们让自己相信的美好前景。

自"冷战"结束以来，一九五一年难民定义的应用已经发生了变化。从某种意义上说，它包含的范围有所扩展，因为西方国家的法院已经将它应用于基于性别和性遭受的迫害。但根据供需关系的基本原理可知，申请避难者中公约能保护的人数的比例已经缩小，因为寻求避难的人数增加了。例如，从二〇一五年到二〇一七年，在入境瑞典申请避难的人数增加了八倍之后，对阿富汗人的接纳率从百分之七十四下降到了百分之三十八。获准的比例减小了约一半。

作为单身女性，法拉赫和希琳如果能设法顺利去到加拿大，应该是能够获准避难的。她们本可以在许多欧盟国家和美国获准避难，过上体面的生活。但此刻，她们却要在安卡拉争取极为有限的名额。除非她们有特别令人信服的故事，否则希望渺茫。

法拉赫隐约感觉到了这一点。在她的想象中，她的前未婚夫已经从恶意尾随者变为令人恐惧的塔利班指挥官，而家人还强迫她嫁给他，并且他现在还为了恢复名誉意欲谋杀她。她把这个故事说给队尾那位年轻的阿富汗人听，他摇了摇头。"这个故事不够好。"

"为什么不好？"法拉赫问道。

"你看见那些伊朗人了吗？"他指向前面。那里聚集了一大群人，围着一个刚从办公室走出来的笑眯眯的男孩，似乎他已经听到了好消息。"他们都要去加拿大或美国。能去的人要么是基督徒，要么是同性恋。"他看了一眼希琳。"我给你们提个友好的建议。如果想去加拿大，那么你们的情况应该是'蕾丝边'。"

法拉赫和希琳相视着笑了起来。队伍慢慢前移，她们考虑着那人的提议。

"如果这是我们能离开的唯一途径呢？"法拉赫说。

"说不定这样他们就能将我们两个一起送出去？"希琳说，"我们不妨试试？"

她们排到前面了，已是最后时刻，法拉赫同意了。她们被分别叫进去，参加一个短暂的预先面谈。法拉赫先进去，跟随伊朗工作人员走过门厅时，她感觉心情轻松。她决定把几个故事拼凑起来。法拉赫讲述被迫订婚时，对面的女官员敷衍着点了点头——她以前肯定听到过这样的故事；但当法拉赫说到自己是蕾丝边，是与她的同伴一起来到这里的时候，女官员来了精神。她把一位同事叫过来商量，法拉赫听到了LGBT①这个词语。也许这一招会成功，法拉赫想。

希琳的面谈大同小异。幸运的是，工作人员没有问及太多的详情。看上去，她们两人并不是不可能。法拉赫身穿典型的阿富汗女孩服装，但希琳在土耳其继续穿着男装。希琳喜欢被误认为是男孩，她剪一头短发，穿一件短款假皮夹克，走路一副大摇大摆的样子。但她绝对不是法拉赫感兴趣的那种男孩。实际上，希琳对自己性别的展现是不符合传统观念的，回到家乡，这可能会惹上麻烦。

现在，由于法拉赫和希琳向联合国提出了避难申请，政府就会允许她们留在土耳其，直至她们申诉的情况得到确定，但她们只能在指定的城市生活——避难申请者通常不能待在像伊斯坦布尔或伊兹密尔那样的大城市里。联合国把她们送去了埃斯基谢希尔市，那是安纳托利亚中部地区的一座树木繁茂的大学城。阿富汗人通常不被允许去那里，但法拉和希琳被认为是"脆弱的"难民；虽然一九五一年的公约里没有提及，但这种基于健康、身份和社群因素的脆弱性，是当今的联合国和东道国在提供服务和安

---

① LGBT是女同性恋者（lesbian）、男同性恋者（gay）、双性恋者（bisexual）和跨性别者（transgender）的英文首字母缩略字。

置时，考虑难民优先顺序的因素。法国人类学家迪迪埃·法桑认为，这样的人道主义逻辑是"一种更看重苦难而非劳动能力，更基于同情而非权利的新的道义经济"的结果。例如，后工业化社会不再渴求移民劳工，而是基于慈善因素在申请避难者中做出决定。时任英国内政大臣特雷莎·梅反对接纳难民，指责他们是"最富裕、最幸运和最强大的人"。

法拉赫和希琳来到了埃斯基谢希尔。她们根本不知道去哪里安身，幸好在公园遇到的一个伊朗男孩主动向她们伸出援手。几天之内，她们找到了一套公寓，还在巴尔街的一家餐馆找到了洗盘子的工作。那是一条步行街，周末有许多学生。

她们在埃斯基谢希尔碰到的其他难民都是伊朗人。这些伊朗人中，有些人，比如餐馆里的女服务员，对她们很粗鲁，因为她们是阿富汗人；但其他人，比如公园里的那个男孩，则很友善。虽然伊朗没有遭受内战之苦，但伊朗人比法拉赫和希琳有更多的机会得到重新安置。因为他们的政府既压制人权，又是西方的敌人。还有些难民是耶稣的信徒；虽然伊朗有传统的基督教社区，但对那些生来就是穆斯林的人来说，皈依基督教是非法的。西方的传教士团体在土耳其的难民中很活跃；如果你受洗了，那么你也许用不着渡海去希腊。但据说女同性恋、男同性恋和跨性别的伊朗人会最快得到安置，就像那位秘密主持了同性婚礼的毛拉，他在逃离自己祖国后的那年夏天登上了英国广播公司的节目。法拉赫听说安卡拉有一位律师，在收费几千美元后可为任何人在联合国编造一个"黄金级的故事"。

在法拉赫和希琳等待那个将改变一切的电话通知时，春天慢慢过去了。五月份，玛丽亚姆带着苏莱曼飞到土耳其，与女孩们会合了。但玛丽亚姆不喜欢埃斯基谢希尔。她们的公寓是一栋单立的住宅楼，附近没有商铺，去公交车站要步行二十分钟，这对她这位糖尿病患者的膝盖是一种折磨。玛丽亚姆无法用母语与别人交流；她感觉自己又聋又哑，像个残疾人。在清真寺里，当地妇女有意避开她。很快玛丽亚姆也让法拉赫不高兴了。

"你为什么把我带来这里？"玛丽亚姆责问。

"我没有啊！是你自己来的！"

然后法拉赫听说父亲也从喀布尔上路了。埃斯基谢希尔的这套公寓太小了，她的父母忍受不了同处一个房间。玛丽亚姆想去伊斯坦布尔，那里有其他的阿富汗人，她们还能在那里找到蛇头。现在她们已经获悉，没有记录的移民如果老老实实地待着，警察就不会找上门。法拉赫和希琳商量了一下。如果她们离开埃斯基谢希尔，联合国也许会终止她们的重新安置申请。但几个月过去了，什么消息也没听到，而这期间，她们的伊朗熟人都已经去大使馆参加过面谈了。奥马尔应该很快就会从阿富汗过来，他肯定能够为她们找到去欧洲的办法。于是到了六月份，她们收拾起为数不多的个人用品，搭乘长途汽车去了伊斯坦布尔。三个月后，我就是在那里敲响了她们家的门。

第十章

翻山越岭

我在伊斯坦布尔机场滞留之后不久，奥马尔和他的朋友马利克搭乘国内航班从喀布尔抵达了赫拉特，然后坐出租车到达伊朗边境。他们出示了伊朗的旅游签证，然后继续赶往马什哈德市，在伊玛目礼萨圣陵附近的一家旅馆过了一夜。这座圣陵每年吸引着约两千万人前来朝觐。

第二天上午，奥马尔和马利克乘坐十个小时的大巴西行，抵达了德黑兰。这时候是宰牲节，是伊斯兰教为了纪念先知易卜拉欣的虔诚和牺牲精神①而举行的庆祝活动。这个节日要持续好几天，其间人们品尝美味，走访亲戚。蛇头告诉他们说，要等到长假结束才能继续上路。为了打发时间，奥马尔和马利克一起去逛

---

① 相传，先知易卜拉欣在做梦时得到了真主的命令，要他献祭自己的儿子以示虔诚。在易卜拉欣准备执行这个命令时，达到了考验目的的真主命令天使及时送来了一只羊代替易卜拉欣的儿子。

公园，感叹与他童年在此流亡时相比，这座城市已经那么现代化了。他注意到年轻情侣间坐得很靠近，似乎并不害怕宗教警察。晚上与爱人一起散步是多么甜蜜啊。假如莱拉在这里，他会为她买一个冰激凌蛋筒。他惊叹这里的物价便宜，为自己和马利克买了大号的冰激凌。晚饭时，他点了两个一英尺长的鸡肉三明治。

没人来打扰他们。他们的白皙皮肤和圆眼睛让他们看起来像伊朗人，而且奥马尔还能说年轻时学会的设拉子方言。此外，他们的护照里有签证。在伊朗大约有三百万阿富汗人，他们的状况很不相同，就像在美国的墨西哥人那样。奥马尔在街角看到瘦巴巴的小孩兜售小饰物和口香糖，他还记得它们的牌子；但并不是所有人都像这些小孩一样是非法滞留的。

> 日落时，我要走温馨的道路离开，
>
> 我徒步走来，也将徒步离开。
>
> 流亡的魔咒今晚就要打破。
>
> 桌布空空如也，已经折叠起来。

二十世纪九十年代，阿富汗难民、杰出的作家穆罕默德·卡泽姆·卡泽米在伊朗发表了诗歌《回来》，这首诗是他在临行前做的一次痛苦的告别，它的读者众多，引发了伊朗知识分子对在他们当中的阿富汗人命运的灵魂思考。一九七九年伊朗伊斯兰革命时期，也就是苏联入侵阿富汗的这一年，阿富汗难民是受欢迎的。

但十年后阿亚图拉·霍梅尼去世时，他的"无国界伊斯兰"已经成了一个国家内的伊斯兰政权，在那里，阿富汗难民越来越不受欢迎了。他们自由工作和自由迁徙的权利被剥夺了；他们被限制在某些行业之中，大都做着低薪的工作，在国内旅行时也必须申请批准。"阿富汗垃圾"因犯罪和疾病被指责，是移民局清理的对象，并被大规模遣返回他们战火纷飞的祖国。但劳动力还是需要的，所以每年都有几十万人从阿富汗通过非法途径来到伊朗，成为建筑工地、废品场、农场和牲口屠宰场流动的廉价劳动力。

那些宰牲节的夜晚，在你家院子里，邻居！
你不会听到哭泣的声音，邻居！
身无分文的陌生人会离去，
没有玩具的孩子也会离去。

有些伊朗人会声援移民，这些声音在悲剧发生时会尤为响亮。比如有一次，一个当地人在被警察逮捕前竟然已经奸杀了至少四十三个难民孩子，因为这些孩子的失踪并未引起太多关注。但更糟的是，伊朗的移民法变得更加严厉了。二〇〇四年，政府禁止阿富汗难民进入大多数大学或中小学读书。在奥马尔抵达德黑兰的几天前，设拉子当局在一个公园里公示关在笼子里的非法移民。许多生于伊朗的阿富汗人，在面临被驱逐到他们从未了解的国家时，选择奔赴西方。稳定的迁徙人流在一年前边境开放时，猛然间变成了滚滚洪流，移民们举家迁离，涌向与土耳其交界的边境，徒步翻越大山。

宰牲节之后，蛇头让奥马尔和马利克坐进一辆面包车，朝西北行驶五百余英里后，把他们带到了边境附近马库郊外的一座安全屋里。幸运的话，他们只要花一两天的时间就可以越过边境，但必须徒步穿越扎格罗斯山脉。前一年冬天，突然增加的移民数量使得蛇头选择在更高的山口过境，以避开人流的拥挤，那些已经过境的人讲述了他们的见闻：小道旁横陈着冻僵了的尸体；有些家庭在齐腰深的积雪里不得不抛弃老人；一位年轻的母亲在躲避警察时跌了一跤，手中的婴儿摔出去掉下了悬崖。

凌晨四点，蛇头叫醒他们，驾车带他们摸黑上山，中途停车接上了两名巴基斯坦客人。下车后，他们沿着羊肠小道前行，直到找到一群等着他们的移民，几个腰插手枪的人在一旁守护。

蛇头是库尔德人，这个民族的人分布于土耳其、伊朗、伊拉克和叙利亚四个国家。扎格罗斯山曾是奥斯曼帝国和波斯帝国之间古老而模糊的边境，不过，土耳其、伊拉克、叙利亚之间的国境线，是法国人和英国人在第一次世界大战后划定的。在接下来的血腥百年间，边境布满地雷并被军事化；但越境走私一直不断，汽油和香烟、违禁的磁带和报纸，以及家族复仇、政变和大屠杀的幸存者，都是由许多来自山村的蛇头在安排偷运。但是，使得这些蛇头成为一方大佬的，是阿富汗的鸦片。二十世纪八十年代，他们的海洛因实验室开始经由保加利亚向欧洲供货，而保加利亚的黑手党则售卖武器给库尔德人。今天，走私偷渡的一条主要路线依然是翻越这些山脉。

在等待其他移民时，奥马尔和马利克挤在一起取暖。最后，团组的人数达到了八十个左右，其中大多数是脚穿跑鞋、肩背背包的巴基斯坦年轻男子，他们是穿越南方的沙漠，走了几个星期才来到伊朗的。当天色变亮，可以看清楚路了，他们便跟着蛇头在点缀着灌木和巨石的红土山丘上沿山路向上穿行，山路两边有好多踩扁了的烟盒。偶尔他们会停下来自拍。在他们的身下，山谷里的雾气在晨光中晶莹闪耀。

他们艰难攀爬了两个小时，越过一道山脊，俯瞰下面，是一个狭窄的山谷。一条路沿着谷底蜿蜒而过，泥土路面上拉着一道带刺铁丝网。这是土耳其边境。蛇头让他们坐下来等着，同时派了名侦查员前去打探。半小时后，侦查员跑回来大喊：

"快跑！有警察！"

他们连忙朝坡上跑，土耳其士兵沿着弯道抄了上来。马利克脚步飞快，跑在人群前头，他以为奥马尔就跟在身后。不一会儿，听到一阵砰砰枪声响起，他不禁畏缩着回头，只见下面走得慢的人举着双手，他们被士兵持枪控制了。奥马尔就在其中，他抬头看到了马利克，立马朝他挥手示意："快跑！"

三个土耳其人扛着沉重的步枪，朝马利克追了上来，他只好往山上逃。到了山顶，看到蛇头们手持石块，严立以待。

"真主伟大！"他们朝士兵扔出了石块。土耳其人停下脚步寻找掩蔽，给了其余移民逃跑的时间。

奥马尔看着马利克越过山脊消失了。三名士兵下来了；其中一个刚才被石块击中，骂骂咧咧的。土耳其人把俘虏押回到路上，越过铁丝网到了他们自己的国土上，巡逻队其他人在那里的一辆"眼镜蛇"装甲车旁边等待着。他们让偷渡客站成了一排。

"土耳其语？土耳其语？"一名士兵喊道。看到被俘的人都不吭声，他又试着说"英语？"。

"我会说英语。"奥马尔说。

"阿富汗人？"

"是的。"奥马尔回答，士兵指向了团组的其他人。"巴基斯坦人。"奥马尔说。

土耳其人强迫移民们朝前伸出双手。一个士兵拿起一条用电线编织的鞭子，另一个拿起一根塑料管。他们从队伍前走过，抽打俘虏的手臂和胸部。越是尖叫，就越是被打得厉害。

"巴基斯坦？巴基斯坦？"士兵们喊叫，"不能来土耳其！不能来土耳其！"

"不能来土耳其！不能来土耳其！"移民们重复着，用乌尔都语恳求宽恕。

轮到奥马尔挨打的时候，他努力保持沉默，忍受着手臂上的刺痛。他们走向下一个受害者。随后，士兵们对巴基斯坦人进行搜身，拿走了他们的钱和手机。奥马尔是唯一携带护照的，巡逻队长走过来看了看。

"土耳其签证？"

奥马尔摇摇头。

"伊朗签证？"

他点点头。

"来土耳其干吗？"

"母亲在伊斯坦布尔，父亲在伊斯坦布尔。"奥马尔说。

巡逻队长注意到了奥马尔脖子上挂着的护身符，那是他在尼姆鲁兹买来的。那人用两根手指把它夹住，看到上面刻有宝座经文。"《古兰经》？"他问道。

奥马尔点点头。那人把护照还给了他。

士兵们押着他们下坡，走向一条道路，那里停着一辆面包车。一个穿便服的人下车与巡逻队长简单说了几句话，然后朝伊朗一侧挥了挥手。士兵们在蛇腹型铁丝网上方放置了一块可以走人的木板，然后连骂带踢地驱赶移民返回伊朗。

奥马尔和其他人一口气跑了很远，直至从那些士兵的视线中消失，然后开始攀爬着返回伊朗。最后，他们看到了远处伊朗边境的一根立柱。奥马尔会说一些乌尔都语，他提议大家爬到更高的山上去，但其他人想返回去。最后，只有两个巴基斯坦人跟着他走。

这时已是中午，他们行走在凹凸不平的岩石间，炽热的阳光炙烤着大地。奥马尔不知道他是不是犯了一个错误。他们有可能渴死，或者遭到其他蛇头绑架。突然，他听到上面有人在叫喊。

168

"你们是谁的旅客？"是一个蛇头在问。

"穆萨的旅客。"奥马尔喊道。

那人叫他们继续向上爬，然后把他们带到了团组那里。马利克跑过来抱住了他。

"我再也走不动了，马利克。"奥马尔说。他坐下来，大口大口地喘气。"我要回去。"

"回不去了。我们只能继续前行。"

他们试了三次才越过边境。蛇头带移民走下山谷时，土耳其士兵又来追赶了，但这一次大家都逃回到了伊朗。下午晚些时候，他们的瞭望员报告说，巡逻队已经返回基地去了。一群人下坡跨过了铁丝网。这时蛇头大喊着让大家开始加速奔跑。他们不得不跑到山谷的另一侧。奥马尔跟跟跄跄地爬上怪石嶙峋的山坡，他那烟熏过度的肺脏快要爆炸了。在他跌倒的时候，马利克接过他的包背。两人一起顽强地登上了坡顶，随即便瘫倒了。

他们团队的状况很不好。许多移民在逃离士兵追捕时丢了背包行李，而且大家都没有水了。在蛇头的催促下，他们昏昏沉沉地拖着脚步前行，东绕西拐地走到了一个干旱的高原。他们能够看到远处的房子。在这里，伊朗的库尔德族蛇头把他们交给了一帮当地人。

日落时分，他们抵达了一个村庄。夜幕降临时，他们被汽车接送到了多乌巴亚泽特市。现在他们已经到了土耳其境内，蛇头不那么担心警察了，在这里，警察对移民的通行往往视而不见。与国家安全相比，偷渡算不了什么。前一年夏天，库尔德叛乱分子与政府的缓和局势崩溃，军方重新发动了平叛运动。在多乌巴亚泽特周边，晴天可以望见阿勒山覆盖着积雪的山峰，土耳其部队正在与亲政府的民兵开展联合行动，而民兵组织中的某些人与偷渡人员的蛇头帮派有着联系。

安全屋是一座平房，配置了沾满灰尘的地毯和毯子，以及一个臭气熏天的蹲式抽水马桶。房门是锁上的，由一名佩枪的库尔德卫兵看守。在付清旅费之前，移民们都是囚徒。当奥马尔打电话给玛丽亚姆的时候，她喜极而泣。他让母亲打电话给他在喀布尔的朋友，让第三方完成费用的支付。现在他们只需要等待安全屋里的库尔德人收到他们应得的款项。

如果他们没能付款呢？有三个男孩被当作契约工人扣留在了这里，他们需要承担烧饭和打扫卫生的工作，直至亲戚过来付钱。你可以破窗出逃，但如果被另一帮蛇头抓住，那就麻烦了。蛇头帮派不会绑架自己的客户，因为这会破坏行规，不利于开展业务，但流浪无助的移民正是蛇头敲诈的目标。一个阿富汗人的赎金可以是几千美元，如果他们在山上把你杀了，没人会发现你的尸体。

一天有两趟面包车负责运送付清费用的客人去长途汽车站搭车西行。每天晚上，都会有其他人来接替空出来的位子。有些是阿富汗家庭，大人带着小孩越境来到这里；但大部分是巴基斯坦的年轻男子，他们在欧洲获得避难的机会比阿富汗人少，但即使只打几年的工也能够挣到足够的钱来支付旅费。

"欧洲很富。"一个巴基斯坦人开玩笑说，"你们知道吗，即使是在雅典，你也可以一天挣两百欧元。"

"真的吗？"奥马尔问道。之前他听说希腊陷入了经济危机。"怎么挣？"

"去搞四个希腊男人——他们每人付你五十欧元。"

其他人狂笑起来。

与战争一样，偷渡路途上的生活大多是漫长的等待，偶尔伴有恐怖时刻。在安全屋内的长时间滞留则是偷渡生活的悲惨经历之一——你的一切生活所需都依赖蛇头。在多乌巴亚泽特，偷渡的移民只能吃到土豆肉汤和面包，一日两餐。夜间人们挤在一起打鼾。奥马尔的随身物品总在丢失。洗澡时，他的裤子不见了。有人偷了他的香波。有一次他趴在窗口向外望时，看到一个平时一直数着念珠做祷告阿富汗小孩，穿着他的乐斯菲斯靴子上了面包车。奥马尔捶打着房门大喊大叫，但没有用。

过了三个晚上，蛇头说他们的钱款到账了，让他和马利克坐上了下一班的面包车。使奥马尔感到惊奇的是，安全屋与长途汽车站的距离只是百步之遥。已经有一大帮移民等候在那里了；警察没去理会他们。

作为最后的侮辱，蛇头往大巴车上塞进了比载客量的两倍还多的人，所以旅客们只能轮流站到过道上去。但在驶往伊斯坦布尔的漫长旅程中，他们顺利通过了沿途的检查点，没遇上什么麻烦。看着车窗外不断后退的绵延起伏的安纳托利亚乡野景色，奥马尔想起了孩提时代他在伊朗街上兜售小饰物的情景，想起了他现在已经是一个无根的人，想起了他留在阿富汗的爱人——她的脸庞支撑着他前行。

第十一章

伊城小聚

奥马尔和马利克变得又黑又瘦。他们对着玛丽亚姆做的一盘鸡蛋、辣椒和西红柿狼吞虎咽，我和玛丽亚姆在一旁看着。奥马尔开启手机的免提功能，向在瑞典的哥哥讲述这一路的遭遇。"不说了，哈里德，我们一点办法也没有。"他边说边用面包擦干净盘子。"他们打我们，偷我们的钱……不，是土耳其人……嗯，我们挨了一顿狠揍，改天再细聊吧。你还好吗？孩子呢？"

玛丽亚姆冲我微笑，我也笑了。现在我们已经团聚，我开始感觉我们的旅程是有希望的。但我们必须策划好接下去怎么行动。

下午，我与奥马尔和马利克一起去散步，我们沿着社区的主路——第58大道走过去。街道上，撑着粉白相间遮篷的商铺门面排成一排，向南一直延伸到了海岸。奥马尔告诉我，他在边境的一辆大巴上认识了一个蛇头，那人似乎挺靠谱，过两天等他安顿下来后，我们可打电话联系他。我们信步经过了海鲜商铺、外币兑换店、烧烤店、意大利面馆，以及挂着波斯语和阿拉伯语招牌的旅行社。他们两人惊叹伊斯坦布尔的繁华，以及在各方面与喀布尔的差别——从豪华闪亮的汽车到女性大大方方地在街上抽烟。

"这不算什么。"我说。我要带他们去市中心。"等会让你们见识一下独立大道。"

只要不惹麻烦，警察是不会在乎你是否为无证移民的，尤其是在像泽丁布尔努那样的社区。我们在那里遇到说达里语和乌兹别克语的人与遇到说土耳其语的人一样普遍。泽丁布尔努是伊斯坦布尔的阿富汗人生活中心，有一千五百万人口的超级大都市伊斯坦布尔，其实是一座移民城市：老城区周边聚居着非洲人和叙利亚人，希腊人腾空后的社区住进了库尔德人。全世界的游客来到此处，参观由奥斯曼帝国建造的宫殿和宏伟的清真寺，该帝国的版图一度从布达佩斯延伸至巴格达。在几个世纪里，奥斯曼宫廷里的统治阶级由见多识广的各类人士组成，来自穷乡僻壤的奴隶也有可能成为大维齐尔①。第一次世界大战后，盟国将该帝国分解，土耳其共和国国父穆斯塔法·凯末尔·阿塔图尔克以一种语言统一了一个民族，创立了一个新的国家，致力于经济的自给自足。在埃尔多安及其伊斯兰党派于二〇〇二年获得大选胜利之后，土耳其开始了新自由主义的改革，国家被改造成全球资本中心，

---

① 大维齐尔（grand vizier），古代伊斯兰国家的重要官职，相当于首相，是苏丹以下最高级的大臣。——译者注

其经济体量在十几年间增加了两倍。伊斯坦布尔成为数十位亿万富翁的大本营。截至二〇一一年，每年都有三千多万外国游客前来观光。"奥斯曼时期，我们是一个多文化国家，人们有各种不同的宗教、种族和文化。"前总统阿卜杜拉·居尔说。"现在土耳其又会成为一个具备这种多样性的地方。"

当时的这种乐观情绪还体现在对"土耳其有可能加入欧盟"所抱的希望上。自提出入盟申请以来，这个国家废除了死刑和通奸罪，并允许少数民族用他们的语言出版报刊。但随着"欧洲堡垒"的东扩，土耳其与欧盟的分歧加剧。克罗地亚和罗马尼亚加入欧盟后，土耳其人失去了免签去这些国家的权利。土耳其已经成为移民偷渡去欧洲的一条重要通道；欧盟指责土耳其的自由签证政策，该政策向许多不在申根白名单内的中东和亚洲国家开放。流动的问题——谁有权利旅行的问题——已经成为二十一世纪的头等大事。土耳其是欧洲不太情愿的看门人；欧盟想关闭大门。一位土耳其外交官说："当我们的公民每天受到欧盟国家使领馆侮辱的时候，人们也许会问，我们为什么要帮助欧盟解决问题？"

二〇一五年夏天，当成千上万的难民搭乘船只驶向希腊岛屿的时候，土耳其几乎没有阻拦他们。二〇一五年冬天，土耳其总理与欧盟领导人在布鲁塞尔举行会议，并最终就难民潮问题达成一致：土耳其承诺阻止难民，尤其是叙利亚难民去欧洲；作为回报，欧盟答应提供三十亿欧元的经济援助，并为土耳其公民提供"签证自由路线图"——为封闭的海岸敞开了大门。

欧盟同时宣称，将不再允许难民离开那些岛屿，并要把他们留在那里的难民营。自签署该协议之后，土耳其人积极开展海岸巡逻和抓捕难民的行动。在希腊的岛屿上，欧盟海岸警卫队和边境机构欧盟边防局增加了对边防巡逻艇、快速救援船和直升机的配置。一支包括四艘海军护卫舰的小型舰队，即北约第二常备任务海上集团，已在那里待命，其任务是"切断非法偷渡的路线"。现在，爱琴海两岸的军方已经采取联合行动，追猎夜间渡海的小船。

泽丁布尔努大道的尽头是一个圆形广场。道路的对面，一个建筑工地挡住了海岸线。围挡上贴有海报，画面上，直插蓝天的幕墙玻璃公寓里住着一对对面带笑容的浅肤色夫妻。我们绕过围栏，找到了一条通往海边公园的路。海岸边，有几家阿富汗人正沿着滑腻的巨石向上攀爬。奥马尔脱下鞋子踏进水中，海水漫到了他的小腿肚。他把水泼到自己的脸和脖子上，然后从手掌里吸了一口，随之吃惊地吐了出来。"咸的！"他大声喊道，从水中爬上岸。我和马利克大笑起来。

在远处的薄雾中，我们能够看到巨轮在驶向博斯普鲁斯海峡，船上装载了成千上万个集装箱。"泽丁布尔努"的意思是"橄榄海角"。从前，当帆船沿海岸航行时，在君士坦丁堡古城墙之外，就能看到山坡的橄榄树林。现在，我们已置身于城市的扩展圈中。

"从这里到欧洲有多远？"马利克问道。

"这种轮船两三天就可以到了。"我说。

他叹了一口气。他需要留在伊斯坦布尔为自己的旅程挣钱。他已经打听到城内亚洲人生活区里面包房的工作。这里很容易找到一份快速结算的"黑工"。我和奥马尔将继续我们的行程。我们必须决定是不是还要尝试坐小船去希腊的岛屿。我们听说了发生在难民营里的恐怖故事，人们因为缺乏食物而在垃圾桶里觅食，难民与警察之间发生了暴力冲突。一个星期前，规模最大，同时也是名声最臭的希腊莱斯沃斯岛上的莫里亚难民营，因骚乱而遭焚烧。

一个选择是搭乘蛇头的轮船去意大利，但费用要高很多，每人要花四五千美元，而且风险也大。如果船舶沉没，你将在茫茫大海中漂浮；如果遭到拦截，你也许会落在希腊人手里。

还有一个选择是经陆路通过保加利亚，也就是沿着我过来的那条路线返回，但被捉住后也许会挨揍，或者更糟糕的是被警察或治安队员殴打，而且听说保加利亚的难民营与希腊的一样可怕。

我问奥马尔他想怎么办。他现在急了，他已经把莱拉留在了喀布尔，而去欧洲的最快途径还是坐小船。这似乎是移民地图上距离最短、危险最小的路线。我们都坚信，一旦我们到了希腊的一个岛上，就有办法抵达雅典——蛇头总是能够安排的。"你来定吧。"我告诉他。

奥马尔打电话给伊朗蛇头亚辛，那人是他在奔赴土耳其边境的大巴车上遇到的。当时亚辛在护送一个阿富汗的家庭，那是他自己的客户，在别的旅客需轮流站立到过道上的时候，他确保他们有固定的座位。现在这位蛇头要我们到第58大道的一家快餐店会面，我们在店内的庭院里找到了他。亚辛肤色黝黑，牙齿上有明显烟渍，他穿着一件千鸟格纹的礼服衬衫和一双古驰风的平底便鞋。与他一起的还有三个人；他们全都站起来与我们握手。散落在茶杯和装满了烟头的烟灰缸之间的，是几部一直在响铃的手机。

"你对那个家庭的照顾，给我留下了深刻的印象。"奥马尔说，"我们想找人送我们去岛上。"

"我的业务范围是把人从伊朗带到土耳其，我希望你能把你的阿富汗朋友介绍给我。"亚辛说，"至于乘船渡海，或许坐在你们对面的这个人可以帮助你们。"

他的同伴穿了一件雪白的衬衣，高高卷起的袖子下露出了健壮的手臂，他在低头看手机，这时他抬起头，笑了笑。他自我介绍道，他叫哈吉，是乌兹别克族人，来自阿富汗北部的萨尔普勒。"我十多年前就来土耳其了，当时我十七岁。"他说，"实际上现在我已经是土耳其人了。"

"那时候他逢人就说，他要去加拿大。"亚辛笑着说。

"我最后还是要去那里的，你等着瞧吧。"哈吉反击说。当亚辛站起来接听电话的时候，哈吉开始向我们作推销讲解。

我们的时机是不错的。最近土耳其人的巡逻次数不是很多。

他不知道这是为什么，但就在上个星期，他成功地送走了三条船。希腊人对岛上的难民也不再严格管控了。他送过去的一个家庭登岸后直接去了雅典，另一个家庭在难民营待了五天后也被放行了。

哈吉在手机上打开谷歌地图，聚焦到土耳其大陆旁边的希腊岛屿卫星图像上。我们需要在伊兹密尔港口的一座安全屋内等待，直至船只备妥。他只能在天气良好、安全有保证的时候送我们过去。"到希腊的希俄斯岛距离很短。"他一边说，一边用手指放大屏幕上狭窄的水域。乘坐充气筏的航程是半个小时，乘坐快艇只要十分钟。

"有什么区别？"奥马尔问道。

"充气筏的费用是五百欧元，快艇的价格是九百。"哈吉回答。如果我们乘坐充气筏，会有很小的可能性被土耳其巡逻艇抓住，但即使遭到拦截，我们也只会至多被扣留一个星期，然后就会被放行。我们可以再次尝试。只要愿意，我们尝试多少次都可以，而且在成功之前无需支付费用。"风险和费用都在我这边。"他说。

但不包括淹死的风险，我心里想。

"希俄斯岛那边的情况现在很好。"哈吉继续说。他不会送难民去其他岛屿，比如萨摩斯岛或莱斯沃斯岛，因为从那些地方去雅典就不那么容易了。

"如果我们被迫滞留在岛上怎么办？"奥马尔问道。

"我会把你们弄出来。以前管控严格的时候，我可以用一千两百欧元搞定保加利亚假证件。"他微微一笑，"还有一件事，我听说加拿大计划从希腊接纳一万六千名难民。不单单是叙利亚人，还有阿富汗人。你们最好是快点过去。"

哈吉手下的两个人也坐在桌边，也穿着轻便帆布鞋和礼服衬衣。他们在与客户通话协调，这些客户有的刚刚从伊朗边境抵达，还有的要出发去伊兹密尔。

"去年的情况怎样？"我问道。

这位蛇头露齿一笑。"算了吧，别提了。简直令人难以置信。我每星期送五百人。我每天有三条船在运营。一旦开航，土耳其警察是不会来碰你的。只需要担心陆上。我有一位警察朋友，他一直给我通风报信。但船只很昂贵，几乎不可能找到。我们还为争夺海滩与土耳其蛇头打过架。我把那几个人狠狠揍了一顿。我甚至揍过几个警察，穿便衣的。他们说：'你为什么打我们？'我说：'我们不知道你们是警察！'"他哈哈笑了起来。"最后，他们划了个区域给我们。"

伊朗蛇头亚辛打完电话回来了，他提议我们去走走。我和奥马尔与哈吉握手道别，说："我们会联系你的。"

"用Viber或WhatsApp联系我，别打普通电话。"哈吉说。

我们与亚辛一起步行穿过广场，工人们已经在搭建户外市场的摊位了。他让跟随他的手下接听电话。那是一个身穿深蓝色三件套西服的大胡子年轻人，他给我们递了一盒百乐门香烟。

"他要价多少？"亚辛边为我们点烟边说，"五百？太多了吧。"

他给了奥马尔另一个号码，让他拨打。接听电话的那个蛇头说，他收四百五十欧元就可以送我们上路，并希望见面。

"别考虑哈吉了，"亚辛说，"我介绍了几位旅客给他，他们却被警察抓住了。今天我不得不巴结他，因为我还有几个客户在他那里，我需要他照顾好他们。但他只是为了钱才干这活的。我不是那样的人。即使给我一百万美元，我也绝对不会背叛客人。遇到你们的时候，我就知道你们是真正的男人。所以，我愿意与你们合作。"

我们穿过车流过马路时，他拉住了奥马尔的胳膊肘。

到了人行道上，他说："现在你能打电话给喀布尔的朋友，把我推介给他们吗？"

小商铺都敞着门窗以便通风，在返回公寓的路上，我可以看到裁缝店内站在桌边低头忙活的年轻移民、剪刀上的亮光，以及头顶上方灯泡周围盘旋的烟雾。打工挣到去欧洲的旅费可能需要几年的时间。坐在咖啡馆里与蛇头和毒贩一起谋划是不是更好些？

泽丁布尔努社区的移民传言边境会重新开放——如果已经开放过一次，为什么不会再次开放呢？但谁也不知道这个时刻会在哪一天到来。

六个月过去了，法拉赫还是没有从联合国收到进一步面谈的消息。晚上，她默默地看着Facebook上的广告："拿下美国和加拿大签证"。她搜索有关贾斯廷·特鲁多的故事，这位年轻的总理说了那么多欢迎难民到加拿大的话。也许她可以写一封信给他，描述一下阿富汗人在土耳其的不利处境。

"假如你是加拿大总理，你会看我的电子邮件吗？"法拉赫问我。

"我当然会看喽，"我说，"因为这是你写的。"

她哈哈大笑起来。"我不是这个意思。"

对玛丽亚姆和贾马尔而言，他们有一线希望，在欧洲的几个儿子或许可以为他们办理合法移民。但对法拉赫、希琳和苏莱曼来说，那就只有一条路，与我和奥马尔要走的路相同。晚饭的时候，玛丽亚姆询问奥马尔蛇头开价的事情。后来奥马尔告诉我，他母亲问他两个女孩和苏莱曼能否跟我们一起走。

"你是怎么说的？"我惊讶地问道。

"我说妹妹不能，因为她要照顾父母。法拉赫不去，希琳也是不会去的。但也许苏莱曼可以走，我不知道。"

"真的吗？"

"如果我们带着一个孩子，也许警察会对我们客气一点。"

"我认为带上他会更加不方便，"我说，"但这事由你和你的家人做决定。我不想干涉。"

我为苏莱曼感到遗憾，他身边没有同龄人。在离开喀布尔之前，我去村子见过他的父亲伊斯梅尔。老农民向我展示了田野里即将成熟的各种葡萄。"要是我再年轻点，说不定也会离开。"我们在田间行走的时候，他苦笑着告诉我。除了玛丽亚姆，他的亲戚中没几个人去了欧洲。"我们没读过书，对外面的世界什么都不知道。在这样的情况下，我们没有勇气离开。"

对一个农民来说，送走自己的长子，显示了他对教育的深信。这就是为什么他把苏莱曼过继给在喀布尔的玛丽亚姆，也是为什么他会把自己一年多的收入交给中间人，为儿子办理土耳其签证。但父子俩的分离不像前几年那样彻底。我们到了伊斯坦布尔后，一天晚上伊斯梅尔通过Viber打来了免费视频电话——现在村里也通了移动互联网。我们从玛丽亚姆的平板电脑上看到这位农民粗糙的脸，他咧嘴笑着，他的儿子在回答他的提问："是的，爸爸，我很好。不，爸爸，我还没有开学。"

在大家都得工作的时候，苏莱曼怎么能去上学呢？他就要错过六年级了。但他很聪明——在饭馆做服务生时他已经学会了一些土耳其语。伊斯坦布尔的物价比喀布尔高，玛丽亚姆在欧洲的儿子寄了一些钱来帮助支付房租，我也伸出了援手，但公寓内原本就已很紧张的气氛还是因为经济压力而变得更甚。有时候玛丽亚姆指责希琳热水用得太多，或者人离开后没有随手关灯。由此引发的争吵会逐步升级，直至希琳姑娘发狠话说，她要去自首，主动要求被驱逐回去。她把行李打包后，坐在了门廊里。法拉赫夹在中间，只得一边劝说朋友，一边恳求母亲。对贾马尔来说，使他愤怒的是，女孩们没戴头巾，而且老是在晚上进进出出。但他没什么权威，这一点玛丽亚姆很乐于提醒他——每当公寓里只留下他一个人的时候，她就会把其他房门都锁上。她知道如果他胆敢对她发一句牢骚，她的孩子们就会把他赶出去。

晚上贾马尔会逃离公寓去街上溜达，有时候我会与他同行。我们在附近漂亮的奥特莱斯购物中心兜圈子。老人蹒跚地走着小步，提着硕大的购物袋从商场里出来的顾客尽可能地避开我们。贾马尔在伊朗干苦力活时弄伤了背。在喀布尔，他可以骑车在街头转悠，但在这里，他几乎是居家不出的宅男。我们的聊天从双方都感兴趣的话题开始，比如第二次世界大战中的坦克大会战，但最终贾马尔会回到他心目中最重要的事情。

"那个女人一手拿着《古兰经》，一手拿着恶魔之书，"他说，"那里是疯人院。"贾马尔告诉我说，在我抵达之前，一次争吵时，希琳把自己锁在卫生间内，拿着一块碎玻璃威胁说要割腕。"我不得不破门而入。你能想象如果她真的那么干了会发生什么事吗？警察会来抓我，真的会抓我。土耳其人不喜欢那样的事情。他们是平和的、守秩序的人。我本应该待在喀布尔的，可我不想孤身一个人过日子。"

他的大半生是在流亡中度过的。他现在一无所有，甚至连孩子们对他的尊重也没有。他们责怪他没能把他们送去美国。但贾马尔的亲戚不喜欢玛丽亚姆去那里。"挑选两个孩子同行。"他的兄长有一次从加利福尼亚打电话跟他说。"两个年长的儿子。我们会在这里给你找个老婆。"但贾马尔没有去。

现在后悔已经没用了。想到过去就使他心痛。"她鼓动孩子们反对我。"当我们站在公寓的门廊里时，他告诉我说。"如果我指责哈里德抽烟，她会马上偏袒他，还说我也是抽烟的。现在他每天要抽一包烟。奥马尔也一样。"他举起手中的香烟晃动着。"我不想让他们像我这样。"

他缓慢地踏上了台阶。当他走进屋后,我坐下来掏出手机,记录他说的话。每天晚上我都会用电子邮件把笔记发给自己,然后将手机里的笔记删除。我知道有一天我会把这些信息汇合在一起,但老人的故事模糊不清,在伊朗和巴基斯坦的详情颠三倒四。组合起来是要花功夫的。

写完之后,我在门廊里点燃了一支烟。夜已深了,可我还能听到裁缝店传来的缝纫机的嗡嗡响声。

我和奥马尔又约见了几个蛇头,但我们最喜欢的还是哈吉。至少他已经答应送我们去希俄斯岛。最重要的是,我们不想去莱斯沃斯岛上的莫里亚难民营。奥马尔打电话过去的时候,哈吉说如果交钱,当天晚上我们就可以去伊兹密尔。

当苏莱曼去上班的时候,奥马尔与玛丽亚姆私下里进行了最后一次的讨论。他们决定让苏莱曼留在伊斯坦布尔。我与奥马尔、贾马尔一起去了哈吉推荐的一家货币兑换店。这家店靠近大道,只有一个房间,光线暗淡,隔壁是一家阿富汗餐馆;店里有一股油地毡的气味,角落里摆放着一个养着胖金鱼的水质浑浊的鱼缸。三个男人站在一个箱子后面,里面装着许多满是灰尘的手机。这是"沙罗夫",阿拉伯人称之为"哈瓦拉",是一种非正式的资金转移系统,业务范围比较分散,很像古代中国的"飞钱"模式。

你可以走进一家沙罗夫，以低廉的成本把钱款转到喀布尔、迪拜或纽约等任何地方，只要那里有另一个与之相连的沙罗夫就行。像哈瓦拉这样的非正式转账系统不受当局管制，大多属于暗中操作，一般为武装人员、商人、走私者和慈善机构所用；此外，这种转账系统对各国无证移民而言非常重要，因为正规的银行基本上会拒绝他们。货币实际上并没有飞越国界，不适用于个人的汇款；沙罗夫的典型做法，是与国内的商人合作，通过汇款资助进口的方法进行结算，从而实现整体的资金平衡。就这样，移民的工资以货物的形式流向国内，比如二手汽车或食油。阿富汗的农村地区大都采用这个方法挨过了二十世纪九十年代。

奥马尔走向柜台说是哈吉要我们来的。柜台员工取出一本厚厚的手写账本，清点了奥马尔的那叠欧元，记下哈吉的名字和金额，接着又记下贾马尔的名字和电话号码。在一张小纸条上，那人写了一个五位数的密码，以及他自己的手机号码，然后把纸条折好。

"这是你的代码，"他说，"别让其他人看到。到欧洲后，让你的家人打电话告诉我们这个代码，或者告诉蛇头。如果发生什么事情，比如你们被抓，在通知家里之前，先电话告诉我们，这样我们就可以冻结你们的钱。如果蛇头通知我们说你们已经抵达欧洲，我们就会设法联系你们。如果蛇头没有这么通知我们，那么你有三天的时间告知我们把钱打给他是否有问题。"

作为能够处理大量资金的第三方，沙罗夫让移民和蛇头得以在缺乏互信的基础上做交易。他们是整个地下金融的关键。无论我们是否到达欧洲，这家兑换店的佣金份额都是从暂时保管的每一百欧元中抽取六欧元。那人把纸条交给了贾马尔，贾马尔看了一眼；在他的大手掌里，纸条似乎缩小了。从前，代码也许是一张钞票或拍立得照片，撕成两半后通过邮寄方式传送。现在的交易是实时完成的。

奥马尔打电话给哈吉，告诉他钱款已经准备好了。

"今晚八点钟有一班大巴去伊兹密尔。"蛇头说，"七点钟我在广场接你们。"

回去的路上，我们经过了希琳和苏莱曼打工的那家饭馆。他们穿着红色的工作服出来了，男孩的脸上洋溢着我们会带上他的喜悦。

"不是你想的那样，苏莱曼。"奥马尔温柔地说。

"为什么？"他脱口而出，接着平静了下来。奥马尔拍拍他的肩膀；会轮到他的。

在公寓里，我们把少量的几件个人用品装进了背包。奥马尔决定留下自己的阿富汗护照，以免丢失或被偷；我没有身份证件。其他人微笑着围在我们身边。又到了分别的时刻。"我会在欧洲找一个地方，然后看看你们怎么过来最好。"奥马尔说。

"愿真主保佑你们。"玛丽亚姆说。我们依次与他们拥抱后走下了楼梯。

"去拿些水！"我们走到门廊的时候，贾马尔喊道。法拉赫转身朝楼上冲去，回来时把一个水壶交给了父亲，这样他可以在我们身后洒一些水，就像抛硬币那样，寓意我们会有好运，大家很快就能重新团聚。

夜幕已经降临，我和奥马尔背上背包出发了。老人蹒跚着脚步，坚持要送我们到第一个路口，然后是下一个。"行了，爸爸。"奥马尔一直在说。最后，贾马尔停住脚步，看着我们消失在人群之中。

第十二章

爱琴海惊魂

一辆出租车停下来，车内前排座位上的乘客向我们招手，要我们上车。是哈吉。我们把背包扔进后座上了车。汇入车流后，蛇头哈吉从前座转过身来，递给我几个塑料袋，里面装满了黄绿色粉末：阿富汗进口的纳斯瓦尔鼻烟。

"把这个带到伊兹密尔，"他说，"他们断供了，一直在讨要。"

我勉强接过来，放进了背包。我知道这只是烟草，但在别人眼里很像毒品。

伊斯坦布尔最大的公路客运站——埃森勒客运站——是一幢包含多层停车场的六角形大楼，出发大厅在顶楼。入口斜坡处，两名手持冲锋枪的警察把我们的出租车拦下了。看到我们的背包，他们开始盘问，哈吉用流利的土耳其语回答。

"他们是阿富汗人。"他平静地说。

警察打量着我和奥马尔，然后朝司机点点头。我们驶上斜坡到了顶楼，周边是售票处和快餐摊位。

"你们没有身份证件，所以我只得去买通车站员工。"哈吉抱怨说。他告诉我们在楼上的休息处等待，那里的电视机在播放土耳其的肥皂剧。二十分钟后，一位工作人员走了过来，把我们带到了一辆发动机嗡嗡作响的大巴车旁边。哈吉不见了。其他旅客已经上了车，当我们在后排就座后，大巴车开动了。

我们跨过博斯普鲁斯海峡的第二座悬索桥，到了伊斯坦布尔市属于亚洲的一侧，身下黑沉沉的水面上点缀着渡船和游艇的灯光。在右侧，我们可以看到灯火明亮的另一座悬索大桥，现在已改名为"七月十五日烈士大桥"。两个半月之前，叛军的坦克堵住了桥头，但反被愤怒的人群团团围住，困在了那里，该事件共造成三十四人死亡。但现在，这座城市的光彩似乎并没有受到什么破坏。经过一系列互通立交桥和高速公路时，我们看到大型广告牌和超级大卖场快速往身后退去。两个小时后，我们才抵达伊斯坦布尔的郊区。"这肯定是世界上最大的城市之一。"奥马尔喃喃地说，"你认为要比喀布尔大多少？"

我们彻夜行驶在小亚细亚半岛上，在这片欧亚洲际地区，历史上曾有无数次的人口迁徙，来来回回的线路如地脉①般交织。有文字记载的小亚细亚半岛的历史可追溯到三千年前，希腊的殖民

---

① 原文为 ley lines，也可译作"地球能量线"，是一种假想的神秘力量线。一些神秘学爱好者认为地球有能量线，古代人类认识到了这一点，并沿线造了很多神圣遗址。

者联手雅典帝国与波斯人作战，他们创建了伊兹密尔，古名叫士麦那。"别害怕你们将要遭受的苦难。"先知约翰在受到启示后，对罗马治下的士麦那教会说。塞尔柱人征服了士麦那，帖木儿把士麦那夷为平地。德·维尔托神父写道："很少有人成功逃走，他们纵身一跃，投海自尽。"

当这个城市发展成一个繁华的对欧贸易港口时，奥斯曼人把它叫作"异教徒的士麦那"，因为其主要人口是基督教的商人，以及受迫害而逃离西班牙的塞法迪犹太人。第一次世界大战后，在英国的鼓动下，希腊军队入侵士麦那，为了"伟大理想"（Megali Idea）——一个更强大的希腊将包括此前拜占庭帝国的大片领土——占领此地。经过三年的艰苦战斗和双方的大屠杀，阿塔图尔克及其民族主义者终于赶走了希腊人，他们还驱逐了一百万难民，此举是后来所谓"人口交换"的一部分。对这次发生在一九二二年的跨越爱琴海的令人绝望的航程，美国驻塞萨洛尼基特使亨利·摩根索是见证人，他写道："抵达希腊的那些人，他们的境况可怜得令人难以描述。他们被赶上了任何可以漂浮的舟筏。幸存者登岸后没有任何遮蔽，浑身肮脏，发着高烧，没有毯子，甚至没有钱、食物和保暖的衣物。"

莱斯沃斯和希俄斯那样的岛屿，像是刚从海岸边断离的山脉。岛上树木茂盛的山丘掩藏了多个海湾，容易乘坐小船登岸，许多难民就是抵达了这样的岛屿。纳粹入侵希腊时，游击队战士向东跨海逃到了土耳其。一九八〇年发生军事政变之后，土耳其的异议人士向西逃往希腊的那些岛屿。十年后，移民船跨越海域，带来逃离战火、无家可归的卑微难民。在希腊于二〇〇〇年加入申根区后，欧洲的和平"应许之地"在最狭窄的海峡处与土耳其只有一英里之隔。

第二天一早，我们抵达了伊兹密尔的长途汽车站，接着不得不等待了两个小时，直至哈吉的合伙人——一个库尔德人——开着一辆白色现代掀背汽车来接我们。他只会只言片语地说一些波斯语，但从他的手势中，我明白他想要那包纳斯瓦尔鼻烟。我递了过去，他像表演哑剧那样，拆开包装，把一些粉末卷在纸中，放进了嘴里。我也比画着表示，如果没有纸，可以捏一小撮放到嘴唇上。从他激动的样子来判断，他似乎认为这是某种毒品。我向他示意了吸食过多的副作用——恶心反胃和头昏眼花，但这反而增加了他的兴趣。

我们走高速公路进城，然后驶上一条可以俯视港口的陡峭的山梁，随着车轮的滚动，我们看到的房子变得越来越小，也越来越破败。我们在一条狭窄的巷子里停下了，库尔德蛇头打了一个电话，一位穿人字拖的精瘦男子轻快地走了出来。他接过装纳斯瓦尔鼻烟的包裹，丢出库尔德蛇头已经拆封了的一小包，用达里语告诉我们跟他走，于是我们提起背包，沿着小巷走了过去。他在安全屋的门上敲了敲，一个阿富汗男孩开了门。我们跨进屋内，眼睛一时间不能适应这个小房间的昏暗。

我们脱下鞋子坐到吊床上，那人急忙打开一小包纳斯瓦尔鼻烟，往嘴里塞了一团。"几天前就已经断供了。"过了一会儿，他说道。他的声音因为唾沫而变得低沉。他挺直身子向我们露出宽慰的微笑。他的妻子，一位圆脸的健谈女子，从厨房端来一个盘子，上面放有茶水、山羊奶酪和扁面包，于是我们一起坐下来吃饭。

与我们一样，他们也在等船。那人名叫萨达尔，他认识哈吉已经好多年了。萨达尔告诉我们，他在伊斯坦布尔和喀布尔各开过一家服装店，是曾经的富人。但是神经系统的一场大病，加上阿富汗的经济崩溃，使他的财富大为缩水。他对自己国家的前景不抱希望，也不怎么看好土耳其。这里还会有第二次政变，这个他是肯定的，而且接下来还会发生内战。

所以近几年，萨达尔一直在通过蛇头送自己的亲戚去欧洲，大都是去了德国和瑞典。去年边境开放的时候，他甚至购买了自己的充气筏，把朋友和家人送了过去。舟筏是在伊斯坦布尔买的，价格为五千欧元，他另外花费了三千欧元疏通关系，把舟筏运送到了伊兹密尔附近的海岸，那是移民赴欧洲的主要站点。城市的广场挤满了身穿救生衣的人；海滩上，土耳其的电视摄像组正在对涉水登舟的难民家庭进行实况报道。

萨达尔夫妻自己的行程因为业务而耽搁了，但现在他们终于要动身了。开门的孩子是他的内弟，是几个星期前从阿富汗经由陆路抵达的。他们三人计划从希腊坐船去意大利，也许会藏在海运集装箱内过去，然后通过陆路去德国。如果在意大利被抓，留下指纹，那根据《都柏林公约》的条款，他们就会滞留在那里。"但那不是申请避难最坏的地方。"萨达尔说。意大利人一般很少拒绝阿富汗人，他们应该很快就能安顿下来。

"意大利正是我想去的地方。"奥马尔说。

哈吉也已经答应送他们去希俄斯岛。萨达尔说，重要的是别去莱斯沃斯岛，一个星期前那里的莫里亚营地发生了骚乱和纵火。他已经额外付钱要求乘坐快艇，这样遭拦截的风险会小一些；但他已经被拦过一次了。一个星期前，他们已经航行到半道了，这时来了一艘大型军舰，聚光灯把夜晚照耀得如同白昼。快艇返航逃回到浅水海域，但那里的一支土耳其巡逻队用枪口逼停了他们。叙利亚人被允许上岸，阿富汗人则被带去了拘留营。事情还不是很糟糕，萨达尔说，房间很干净，也有洗澡的热水。土耳其的一位毛拉来布道，努力劝说他们别再试图跨海了。"为什么要去一个异教徒的国家？"那位毛拉告诉他们。"留在土耳其吧。"

四天后萨达尔全家被释放了，他们直接回到了伊兹密尔。"有时候你不得不尝试好几次，"他告诉我们，"这是一场大博弈。"

"你们不能跳到水里逃避土耳其人吗？"奥马尔问道。

"那是咸水。很快你就会没命的。"萨达尔回答。他向我们展示了他那条靴形牛仔裤上的白色斑点。"看看这里，只那么几滴海水就把我的裤子漂白了。"

我们不知道什么时候动身；哈吉曾告诉我们也许就在当天晚上，但我知道有可能是几天以后，甚至几周以后，要看天气和警察的情况。我们要到最后时刻才会知道，所以必须做好准备。但萨达尔说，去希俄斯岛的舟艇要等凌晨开航。我和奥马尔打了个盹，醒来后我们决定先吃点东西。萨达尔要他的内弟与我们同行，因为他会说一些土耳其语。我们沿着街道走下山丘，发现了一家小餐馆，一名店员正在往面饼上摆碎肉串，撒上被香料熏黑的香草和洋葱。我们点了三份烤肉串和三杯可乐。

"这是库尔德人的社区。"我们刚刚坐下来，那孩子就说，"警察不会来这里。"

话音刚落，一个中年警察就走了进来，他的无线电对讲机和手枪就在我们的眼前晃过。我们不说话了，低头看自己的盘子。但他只是买了一些阿达纳烤肉后就离开了。这东西很好吃：碎肉中的肥肉配比恰到好处，能吸收孜然和辣椒的香味。

吃完后，我们坐在一个陡坡旁的公园里俯瞰伊兹密尔。城市一片暗淡，市中心那边高楼林立。长长的铁蓝色海湾向西延伸开去。奥马尔分发了香烟，那是他在街角以六十美分一盒买来的过滤嘴型卡宝路。

"也许哈吉会送我们一起过去。"孩子说。

我和奥马尔对视了一下。我们这是要免费升级，乘坐快艇过去了吗？我倒是喜欢与萨达尔一起渡海，希望哈吉会照顾他。

土耳其如此现代化，如此美丽宜人，让奥马尔和男孩大声惊叹，在这里，人们是那么平和，没人在意你是穿超短裙还是佩戴头巾，也没人在意你是去酒吧还是清真寺；不知道阿富汗某一天是不是也会这样。"也许下辈子吧。"奥马尔嘲笑道。如果能获得身份证件，开一家公司，那就能过上好日子了。不过话说回来，这些萨达尔都曾经拥有，而现在他也想逃往欧洲。

照耀在海湾上的阳光，已经碎成片片白色。我们能够看到堆放在港口的层层叠叠的集装箱，以及箱子旁边看上去像是巨型断头台的龙门起重机。在油轮和渡船中间，一艘灰色的军舰驶入了港湾。我不知道它是否属于北约的反偷渡中队，该中队包括了希腊和土耳其的舰艇，以及加拿大的"夏洛特敦"号护卫舰。

在这个阳光明媚的日子里，很难想象一九二二年的场景——士麦那的基督教社区火光冲天，码头上到处都是正在逃离阿塔图尔克军队的难民。有些移民在抵达希腊后继续逃难。"在乘坐小船横渡爱琴海到雅典，并继续前往纽约埃利斯岛的路途中，他差点丢了命。"美国海军上将詹姆斯·斯塔夫里迪斯在回忆录《驱逐舰舰长》中，描述了自己的祖父、士麦那一位教师的生死经历。七十年后，斯塔夫里迪斯是美军驱逐舰舰长，他站在舰桥上，指挥这艘即将在伊兹密尔港停靠的价值十亿美元的战舰。他惊叹于先辈渡过的这片海域："正在展开的是我能够想象的最令人惊奇和最具历史讽刺意义的一幕。"

回到公寓后我们开始玩一款有点像打红心的扑克游戏，但只玩了几把，萨达尔的电话就响了。

"拿上行李，他们在外面等。"他告诉我们。这么看来，哈吉是要先把我和奥马尔送走。可现在才傍晚六点钟，坐船去希俄斯岛时间尚早。

"啊，你们肯定是要去莱斯沃斯岛了。"他的妻子叫道，但看到我们脸上霜打般的表情，她沉默不语了。

我和奥马尔都很困惑，但我们很快收拾起行李下楼到了街上，一个阿拉伯年轻人正在一辆白色现代汽车上等着我们。他带我们去了附近的一个清真寺，在那里我们换乘了一辆出租车，司机是个神色紧张的土耳其人，他载着我们驶进一条陡峭的下行死巷道，接着又不得不倒车上坡，离合器的齿轮发出了咯咯的响声，最后我们终于找到了大路，经过"S"形的下坡路向市区驶去。太阳刚刚下山；在海水的映照下，伊兹密尔像一个琥珀色的网格。奥马尔一直在拨打哈吉的手机。当那位蛇头终于接听的时候，奥马尔询问他是不是准备送我们去莱斯沃斯。

"不是的。你们是去希俄斯。"他向我们保证。

我一时没了主意。也许萨达尔夫妇搞错了时间。

现在市区正处于交通高峰期。我们在一个旅馆前停住，下了汽车。我抬头一看，是苏苏卢酒店，三星级的。下班的人流从我们身边匆匆经过。又有两个蛇头来了，他们与我们的司机交谈几句后，要我们坐到停在另一边的空面包车上去。拉开车门时，我们闻到了一股皮革的气味。车厢的天花板上有音箱，车窗装有帘子，还有一个小冰箱。这是一辆淡季里出来赚外快的派对车①。"不错啊。"奥马尔一边说，一边摸着座位上光滑的扶手。

另一个土耳其人，蓄着大胡子的高个子，坐到了驾驶座上。他能说一点英语，但声称不知道我们要去哪里。我们行驶到一个住宅区停下了。在我们等了半个小时后，车门打开了，一些年轻人开始上车，一个接一个，直至挤作一团，互相叠坐在一起，脑袋斜着顶到了天花板。我和奥马尔被挤在了后面，身边全是年轻人的胳膊和膝盖。

这些人讲阿拉伯语，我试图用知道的一点点阿拉伯语与他们交谈。坐在我膝盖上的那个人说，他们来自叙利亚北方阿勒颇附近的一个村庄，那里我以前去报道过。他们不知道也不在乎要去哪个岛屿，他们只是很高兴离开那座已经在里面等待了两个星期的安全屋。"是十五天！"他的朋友更正说。

"这里有阿富汗人吗？"前面有人用带有伊朗人口音的波斯语大叫，"好的，与我们待在一起！"

司机一直等着，直到护航车开过来。护航车的任务是比我们早出发十分钟，在我们前方行驶，看到警察检查点就向我们发出预警。上了高速公路后，使我感到不安的是，我发现我们正在朝北驶向恰纳卡莱——那是莱斯沃斯的方向。

---

① 派对车（party van），一种大型机动车，通常由传统巴士或客车改造重装而来，可搭载十人或更多人，以供娱乐。

"再打电话给哈吉。"我对奥马尔说。他打给了蛇头。

"别担心，"哈吉告诉我们，"他们会掉头的。"

哈吉的回答不清不楚，可我们又能做什么呢？我们被结结实实地困住了。面包车离开高速公路，驶进了一个已经打烊了的加油站停车场。司机解释说，前方的护航车发生了机械故障，于是我们不得不等待。他告诉我们关上车门拉上窗帘保持沉默，然后他就下车了，无疑是害怕警察过来时发现他与我们在一起。

车厢内很快就变得闷热难受。黑暗中，叙利亚人在小声耳语。我的关节在发麻，旁边那个人的胳膊抵在了我的腰上。我感觉一阵恶心，于是闭上眼睛。小时候，我常做噩梦，梦见自己被困在一个黑暗、压抑、燥热的空间内，那里像是地球的中心。当初制订这次行程计划的时候，我曾读到一则新闻——夏天，澳大利亚的一辆运送猪肉的卡车上，大约有七十三位移民被活活闷死；我曾提醒自己千万不能落入这样的境地。我想起了在尼姆鲁兹时那个人告诉我们的话：兄弟，我们像是足球，在球场上被踢来踢去。在把自己交给罪犯时会有一阵眩晕的感觉。无论面临什么处境，你都没有什么法律或道德可以依赖，只能责备自己一开始就接受了这样的安排。

就这样一个小时过去了。差不多快到十点钟的时候，司机上车了，我们再次上路，依然向北行驶。与我们所想的一样，哈吉在撒谎。奥马尔再次打电话给他，他们吵了起来，然后哈吉要他把电话传给司机。奥马尔的手机经多人传递后到了司机那里。

"是的，"手机传回来后哈吉承认说，"你们现在是去莱斯沃斯，但那有什么不好？那是个漂亮的岛屿。"

"我们不想被关进莫里亚！"奥马尔说。

哈吉说在其他乘客下车后，他会让司机把我们送回伊兹密尔，说完就挂了电话。

"我们怎么办？"奥马尔耳语着说。我们开始了窃窃私语。

"我们能做什么？"我说。

"做不了什么。什么也做不了。"

四十分钟后，我们驶离高速公路，另有两辆汽车加入了我们。三辆车一起驶过越来越荒凉的乡间道路，快速穿过橄榄园和沉睡的村庄。我们从一条山脊下来，进入了海岸边巴德里镇狭窄的街道，然后关闭车灯驶过一片松树林。到了海滩上，除了我和奥马尔，所有人都下了车。我们坐在车上，试图解释我们要返回伊兹密尔。

"走，走，"司机低声赶我们下车，"警察，警察！"

另一个身材粗壮的蛇头走过来一把抓住了我的胳膊。奥马尔在我身后仍在抗争，直至那家伙从腰带上拔出了手枪。奥马尔很快下车了。三辆车都开走了，留下了三车移民、两个蛇头和一艘瘪气的橡皮艇。

奥马尔打电话给哈吉。

"他们丢下我们走了。"奥马尔说。

"什么？好吧，我派人过来。"这蛇头挂机了。

"别信他，"我说，"他不会派人过来的。"

"这个狗娘养的！"

我们茫然地坐到地上。除了试图逃进林子，我们还能做什么？如果真要逃，我们有可能遭到枪击。不管是否愿意，我们都要去莱斯沃斯岛。

"给。"奥马尔说着递给我一个空垃圾袋。我把背包塞进袋内，扎紧了袋口。我们处在一个狭长的海湾末端，这里的路通往长有海滩水草的山脊，然后折回到松林里。黑暗中，我估摸大约有四十人蹲坐在高高的草丛中，有些是妇女和儿童，还有小婴儿。他们大都是阿拉伯人，也有几个非洲人。大多数人，但不是全部，穿着救生衣；有些人还带着充了气的橡胶管。

"我们的救生衣呢？"奥马尔说。

当初在安全屋的时候，我们被告知可以选择购买救生衣，但尽管我们每人已经支付了三十五美元，现在蛇头却告诉奥马尔，救生衣已经分发完了。我不想争论，但奥马尔开始大声叫喊，没有救生衣我们不上船。蛇头让他别声张，其中一个拿来了一件救生衣。

"只有这一件了。"那人说。

我让奥马尔穿上。

在我们与蛇头争论的时候，刚刚车上的两个伊朗人挤了进来，急着要问我们什么。在我收拾背包的时候，一个站在了我面前，带着他那浓重的德黑兰口音重复着他的提问，好像他听不懂我说的话似的。

"你是阿富汗人吗？"

"是的。"

"你是阿富汗人吗？"

"是的。"

"你是阿富汗人吗？"

我跳起来朝他大声喊道："我说了我是阿富汗人，你耳朵聋了吗？"

奥马尔分开了我们。其他的移民警觉地盯着。

"是的，我们是阿富汗人，别担心。"奥马尔对他说。

"听着，我们也要说我们是阿富汗人，明白吗？现在告诉我，谁是阿富汗的总统？"

我站起来走开了，试图平静下来。阿富汗有两位总统，我这样想着，然后笑了起来。这些伊朗人想在希腊当局面前假装是阿富汗人，对方有时候会问那样的问题。没有希望了。我刚才没有控制好情绪，我不应该大声嚷嚷的。

我和奥马尔走下海滩，如果警察过来，我们在那里跑起来要容易一些。蛇头禁止我们抽烟，但我们还是点了一支，轮流吸上一口，用手遮挡着烟头的亮光，凝视着海湾入口处黑沉沉的水面。

"你准备好了吗？"

"准备好了，兄弟。"

呼哧、呼哧、呼哧。蛇头在用脚踏气泵为橡皮艇充气。每当偶尔有汽车从砾石路面上驶过，发出吱嘎吱嘎响声的时候，每个人都会闭上嘴巴蹲下身子，车灯会在短时间内照出他们的剪影。

这里以前来过多少人？可以肯定我们既不是第一批，也不会是最后一批。与我们一样，他们留下了带不走的东西。在这片沙滩上，他们用不同的语言祈祷同样的愿望：顺利渡海。

现在有一组难民走下了山坡，他们的肩上扛着橡皮艇红绿相间的浮筒。我们其余的人聚了过来，看他们把橡皮艇推下水去，看蛇头安装舷外发动机。蛇头把小舟推到了齐腰深的水中，对舵手下达了最后的几点指示。这位舵手也只是蛇头选定的一个难民，很可能是为他免去了船费。当蛇头向我们做手势时，我们抓起行包走向前去。

小腿肚上的凉水让我打了一个激灵。走到船边后我用力撑起身子，爬上吱吱作响的橡皮艇，在左舷找到了个座位。奥马尔上来后坐到了我旁边。

"一个一个来！"蛇头用阿拉伯语说。男人们面朝内，在浮筒上依次坐好后，我们把妇女和孩子接到了中央的地板上。在这艘二十五英尺长的帆布橡皮艇上，差不多有五十个人挤在了一起。

启动绳猛地一拉，发动机轰鸣起来。蛇头们使劲一推，舵手为舷外发动机挂进了档位，我们的身后涌起了一片长长的"V"字形波浪。在海湾出口处的一个小岛上，有一些石头房子和木头小屋，亮着淡紫色和绿色的灯光——这是一个奢华的度假胜地。时近午夜，屋外晚睡的游客会看到我们从海岸边经过，挤成一团驶进黑暗。

绕过海角后，海平线上出现了一团微微闪烁的灯火，那里就是莱斯沃斯岛，距离我们约十英里。陆地向后退却，大海围住了我们。舟船开始在涌浪中颠簸，这是风暴过后的洋流涌动。除了地板外，橡皮艇没有其他任何的结构支撑，正随着朝我们打过来的每一个海浪起伏。我们的舟船根本不适合在海上航行，它就像一个在超大池子里的玩具，随时可能爆裂。

在被土耳其人抓住之前，我们必须抵达希腊海域，但那位尖下巴的叙利亚年轻舵手全然不顾乘客们的敦促，依旧控制着油门慢速前进。或许蛇头警告过他不要把舟艇开得过快。他摇摇晃晃地蹲着，来回扳动舵柄，每当我们跌入涌浪底部的时候，他都会大声向神求助，就像鸣哨浮标发送求救信号那样："雅拉布！雅拉布！"他的朋友们也在旁边附和，喋喋不休地用阿拉伯语说着要有信仰、离开土耳其，以及其他我听不懂的话。

一个卷发的伊拉克小姑娘与父母一起坐在我前面的地板上。涌浪越来越大，她的头一直撞向我的膝盖，于是我伸出双手捧住了她的脑袋。她的母亲似乎没有注意到；她看上去像是要晕船了。天太黑了，我看不清其他乘客的面孔，但倾听着他们的呜咽和呻吟，明白了我周边这种极度的恐惧。每次海浪涌来，我都可以感觉到身边奥马尔的紧张。这是他第一次出海，其他许多船友应该也是这样。人们最害怕的是未知。我与他们不同。我是在海边长大的。我感觉到的是另一种担忧。我想象着当海水涌进来，身体突然感觉寒冷时，我应该怎么做。我是游泳健将，可以逃生。我会帮助奥马尔，可我知道在没有救生衣的情况下，如果不想在恐慌中沉入海底，就必须快速离开其他人。我们要游到一边等待。淹死是无声无息的，因为呼救需要空气。在此之后，对于浮在海面上的人来说，死也只是迟早的事。我曾听说许多救生衣都是假冒伪劣产品，而且会吸水。即使能够在水面上漂浮，我们最终也会被冻死——虽然这个季节的海水已足够温暖，能够让我们熬过长夜。从中途到岸边相距五英里，而且还有急流——需要游很长时间。最好是待在一起等待救援——如果能够等到。

在我的手掌中，小姑娘的脑袋暖呼呼的，我知道她睡着了。月亮还没有升起，星光在海浪的表面舞动。红色和绿色的灯光在海岸边来回闪烁。我们是在跨越欧洲的护城河。地中海是全世界最致命的边境。据记载，自二〇〇〇年以来，已有三万多移民在那里丧生，此外还有一些人未被统计在内。"大自然洗涤了屠戮场。"人类学家杰森·德里昂在描写位于美国和墨西哥交界处的索诺兰沙漠和那里的秃鹫时，这样写道。遗体的消失意味着这个人不能得到适当的哀悼——因此在许多文化中，淹死是相当令人恐惧的，意味着人死后将会变成在岸边等待的鬼魂。

仿佛在梦境中一般，军舰悄悄地出现了，它那锯齿状的黑色剪影映在了午夜的深蓝色中。那是北约的一艘护卫舰，在约半英里开外的地方与我们的舟艇并行。它肯定是根据雷达发现我们在这里的，或者是因为我们发出的热量。我们静静地看着战舰靠近。

当它那令人眩晕的探照灯照射过来时，橡皮艇上的乘客叫了起来，有些哭泣，还有些祈祷。在我的对面，一位个子矮小的厄立特里亚男子在胸前画着十字，与他对视时，我看到了他眼中映射的探照灯刺眼的光。

"快点，你个王八蛋！"一个阿拉伯男孩朝舵手大喊道，但后者还是不肯加速。

在此之前，我就已经发现了船尾方向的远处有红蓝灯光的闪烁，一艘船舶正沿着土耳其海岸南行。现在，这条船改变了航向，朝着固定的方向前行，逐渐进入了探照灯光的照射范围。那是一艘刚性船壳充气船，比我们的橡皮艇大不了多少，舷边写着"沙希尔·居文利克"的船名。北约的护卫舰肯定已经通知了土耳其海岸警卫队，现在警卫队的这艘舟艇要来抓我们回去。

土耳其船的船头上有两个人，他们打着手电筒，但我没看到武器。乘客们沉默了一下，我以为我们能够平安地逃脱。土耳其船靠拢过来后，其中一人用英语对我们喊道："熄火！熄火！"

但我们船上的乘客站起来回喊："不要土耳其！不要土耳其！"

然后他们重重地撞上我们这艘船的中部，激起的一阵水花雨点般洒在我们身上。我被撞向了前面的妇女和孩子那里。土耳其人试图用他们的浮筒顶住我们的，这样他们就可以控制住我们的舟艇，但我们的舵手转动油门加大动力，顺利躲开了。旅客们吹起口哨嘲笑对方。

军舰已经关闭探照灯退回黑暗之中。海岸警卫队的橡皮艇兜了个圈子，又号叫着靠过来了，这一次的速度更快。我不得不跳开，以免船体碰撞时被挤伤。土耳其人转动舵盘朝我们靠拢，迫使我们的船头转向一边，但我们的舵手一直在加大油门。在发动机的轰鸣声中，我可以听到乘客们四肢撞击浮筒的砰砰声，以及从船头传来的水流的哗哗声。一个土耳其人想用绳子套住我们的外挂发动机，但叙利亚人把它扔了回去，并给了对方几拳。另一个土耳其人用钩杆来对付我们，打在了我们的浮筒上。舵手加大油门，我们疾驰而去，乘客们反复咏唱："真主伟大！"

后来我得知，就是在这个时候，我们进入了希腊海域。土耳其的巡逻船转了一个弯退回去了，但在我们右舷的两百码外，一艘大船打开甲板上的灯光亮相了。在乘客们凝视的时候，我们的舵手松开了油门。

"是希腊人！"有人说。

"不，是土耳其人，继续前进！"其他人喊道。那艘大船在快速靠近，用强光灯锁定了我们。

"给他们看看孩子！"

我脚边的那位母亲站起来，在其他人的扶持下，把她的卷发小孩举到了空中，小姑娘对着灯光眨巴着泪汪汪的眼睛。后面传来了嗡嗡的响声，我转过身去看到那艘土耳其船冲过来了。

"当心！"

他们猛烈地撞向我们，我们的船被弹开了；那位母亲和孩子倒在了人群之中。他们想撞沉我们吗？他们又转过来，但这一次，另一艘船，那艘大型快艇驶入了我们和土耳其人之间，土耳其人最终放弃了追赶。我们的橡皮艇还在快速驶向莱斯沃斯岛，大型快艇船头的黑色三角此刻耸立在我们面前。几个腰间挂着手枪的身材高大的水手，背对着灯光站在栏杆旁，弯腰用英语朝下面喊话：

"发动机熄火！"

我们无路可逃，但船上的乘客在争论是否要投降。这时我看到了快艇后甲板上在灯光下飘扬的旗帜——红底蓝色十字的挪威国旗。

"是希腊旗①！"乘客们开心地喊道，接着纷纷痛哭起来。舵手关掉了发动机，那艘大型快艇靠到了我们的舷边。激动的难民朝着挪威人一遍一遍地大喊"不要土耳其！不要土耳其！"，对方努力让我们安静下来。奥马尔挤到船尾，用英语与我们的救援者说话。他们要我们坐下来保持安静。最后，从妇女和孩子开始，我们一个接一个地被起重机吊运到了快艇船头的露天甲板上。

这是"彼得·亨利·冯考斯"号救助船，在执行欧盟边防局的任务。快艇重新启航后，海风吹拂起我们在混乱中已经湿透的衣服。在甲板的灯光下，我第一次看清了同行的船友。他们脸上的恐惧正在消退，代之以一种疲惫的胜利：他们拿自己的生命跟大海赌了一把，并且赌赢了。无论接下来发生什么事情，我们都

---

① 该船是挪威为协助土耳其与莱斯沃斯岛之间难民救援工作而提供的救援船。乘客们可能了解这一情况，因而激动之中误将挪威国旗叫作希腊国旗。

已经到了欧洲。

挪威人为移民中的家庭户拿来了保暖的毯子，他们给孩子准备的救生衣上甚至有泰迪熊的图案。

"你们比穆斯林友善。"一位叙利亚人用英语说，他的口气中充满了对土耳其人的愤怒。

一位胖乎乎的面孔和善的警官清点了我们的人数，然后用无线电报告了不同国籍的移民数。看到奥马尔后，警官在他身边蹲了下来。

"谢谢你的帮助。"他说，"你的英语怎么说得那么好？"

"我在阿富汗为联军工作过。"奥马尔回答说，"我在逃离塔利班。"

挪威警官解释说，在他们为难民寻找安置途径的时候，奥马尔要在岛上的营地里等待几个月。许多移民来欧洲是为了追求更好的生活，那人说，但欧洲容纳不了所有的人。欧洲人要接纳的是像奥马尔那样真正的难民。

"我认为你很有可能在欧洲定居生活。"他说。

"谢谢你，先生。"奥马尔说。

"你的说话和举止很像欧洲人。你很镇定，很安静。欧洲人不喜欢大呼小叫、举止粗野的人。为什么大家都那么激动，那么生气？这在我们看来是很不寻常的。"他低头看着我们，感到迷惑。

奥马尔叹了一口气。"那是因为刚与土耳其人大战了一场。"

挪威警官问奥马尔这次旅行花了多少钱。"你知道吗，"警官一边在便签上记录，一边说，"蛇头让人们坐上这些不安全的小船，简直是在杀人。就像那些绿色的舟艇。我们看到过有些橡皮艇半道上漏气，大家都落水了，死了好多人。"

"我们到了莱斯沃斯后会怎么样？"奥马尔问道。

"你们会去莫里亚营地。"他皱起了眉头说，"希腊人不会像我们这样友善。"

抵达莱斯沃斯岛上主要港口米蒂利尼的时候，我们浑身颤抖。这时候是凌晨四点钟。船友们站在栏杆边，看到了码头两侧的石头房子。"瞧，一座清真寺。"一位伊朗人说，他指向灯火通明的教堂尖塔。

当我们迈着僵硬的双腿下船的时候，希腊警察在等着我们。挪威人已经把我们的行包堆放在码头上了，在我想去取回自己的背包时，一个希腊人抓住我的手臂，把我推了回去，吆喝着要我们站好队形。我们排好队后，一个警察用英语解释说，登记处要到早上才开门，所以我们必须在港内等候。家庭户被带进了帐篷，其他人则被带往一辆空载的大客车。

我和奥马尔一起在大巴靠前的座位上坐了下来。他在硬座上很快昏睡了过去，而我却穿着被海水沾湿的牛仔裤坐着，我太激动了，还无法闭上眼睛休息。我的手机还有一些电量，于是记下了刚刚发生的事情。我依然有一种在波浪中摇晃的感觉。在黑暗中看到过的那些面孔变得欢乐了。但我并不感觉快乐，而是担心到了早上我们被带到欧洲最臭名昭著的难民营后会面临什么处境。

当我最初决定要跟随奥马尔的时候，边境还是开放的，我认为我们会随许多人悄无声息地登陆欧洲并继续前行。我不想进入难民营。如果无法逃离莫里亚，那我们怎么办？

早上八点，又一辆大客车开了过来，后面还跟着一辆荷兰的囚车。我们要被转移了，车队驶过米蒂利尼的街道，经过一道墙，上面涂写着"不要北约，不要欧盟边防局"的字样。接着，我们沿着海岸朝北行驶。两三英里后，我们转入内陆，沿着绵延起伏的橄榄园中间的道路继续前行。我们看到一队皮肤晒得黝黑、身体显得疲惫的防暴警察，然后就来到了一个设有瞭望塔、被装有蛇腹型铁丝网的围栏围起来的建筑群。

第三部分
营地

第十三章

难民登记站

每一座岛屿上，人们都看海。在莱斯沃斯岛，春天带来了一些小船。站在北边的岬角，你能够看到它们是从土耳其一侧的航道过来的，黑点越来越大，直到你能够辨认出色彩鲜亮的救生衣，听到发动机的突突响，然后是人们涉水上岸时的叫喊。碰上好运气，他们会从沙滩登陆；如果运气不好，就只能从岩礁上岸。

这些小船陆续抵达，也带来了远方战争的消息；有些年份来得比较多。二〇一四年，大约有四万人在希腊的岛屿登岸，是迄今最多的年份。隆冬季节，因为海上风大浪高，只有最绝望的人才会渡海。在接下来的二〇一五年春天，随着天气的转暖，有一点也变得明显——这一年将会与以往的任何一年都不同。

三月份时，差不多有八千人登上了这些岛屿，月度数字高得惊人。四月份人流是三月份的两倍，此后一直增加，七月份达到了五万八千人。那个时候，全世界都觉察到了危机，媒体成群结队来到莱斯沃斯岛报道，摄影记者镜头下的海滩上，到处都是被丢弃的橙色救生衣。他们的相机摄录了当时的场景：船民们扑倒在沙滩上喜极而泣，感谢上帝后自拍，然后徒步离开。在人头攒动的难民登记中心，希腊当局分发表格，命令移民们"自我驱逐"，然后让他们登上渡轮去雅典，由此，他们继续北上，穿越巴尔干半岛进入欧洲。

八月份，有十万人登陆希腊的岛屿，大都是来到莱斯沃斯岛。其中大部分是叙利亚人，妇女和儿童的比例非常高，显然只要能踏上陆地，就可以安全旅行。十二月份，坐船渡海的难民中有三分之一是未成年人。但他们并不是都能成功登上海岛：那年在海上遇难或失踪的八百人中，有二百七十人是儿童。

沙滩上一片混乱，有些日子里如同世界末日一般："大海抛弃了水中的死者。"无头或缺胳膊少腿的尸体被冲上了海滩；还有些尸体则完好无损，像是睡着了一般。"渔民们给海岸起的名字发生了变化"，一位居民后来这么写道。原先他们称之为"海豹"的一块礁石，现在成了"老头"。一些当地人拒绝出海打鱼，说鱼"是吃溺水移民的尸体长大的"。

九月二日，有个一家四口在土耳其坐上了一艘小船。他们是来自叙利亚科巴尼的库尔德人，三个月前"伊斯兰国"在那里屠杀了两百多人。在黎明前的黑暗中，小船在风浪中倾覆；母亲和两个男孩淹死了。日出时，三岁的男孩艾伦·科迪——也就是后来为全世界所知的艾兰·科迪——在沙滩上被发现了。土耳其的一位摄影记者拍摄下了这个场景：一个孩子俯卧在沙滩上，就像蹒跚学步的孩童用尽力气后那样，他的红色T恤向上缩起，露出了一截白白的肚皮，海浪拍击着他的额头。他的双脚依然穿着鞋子。

那年夏天的溺亡儿童照片有很多，但或许是这个男孩天使般的平静，使得他的形象迅速在Facebook和推特上广泛传播，每小时转发量达五万多，总点击量达到了大约两千万次。"艾兰·科迪怎么了？"是在谷歌上输入频率最高的相关搜索词条，相关的词条还有"是什么导致了移民危机？"。他的照片上了欧洲许多报刊的头版：西班牙《国家报》的文章标题是"一个撼动欧洲良知的形象"；五个月之前曾在专栏文章中写下"这些移民就像蟑螂一样"的英国畅销报纸《太阳报》，宣布发起一场名为"为了艾兰"的慈善运动；德国最著名的小报、保守派媒体《图片报》用一个带黑框的画面展示了孩子的尸体，配文："这张照片是在向全世界发出消息，呼吁人们团结一致，保证不会再有孩子在逃亡中丧生。毕竟，如果我们继续允许这样的事情发生，那我们还算什么人？我们的价值观还有什么真正的意义？"

艺术家艾未未走访了莱斯沃斯的海滩，模仿那个男孩的姿势俯卧在沙滩上拍了一张照片。挪威作家卡尔·奥韦·克瑙斯高在柏林领奖时说，男孩的形象震撼了他，使他去关注难民危机，而此前这类新闻与"关于伊拉克汽车炸弹和美国校园枪击案的报道"混在一起，没有引起他的注意。曾敦促美国派遣军队去叙利亚的联邦参议员约翰·麦凯恩，此刻则在国会上拿着死去男孩的照片。

奇迹始于一个孩子。艾兰死后的第二天，德国和奥地利向滞留在匈牙利的成千上万个人开放了边境，让他们乘坐大巴和火车北上。其他国家纷纷效仿，巴尔干地区形成了一条所谓"人道主义走廊"。在推特上，"欢迎难民"成了一个热搜话题。在德国慕尼黑，热情洋溢的人们带着巧克力去迎接移民的到来；在奥地利维也纳，几百个铁路工人自愿不计报酬加班工作。九月十日，德国总理安格拉·默克尔与一位叙利亚难民自拍了一张照片。她宣布："这事我们可以做。"

边境开放了。在莱斯沃斯海滩上，你可以发现警察、无政府主义者、游客和传教士并肩工作，帮助移民渡过海峡前往欧洲。十月份，二十万人登陆希腊岛屿，高峰时一天有近万人。十四个月时间里，共有一百万人跨海而至。这是历史上最大规模的难民渡海迁徙。

但当冬天临近、海上风浪凶险的时候，欧洲的态度也改变了。"与一个月以前不同了，那时候好多普通百姓鼓掌欢迎他们的到来。"那年十月，德国边境城镇的一位警察说。许多德国人曾赞同默克尔开放边境的决定；现在大多数人却认为她错了。实际上，欧洲国家的领导人正在竭力阻止难民流入；奥地利、匈牙利和斯洛文尼亚在沿着巴尔干的走廊搭建铁丝网屏障。

十一月十三日，九个身穿炸药背心、手持突击步枪的男子袭击巴黎，杀死了一百三十人。后来得知，这九个恐怖分子中有两人是假扮成难民经由希腊岛屿到达欧洲的。新年前夜，在科隆中央火车站，几百位妇女遭到了几帮人的性侵和抢劫。一月一日，科隆警方还在用"喜气洋洋""一片祥和"描述这个夜晚；三天后，面对社交媒体不断升级的强烈抗议，警察局长宣称，已经发生了"一种全新规模的"罪行，疑犯是阿拉伯人。《图片报》发出警告，提醒人们注意"全德国的性犯罪暴力团伙"。法国讽刺杂志《查理周刊》刊发了一幅标题为"移民"的被淹死男孩的漫画，配文："如果小艾兰长大，他会成为怎样的人？"

在一帮男人追逐惊慌失措妇女的图画下面，是这个问题的答案："德国的一个猥亵犯"。

"我们现在必须加强申根国外部边境的管控。"德国财政部长沃尔夫冈·朔伊布勒告诉媒体说。先是陆地边境被关闭，并加装了蛇腹型铁丝网，配备了防暴警察；接着，三月十八日，欧盟与土耳其宣布了关于阻止难民船的联合声明。已经上岸的避难申请人，将被扣留在希腊的岛屿上，按照"热点地区系统"①进行审核处理。规模最大、最重要的营地就位于莱斯沃斯岛。

我们的大巴驶进莫里亚营地的主大门，停在了由铁丝网围着的一个内部围栏区。透过车窗，我能够看到一些官员手持写字夹

---

① 热点地区系统（hotspot system）是欧盟在难民危机期间设立的一种应急处理机制，具体来说是在位于欧盟外部边界的国家（如希腊和意大利）建立难民处理中心，帮助符合条件的难民转移至其他欧盟成员国。

板列队站着，他们有些穿着联合国的背心。随其他人下车时，我感到双腿摇摇晃晃的。我心里想，我可以不必经历这些，我可以用英语叫喊，我是记者，是蛇头设套把我骗到莱斯沃斯岛的。假如我真的这么做，他们不但会把我与奥马尔分开，而且如果消息传回到蛇头那里，让他们知晓他们当中曾有一个"间谍"，我也许会置奥马尔和其他移民于危险之中。

当我走过大门的时候，一位妇女把一个写有序列号的纸手环套在了我的手腕上。我们被引到了一个等待区，那里的帆布大棚下有几把木头长凳，我们按照语言的不同分别就座：阿拉伯人是最大的群体，接下来是一些来自厄立特里亚的说提格里尼亚语的人。我和奥马尔与几个伊朗人坐在一起，穿背心的译员们在为一位希腊官员翻译。那人解释说，我们要留下指纹，还要体检，然后会被送往大营。在接下来的二十五天内，我们不得出去。在完成难民情况登记之后，我们可以游览岛内的其他地方，但不能离开莱斯沃斯，直至通过第一次避难面谈。我们也不能继续旅行去欧洲的其他国家。如果不喜欢这样的安排，我们可以返回土耳其。

他们先是叫厄立特里亚人去登记，接下来是阿富汗人。两个伊朗男孩已经改变主意，不想冒充了，所以只有我和奥马尔进入了行政办公区。那里有一个花坛，种了三棵历经风吹雨打的松树，树干被刷成了白色。装饰成爱琴海蓝的一些集装箱办公室，以逆时针顺序排列成一个圆圈。我们的流程第一步是确定国籍。来自欧盟边防局的一名官员，要努力核实我们是不是真的阿富汗人。

因为有些国籍能够得到当局的优待，所以伊朗人或巴基斯坦人可能会试着冒充阿富汗人，就像摩洛哥人会试着冒充叙利亚人，埃塞俄比亚人会试着冒充厄立特里亚人那样。由于许多人是无证旅行的，比如我和奥马尔，而且很容易在土耳其买到伪造证件，欧盟边防局的审核官和译员会向人们盘问他们国家的一些事情。以前他们会问一些关于国旗或货币之类的简单问题，但由于移民变得聪明了——有些蛇头甚至出售作弊答案——审核官会查问移民们的国内地标，以及汽车牌照号码的位数，或者是面粉的价格。麻烦在于，许多难民不是生活在自己的祖国而是国外。在德黑兰长大的一个阿富汗人，说话带有伊朗口音，他对喀布尔的了解很可能还不如我。国籍判定从速从简，所以错误在所难免。

奥马尔先进去了，我在外面的一把长凳上坐了下来。我们那条船上的一些小孩在玩耍，几只短腿的杂种狗在周边嗅食。这时候差不多九点钟，工作人员端着咖啡来上班了，有些穿着制服，他们是荷兰的狱警和希腊海岸警卫队的警官。两个穿工装裤的男子在指纹采集办公室外用法语聊天。然后，人们熟悉的如美国美慈（Mercy Corps）、行动援助（Action AID）、救助儿童会（Save the Children）这些非政府组织的工作人员陆续来了。援助志愿者比官员年轻，这使我想起那些在喀布尔见到过的忙碌的年轻人：身材纤细，穿着时尚，满脸关切。与我同船的难民一脸懵懂地在他们中间走来走去，手里拿着登记表格。好几个集装箱上贴着相同的海报，画面是一只肤色白皙的手将一只棕色皮肤的手从海浪

221

中拉出来，上方写着 UN ARRÊT ICI，意思是"可在此停留"。

欧盟边防局的一位理着小平头、戴眼镜的官员从审核办公室走出来问道："阿富汗人？"

我跟他走进去，在一张塑料圆桌边坐下，心狂跳不止。一名面露倦色的中年阿富汗译员已经坐在那里了。我们互相用波斯语打招呼。审核官对照着一份基本问题清单开始提问，译员则在一旁翻译。没有证件？没关系。他更多地是想练习一下他学会的一点点达里语。

"你是哪里人？"

"我是喀布尔人。"

"喀布尔哪个区的？"译员尖锐地问道。

"卡拉伊法图拉。"

"好的。"官员说，在表格底部潦草地做了记录。

"好了？"译员惊奇地用英语问他。

"好了。"官员说，然后朝我露出了微笑。

"再见。"

"告诉他非常感谢。"我说，接着拿着表格走到了外面，在强烈的日光下眨了几下眼睛。就这么正式确定了国籍。我坐到长凳上，点了一支烟，感觉无精打采。气温在升高，我让阳光照射潮湿的牛仔裤裆部。不知道奥马尔怎么样了。

实际上，是他引起了欧盟边防局的兴趣。一位比利时的调查官不经意间听到奥马尔用英语说他为北约当过翻译，于是要他到

222

另一个集装箱去谈话。在那里，一名希腊警官也加入了他们。

两位官员友好地为奥马尔倒了咖啡，并告知了无线路由器的密码，然后打听他的蛇头的情况。他们尤其对付款方式感到好奇。如果奥马尔愿意，他可以使用他们的电话呼叫蛇头，让对方知道船已经到达了。他能不能把蛇头的号码告诉他们？

奥马尔很健谈，但他知道怎么推诿。他说，蛇头们使用假名，而且经常变化电话号码，所以他没有用心记。调查官说，奥马尔要在营地滞留一段时间，他们可以安排他当一名译员。他回答说会考虑一下。

奥马尔出来后，与我一起排在了指纹采集室外面的队伍里。指纹采集室是我们在流程中的下一站。热点地区系统的一个中心功能是在欧洲指纹鉴定数据库中记录移民。这是为了执行《都柏林公约》的规定——难民在抵达的第一个欧盟国家申请避难，并在此停留。事实上，抵达的第一个欧盟国家也就是你第一次被抓住时所在的国家，因此也意味着在抵达目的地之前你与蛇头的行动始终保持地下的重要性——有些移民在被抓住的时候，甚至会烧毁或损毁自己的指纹，这样就无法扫描了。不然的话，如果你在德国申请避难，但他们在欧洲指纹鉴定数据库中发现你在意大利或保加利亚被抓住过，德国人就可以把你驱逐回那里——但不会被驱逐回希腊，自二〇一一年起就不那样做了。二〇一一年，欧洲人权法院裁定，希腊对难民太过残酷。欧盟正在努力修复事态，但眼下，奥马尔什么都不用怕。我让奥马尔先进去。

通过敞开的门道，我看到了之前见过的一个法国人。此刻，他戴着乳胶手套，正在把奥马尔的指尖和手掌压在交叉比对扫描仪的玻璃上。现在国家就能辨认出奥马尔了。二○○三年启用的时候，欧洲指纹鉴定数据库只严格适用于避难者。但在二○一五年，规则改为执法机构在处理"重罪案子和恐怖主义"时也可适用。在巴黎发生恐怖袭击后，警方由此通过指纹比对确定了两名袭击者曾以难民身份登陆莱斯沃斯岛；在此之前，死亡难民的身份从未被认定过。现在，欧洲指纹鉴定数据库正与其他的数据库合并成一个大型系统，可追踪到过欧盟的所有人。在官方的屏幕上，我可以看到一系列螺纹滚动后形成了奥马尔的指纹，然后程序发出了哔哔的响声，表示已经清晰地采集到了指纹。

创新不但在中心发生，也在周边发生；指纹技术是由英属印度的殖民地官员开发的，后来被苏格兰场[①]采用。当今，生物统计学、无人机和自动化大规模监控等技术从海外战争转移到了边境，最终到了都市里的酒店。在阿富汗，我的指纹和虹膜在我深入采访报道之前已被美国军方记录了下来。在阿富汗和伊拉克收集的此类数据形成了巨大的宝藏，可与美国联邦调查局和国土安全局共享。

轮到我的时候，我走到台子前站定，面对着那个法国人。他抓起照相机拍了我的照片。我还没在欧洲被采集过指纹，但不知

① 苏格兰场（Scotland Yard），英国伦敦警察总部，负责调查重大犯罪案件。

道在巴黎恐怖袭击事件之后，欧洲人是不是在悄悄地与美国人合作检查核对。如果他们没有发现我的真实身份，那么我的第二个自我——哈比卜——以后还会不会回来纠缠我？当肉身归零，你的第二身份的信息却可以永远存在于云端。但为了避免奥马尔陷入危险，我别无他法。那位官员抓住我的手腕；扫描仪发出了绿光。

意大利哲学家吉奥乔·阿甘本称之为"生物政治刺青"。

那人把我的手压在了玻璃上。

"兄弟，如果他们发现你是加拿大人，那就很有趣了。"我们走回遮篷午休时，奥马尔说。说完后，他哈哈大笑起来。在头晕疲乏中，我瞟了他一眼，不知道他是不是糊涂了。也许他只是因为活着而感到高兴。我也咯咯地笑了起来。

透过围栏，我们能够看到大营里的居住者在里面走动，他们穿着五花八门的捐赠衣服。发现我们后，有些阿富汗人隔着铁丝网与我们打招呼。

"你们好！你们那里有多少阿富汗人？有没有家庭户？"

他们想寻找应该已经渡海而来的久无音信的亲人。他们报出的名字和模样的描述，都是我们不熟悉的。

我们在遮篷的阴凉处坐了下来，旁边那两个伊朗小伙子遇到了另一艘船的三位同胞，他们比我们早到一天，但还没有完成登记。他们心情不错，尤其是六十多岁的伊朗库尔德人菲鲁兹，他个子不高，精力充沛，长着灰白的头发和浓密的眉毛。

"别担心，小伙子们，我们马上就能去雅典。"菲鲁兹说，他在一些纸板片上为我和奥马尔腾出了空间，"我们已经计划好了。"

原来他们也是哈吉安排坐船过来的。"嗯，那你们肯定会没事的！"菲鲁兹大声说道，"他有人，能够轻松地让我们离开这个岛屿。每人一千两百欧元。一到大营，我们就要买一张希腊的手机卡，并打电话给他。如果你们有钱，我们可以一起去雅典。"

午餐是一盒米饭加扁豆和皮塔饼，这是我们自从在伊兹密尔吃过烧烤之后的第一顿饭。饭后我再也睁不开眼睛了。我和奥马尔都在遮篷的地上睡着了；醒来时，办公室已经开门了，我们不得不重新排队。当我们到达体检站的时候，天已经黑了。一位阿富汗妇女和她的十几岁女儿等在外面，两人都长着椭圆形的脸庞，五官精致。她们都来自大营，已经在那里滞留了好几个月。

"那边怎么样？"我问道。

"可怕，可怕，"母亲说，"人们来自那么多的国家，这是问题的一部分。有许多非洲人。你们知道吗，我们过来的时候，船上坐满了黑人。他们对我们家庭户很友好。他们帮我们把行李提到沙滩上，还驱离了土耳其海岸警卫队。"她咯咯笑了起来。"所以我说，上帝保佑非洲人，愿他们远离病痛。"

她的女儿单独去看心理科医生。

"你们是直接从阿富汗过来的？"母亲问道。她们一直作为难民居住在伊朗。

"是的，从喀布尔过来的。"

"现在的孩子都像你们这样说话。"她逗趣地说。从我的长相来看，她估计我也是哈扎拉人。"用你们这种喀布尔口音说话。哈扎拉地区情况怎么样？"

体检是简单的动口不动手的一问一答。我坐在椅子上，来自世界医生组织的希腊大夫在看一份问卷清单。伊朗译员使用的医学术语，诸如"处方"那样的词语，我理解起来有点困难；而他似乎不懂达里语方言，因为他一直在愤怒地重复，直至我猜出了意思。用"是"或"不是"来回答以下问题：你有重病在身吗？你在服药吗？你有什么伤残吗？心理问题呢？你曾是酷刑、虐待或性侵的受害者吗？

医生让我去叫下一个人进来。

母女俩已经走了，但有一排神色忧郁的年轻男子坐在警察办公室外面的长凳上。我后来获悉，这是夜间试图混上渡轮而被抓来的人。

当我和奥马尔回到遮篷下时，我们看到其他人已经完成所有的流程被安排去了大营。但对我们来说现在太晚了，警察说。我们不得不在这里过夜。

我们能听到外面的音乐声和锣鼓声，看见人群沿着道路经过。一个孩子走过来喊道："埃塞俄比亚人在哪里？"他身边还有两位妇女，手里拿着看上去像是盛有液体的瓶子。一名警察把他赶走了。

另一个难民身材精瘦，穿着T恤衫，露出身上的刺青，走过来向我们兜售香烟和手机卡。他用英语自我介绍，他叫阿布·阿达姆，来自巴勒斯坦。我问他营地里情况怎么样。

"在这里，人们会为了一欧元欺骗你。"他一边说，一边将身子靠向围栏，"和你们一样，我第一天来这里的时候，给了外面的一个家伙十欧元，让他替我买张手机卡。但到现在我还没有看到他的影子。别相信任何人，明白了吗？甚至也不要相信我现在跟你们讲的事情。"

他朝旁边看了一眼，溜回移民人群中去了。我筋疲力尽地走回遮篷。

气温又在开始下降。一个年轻的美国人抱着一箱羊毛毯过来了。毯子是深蓝色的，上面有十分醒目的撒玛利亚救援会（SAMARITAN'S PURSE）的标签。我和奥马尔都用毯子裹住身体，躺倒在纸板片上，很快入睡了。

第十四章

初来乍到

天破晓时，橄榄园的鸟儿开始振翅飞翔。林子下，阳光把温暖洒向了蛇腹型铁丝网之间的一长溜帐篷。我和奥马尔背着背包站在大门内侧，手里抱着一名官员发给我们的睡袋。在我们获准可以去大营的时候，那名官员还告诉我们去山丘上找一家叫"欧洲援助"（EuroRelief）的非政府机构申请帐篷。

我们震惊地注视着眼前乱糟糟的景象。沿着泥巴碎石道路的一排集装箱，只剩下被烤焦了的骨架；联合国难民事务高级专员办事处的棚屋，也在上星期的纵火中遭焚毁。在此周围的地面，挤满了一个个橙色和蓝色的圆顶双人帐篷，上面覆盖着篷布，由绳子和小木桩固定着。空气中弥漫着污水的恶臭。走上山丘时，透过帐篷敞开的拉链门，我们可以看到难民们从睡袋中起身了，边穿鞋子边打哈欠。其他人步履沉重地从我们身边经过，走向洗手间。

在坡道半路上的食堂大帐篷对面，我们找到了"欧洲援助"的活动房屋。奥马尔走向一位穿戴着门诺派教徒衣帽的年轻女子，用英语解释说我们刚刚来到这里。她接过我们的登记表格，去查阅笔记本电脑里的记录。

我们等待期间，一群难民开始大声嚷嚷，想引起其他工作人员的注意。他们说在大火中他们失去了帐篷和衣物，但得到的回答是，帐篷只提供给像我们这样的新来者，而且衣物的发放只是在哪天哪天的某个特定时间——

"你们昨天发鞋子了！"一个男子喊道。

门诺派教徒回来了，身边多了两个穿短裤和马球衫的美国女青年，其中一个拿着一顶帐篷。"她们会为你们找一个地方，帮助你们支起帐篷。"她说。我和奥马尔跟着两位志愿者朝着下坡的道路走去。

"现在这个营地已经爆满了。"一位女青年抱歉地说。她们说话带有美国中西部的口音，声音尖细，行为举止很像大学生。"我们在洗手间旁边发现了一个空地，但不是很大。"

"我们想去挨着其他阿富汗人的地方。"奥马尔说。

"哦，好的。"她回答，"那我们去上层看看？"

"我们能去吗？"她的同事问道。

她耸耸肩，于是我们回到了山坡上。食堂帐篷的道路对面，有两片用围栏隔开的大型住宅区，是为家庭户留着的。一条狭窄的砾石小路从高高低低的排屋间穿过，尽头是一道围栏。这条死巷子的宽度，仅够安置联合国难民事务高级专员办事处的一排长方形棚屋，这些棚屋在大火中得以幸存，但人们已经把他们的小圆顶帐篷搭建在了余下的地方。在小路的尽头，我们发现了一块空地。

当两位女青年为帐篷打桩头的时候，巷子里的居民走出来观看。

"她们又在这里搭帐篷了？"一个人用达里语发牢骚。

"是啊，可我们能怎么办呢？"

奥马尔与他们打招呼。

"别在那里搭帐篷。"一个身子瘦瘦、头发花白的男子拄着拐杖说。

"为什么啊？"奥马尔问道。

他指向从护土墙伸出来的一截管道。

"那是排水管。污水从那里流出来。"

我们收拾起帐篷，转移到了两个棚屋之间。为表达对志愿者的谢意，我和奥马尔把她们送到了巷子入口处。

"你的英语怎么说得那么好？"其中一位女青年说。

"我们在喀布尔为联军当过翻译。"奥马尔说。

她的同伴拍了拍衣服口袋。"噢，天哪，我的手机丢了。"

她们赶紧往回走，在砾石路上搜寻。头发花白的男子又出现了。

"你们是不是丢了什么东西？"他用达里语问她们。他从自己的口袋里掏出一部苹果手机，递给了那位惊魂未定的女子。

"如果是别人，我就把它留下了。"在美国人离开后，他对我们说。看到我们的香烟，他的眼睛一亮，于是奥马尔给了他一支。"我已经好多天没抽到香烟了。"他说，一边惬意地吐出了一口烟雾。"我已经身无分文。"他与妻子和孩子已经在这里滞留了五个月。

"欢迎来到监狱。"一个喉结上扎了一条绷带的高个子年轻人低吼道，他从棚屋里出来，站到了我们旁边。

"我们能在二十五天期限之前离开这个营地吗？"我问道。

"后面的围栏上有个洞。营地不是问题，岛屿才是问题。"年轻人回答说。他已经在这里待了四个半月。

"你们逃不出这个海岛的。"一个洪亮的声音说。我们转过身去，看到一位男子从另一个棚屋走出来。他留着一脸浓密的大胡子，只有一条腿，拄着拐杖坐进了一把户外椅子里。"只有一条路径：通过卡车。找一辆卡车，一辆去雅典的装运盐、木头或垃圾的卡车，躲在里面。这是获得解放的唯一途径。"

"没错，"灰白头发的男子补充说，"我们都尝试过了，也都放弃了。一旦明白过来，你们也会放弃的。"

"可我们知道有一个蛇头，他说他可以为我们搞到身份证件，价格是一千两百欧元。"奥马尔说。

年轻人哼了一声表示轻蔑，然后走回自己的棚屋。

"行不通的。"灰白头发的男子一边说，一边吸完最后一口香烟。

"你们绝对逃不出这个海岛。"坐在椅子上的大胡子男子说。

我们饿了，邻居告诉我们要早点去排队吃午饭，于是我们在帐篷里放好背包，走出了巷子（阿富汗人称之为"库查"）。我们的新家就在莫里亚所占据的山丘的中间。营地的主大门在山脚下，在我们曾经过夜的内部围栏区旁边。从大门开始，环形的砾石土路上坡经过排屋和食堂的大帐篷，然后下行到第二个用围栏围起来的场地，那是安排避难面谈的地方，在厕所旁边。

莫里亚难民营是按照可以容纳两千人的体量建造的，但到现在为止，营地里已经塞了五千余人，每周还有几百人陆续进来。帐篷大致上按照语言和民族分布；从我们的库查到道路对面是阿拉伯人，再过去大都是非洲人，营地的后部是巴基斯坦人和库尔德人的区域。整个营地缺乏食物，卫生条件也很差，难民之间关系紧张。警察最关注的是内部围栏区，那是官员办公的地方。晚上他们就放任不管了，即使发生强奸或抢劫那样的恶性事件，他们也不理会。几个月以来，莫里亚一直徘徊在灾难的边缘。

在我们到达前的一周，一群阿拉伯人和非洲人试图组织绝食抗议，但阿富汗人不肯参加。午饭期间，当家庭户优先打饭时，麻烦开始了。我听到的故事有两个版本：一是参加绝食的人堵死了阿富汗妇女进入食堂的道路；阿富汗人的版本是，他们受到侮辱，盘子也被强行夺走了。接着斗殴开始了，继而升级为乱扔石块。警察和营地工作人员退回内部围栏区，他们那令人印象深刻

233

的防御设施既阻止人们出去，也阻止人们进来。一些骚乱者把燃烧的布片扔向对方的棚屋，火苗很快在营地里蔓延，许多与暴力无关的难民逃到了田野里。夜幕降临后，难民的个人用品愈烧愈旺，橘红色的火焰蹿得越来越高。消防队及时赶来保住了内部围栏区的设施。幸好没有出人命，但现在人们住进了在泥地上搭建的帐篷。

当我和奥马尔抵达食堂帐篷的时候，离男人开饭还有一个小时的时间，但已经排了一条长队。食物是莫里亚难民抱怨得最厉害的问题之一：质量很差，而且数量不足。营地里提供水煮的淀粉类饭菜，诸如通心粉或马铃薯。如果排到后还没有分发完，那么你也许还能够得到一个苹果或皮塔饼，有时候甚至还有豆子或一点点碎肉。由于食物常常不够分发，所以人们特别在意。通常，警察会来监督队伍的秩序，但在我们到来的第一天，他们没有。现场有市里派来的几位工作人员，但没人会听他们的。人们推推搡搡，大声叫喊，为是否允许亲友插队而争执不休，而那些远处的人则在吹口哨嘲讽奚落。我们前面的队伍越来越长了。

最后，我和奥马尔决定放弃，站到了一位工作人员的旁边。那是一个希腊人，留着一头坚硬的长发。他为我们点上了香烟。

"是不是每天都这样？"奥马尔看着混乱的场面，用英语问他。

"有时候。"

警察终于出现了，朝几个长相凶狠的捣乱者大喊，要他们离开队伍。

"如果他们不听，那警察怎么办？"奥马尔问道。

"会打他们，"这位服务人员实话实说，"但不用担心，你们看上去像是和善的人。"

经常性地要排长队去获取必需品，而且还不一定能够得到，这会使人变得暴躁、凶狠。在澳大利亚设在巴布亚新几内亚的拘留营里，寻求避难的人几天来一直不停地排队打饭、上洗手间、看医生、打电话和抽烟，甚至是领取抗疟疾药片。"这些队伍有代理人，他们建立了规矩：监狱里的任何人，只要表现得更粗野、更残暴，就能过上更好的生活。"在那里待了四年的伊朗库尔德族作家巴赫鲁斯·布察尼写道，"我们是一群普通人，只是为了避难而被关押起来了。在这样的环境下，监狱最大的成就，也许是操弄人们之间的仇恨。"

食堂的帐篷里，挂着一幅鸽子口衔橄榄枝的图画；伙食由"和平使者"分发，这是西班牙的一个团体，由一位天主教神父所创建。当时关于莫里亚让我们感觉奇怪的事情，是营地基本上由基督教的志愿者在管理，其中许多是美国人，比如帮我们搭帐篷的两位女子。她们的组织欧洲援助是希腊基督教福音派的慈善机构，在这场危机之前鲜为人知。该组织是在此前一年的夏天到来的，他们在海滩上提供茶水。在电视上看到了难民的状况后，洪流般的外国志愿者来到希腊的岛屿，渴望为难民提供帮助。由传教士富兰克林·格雷厄姆管理的美国大型慈善机构撒玛利亚救援会与欧洲援助开展合作，队伍变得壮大。在明尼苏达州加入该机构的两位妇女在博客中写道："格雷厄姆有一个计划，其中的一小部分也许是让穆斯林通过一杯热茶感受到上帝的慈爱，由此把他们与上帝联系在一起。"

虽然那个时候已经有大约八十个非政府组织在莱斯沃斯岛上开展工作，但依然有志愿者纷至沓来，以致一些组织采取了缴费才能加入的做法。在边境开放期间，非政府组织帮助难民继续前往欧洲；现在，他们协助把难民囚禁起来。继三月份欧盟和土耳其的联合声明致使莫里亚和其他岛上的营地变成拘留中心后，联合国难民事务高级专员办事处和其他的一些人道主义机构，如"无国界医生"，已经退出以表抗议。希腊政府和欧盟猝不及防。他们一直依赖于非营利机构提供的食物和医疗等基本服务。如果欧洲援助没有决定留下来接管营地的重要管理工作，那么整个热点地区系统也许会崩溃。几天之内，撒玛利亚救援会和其他几个团体也回来了。莫里亚获救了。

欧盟的热点地区系统有两个主要的组成部分：首先是要对进来的移民，比如我和奥马尔，进行身份登记和指纹采集；其次是在营地里对申请避难者进行鉴定。离开这里去雅典的唯一合法途径，是通过初步面谈；然后，你会被允许去大陆参加最后的评估。那些来自与欧盟签有《重新接纳协议》的国家、没有通过面谈的移民，如巴基斯坦人，会被从岛上驱离。

上午，一群难民会聚集在厕所附近被围栏围住的场地旁边，那里在进行着避难面谈。在一群等待被叫名字的人中，我认出了与我们同船抵达的几个叙利亚人。面谈进度也许会比我和奥马尔想象的要快。"他们今天会把阿富汗人叫进去吗？"我问站在旁边的一个阿富汗男孩。

"你来这里多久了？"

"我才刚到。"

他笑了。"我来这里已经两个月了，还没轮到第一次面谈呢。他们现在开始叫到的是四个月前来到这里的阿富汗人。"

如此看来，我们巷子里的邻居关于滞留在这里的说法是真的。我观望着人们把表格从围栏缝递交进去。那一头，官员和译员来自欧盟的避难机构，与欧盟边防局一样，该机构的员工是由各成员国派来的代表组成的。虽然莫里亚的难民申请的是在希腊避难，但听取他们情况或故事的是欧盟官员，事实上欧盟才是这个热点地区的管理者。希腊政府由于债务危机已几乎被踢出了欧元区，如果其本土再不允许欧盟介入，那就有被排除在申根区之外的风险。"这不是强制的，但实际上与强制差不多。"瑞典内政部长曾这样解释。

欧盟官员的身边有警卫员。警卫员没有携带武器，但看上去像是穿着防弹背心，他们来自在多国开展业务的G4S安保公司，这个承包商我在伊拉克和阿富汗都见到过。眼前的这些警卫员属于希腊的工人阶级，身穿难看的制服，而官员们则身穿整洁的牛津纺衬衣和斜纹棉布裤。欧盟的译员穿戴得与他们的同事相似，但他们的面孔与围栏外的难民一样。

"你是什么时候离开喀布尔的？"我问那个阿富汗男孩。

"一年前。"他苦笑了一下，向我展示他手腕上的伤疤——被晒黑皮肤上的淡色条痕，"我们在伊朗被盗贼绑架了。"

官员们结束当天的名字呼叫后，失望的人群散去了。我看到贴在围栏上的一张纸，上面列有莫里亚避难申请人所属的二十八个国家，按国名的英文顺序排列分别是：阿富汗、阿尔及利亚、孟加拉国、布基纳法索、布隆迪、喀麦隆、多米尼加共和国、埃及、厄立特里亚、加蓬、冈比亚、加纳、几内亚、海地、印度、伊拉克、伊朗、黎巴嫩、利比亚、马里、摩洛哥、尼泊尔、尼日尔、尼日利亚、巴基斯坦、巴勒斯坦、塞内加尔和叙利亚。

与我们同船到这儿的有些人，会比其他人提早离开营地。叙利亚人获得了优先参加避难面谈的机会，还可与家庭户一样住到房子里去。总体上来说，警察和工作人员给了他们更多的照顾。就连教皇弗朗西斯在那年四月份乘坐飞机从莱斯沃斯岛接难民回梵蒂冈寻求庇护时，也只带了叙利亚人。阿富汗人在优先序列中排位居中；来自塞内加尔或巴基斯坦那样国家的人被认为是经济移民，除非他们能够提供别样的证明。在莫里亚营地，移民们要为食物、住处和医疗条件展开竞争，但他们最渴望的是离开，而这个优先序列加剧了他们之间的分歧。叙利亚人抱怨，在边境对他们单独开放的时候，却有其他人跟着涌入了欧洲。阿富汗人感觉很不公平，自己国内的战争已经延续了几十年，叙利亚人却得到了更多的同情。一个厄立特里亚人告诉我，他讨厌西非人，他们并不像他那样是为了逃离独裁统治。巴基斯坦人和塞内加尔人则反驳说，离开土耳其的每个人都有相同的目的：在欧洲过上更好的生活。

基于肤色和宗教信仰的偏见，在国内的时候就已存在，但在营地里被一个新的逻辑激活了，这个逻辑证明了世界是如何运转的。移民们正在学习用西方人的眼光来看待自己。

第十五章

岛上闲逛

我跟着奥马尔穿行在坡顶上的帐篷之间，钻过几条晾衣绳，经过了一群在打牌的巴基斯坦人。"在这里！"他叫道。我们找到了营地围栏上一处由难民剪开的出口。这些孔洞不是什么秘密，因为人人都知道，包括警察，但它们起到了营地泄压阀的作用。在最初的二十五天内，我和奥马尔是不应该离开莫里亚的，但现在我们却来到这里，弯腰钻过这道锯齿状的铁丝网，小心避开脚下的粪便，走进了稀稀拉拉的橄榄树丛中。在当时，这个洞已经被人们充分利用，以至于附近的道路还停靠着食品车。我们下坡走向主大门，那里有更多的货车，为营地送来烤肉串和咖啡。那里还有一些安装了插线板的塑料桌子，供人们为手机充电；而在围栏里面，电源插座很少。

站在围栏铁丝网外，心中感到一丝宽慰，但我们依然被困在莱斯沃斯岛上，即使我们现在应该是在无国界的申根区内。从法兰克福或阿姆斯特丹来希腊岛屿消费的游客，是不需要护照的，就像美国人去迈阿密旅游那样简单方便。只要一张身份证件，就可以乘坐易捷航空去希腊享受阳光、沙滩和美味佳肴了。但难民在通过第一次避难面谈前是不允许离开这些海岛的，当地警方和欧盟边防局已经封锁了机场和轮渡码头。

菲鲁兹，也就是我们第一天在内部围栏区遇到的那位伊朗库尔德人，说过有一位蛇头能把我们弄出这座海岛。当奥马尔打电话给他时，菲鲁兹说他已经逃出了营地，我们应该到城里去见他。我和奥马尔在主大门旁边的公交车站等来了一辆破旧的城市巴士，我们上车付费后找座位坐下了。这是从莫里亚到港口的环形公交线路，巴士转向内陆，穿过干旱的山丘，经过一个陆军基地，然后朝南驶向杰拉湾。这里有一个小营地，接受家庭户难民。公交车停下来，几位推婴儿车的妇女上来了。然后，巴士开始爬坡，引擎发出突突的响声。经过废弃的汽车经销店后，前方的海湾在阳光的照射下波光粼粼。就是在这里，在莱斯沃斯岛上的这个浅水潟湖边，古希腊哲学家亚里士多德开始了对自然生命的系统性研究，提出了灵魂并不是游离于肉体之外，我们都由一条"存在巨链"①相连的理论。

到了山丘的坡顶，我们算是进入了米蒂利尼的郊区。经过装

---

① 存在巨链，英文原文为 a great chain of being，也可译为"存在之链"。"存在巨链"学说包含三个原则：充实性原则、连续性原则和等级性原则。

饰着霓虹灯十字架的药店、汽车修理店和彩票投注站之后，就是市政府办公楼。再往前是曾经的奥斯曼帝国海军司令部，现在叫老渔港，停泊着希腊海岸警卫队的几艘舰船和英国边防部队的快艇。搭救过我们的那艘挪威舰艇，系泊在前方的警用码头。在这条道路的尽头，是巨大的轮渡码头，可由此通往雅典。我们的目的地是主广场，那里有一尊古希腊爱情吟游诗人萨福的雕像，她的诗歌如今只留下了一些碎片：

> 有人会记得我们
>
> 我说
>
> 即使不是现在

广场周围有许多咖啡馆，我们发现菲鲁兹坐在其中一家的门口，身边还有他的两位旅伴——阿拉什和雷扎。阿拉什体格魁梧，一头白发，他曾是德黑兰一家石油公司的食堂经理。雷扎是一位二十几岁的年轻人，头发上着发胶，也曾在那个食堂工作。他们三人都想去德国。

"你们住在营地里？"菲鲁兹问道。他做了个鬼脸。"那里太糟糕了。"他的老婆已经在德国了，最近向他推荐了新的蛇头。新蛇头是一个埃及女人，她安排了一家旅馆，入住通常需要出示身份证件，住宿费是四十欧元一晚。这个蛇头的开价与哈吉一样，也是一千两百欧元搞定假证件和去雅典的飞机票。她声称可以买通机场的一名官员为他们放行。她要求收取四百欧元的预付款，但菲鲁兹并不担心。"她比哈吉好。这次百分之百能成功。"他边说边弹去云斯顿香烟上的烟灰。在那个女人做好准备后，他和他的朋友们有望在周末时离开。他答应把我们介绍给她。"跟你说，如果你们有兴趣，在营地里再找几个客户，这样她会给你们一个折扣价。"他说。

他们三人离开后，我问奥马尔："你觉得怎么样？"

"我觉得我们应该再等等看。"他说。

我们环视广场四周，看到有几个难民在附近徘徊。我们已经听说，警察并不在乎你在城里游荡。我们都不想现在就返回营地，于是朝着轮渡码头走去。在港口长长的混凝土防波堤上，有人用油漆刷上了"砸碎边界"的大字标语。去年夏天，成千上万的难民在码头旁边安营扎寨，等待着登上渡船。几家已经关了门的旅行社，还张贴着一些用波斯语和阿拉伯语制作的海报，上面写着提供从雅典去马其顿边境的长途汽车票。

在围栏的另一边，我们发现了一个水泥游泳平台①，上面铺着的砾石有一些油渍，旁边还有用木头搭建的更衣室和一个淋浴装置。两个阿富汗男孩躺在那里晒太阳，朝我们挥手。看到淡蓝色的海水，我皮肤上的积垢开始发痒，于是我脱去衣服，只剩下短

---

① 指在自然水体（如湖泊、河流、海洋）旁建造的固定平台，供人们游泳、潜水等使用。

裤，跳进了水池。两个男孩也跟在我后面下水了。但在阿富汗时一向都是第一个下水的奥马尔，现在却穿着四角短裤站在边上。

"来呀，怎么啦？"我一边踩水，一边叫他。

"是咸水吗？"

"是的，这里是海。"

"我从来没在咸水里游过泳。不会烧了我吧？"

我哈哈笑了起来，随之后仰放松，让水从鼻子和嘴唇流过。奥马尔很快也跳入水中，微笑着游过来了。我们四人在水里游泳嬉戏了一会儿。仰泳的时候，如果把脑袋侧向一边，就能看到渡轮上红色的烟囱，另一边则是水天一色的景象。

后来，我们用淡水冲了个澡，躺到水泥地上让身体晒干。从两个孩子干瘦和晒黑的程度来判断，他们在岛上应该有些日子了。十七岁的阿里说，他来这里已经六个月了。三月份这个岛屿被封住几天后，他登岸了，但那个时候还可以花钱买到伪造的避难卡——在通过第一次面谈后他们给你的那种，能够让你登上渡轮去雅典。

"费用是一百五十欧元。"他说，"但他们说，我们的面谈马上就要开始了，所以我想，为什么要去花这个冤枉钱呢？接着价格涨到了三百五十，再接下去是六百，然后是一千欧元，现在还买不到了。"警察在轮渡码头看管得很严。如果你有幸通过面谈被送往雅典，联合国还要派人护送你上渡轮。

"警察不会让你进入港口闲逛，但这里他们就不管了。"阿里告诉我们。他指向隐藏在围栏边的一些毯子和睡袋。"有些男孩就睡在那里。"

我们登上了平台后面的山丘，阳光照在身上给人以温暖的感觉。山顶上有一尊身着经典衣袍的青铜雕像，安置在一个浅浮雕的基座上，她双乳裸露，右臂高举象征自由的火炬，蔑视着对面的土耳其海岸。像今天这样的晴朗日子，能见度很好，可以看到彼岸。这是竖立在岛上的为数不多的几个雕像之一，为的是纪念一九二二年的"人口交换"，那时候米蒂利尼的大街小巷到处都是伤病和无家可归的难民。他们许多人在这个岛上安家落户了，他们的村镇至今还被人们称为难民镇。被从土耳其驱离的一些人，甚至连希腊语都不会说。根据《洛桑条约》，人们纯粹因为宗教原因而被强制驱离，这形成了一股神秘的力量，将奥斯曼帝国的穆斯林和基督徒分别转变为了土耳其人和希腊人。在这场种族清洗的最后阶段，国际联盟进行了监督。洛桑大会期间，已经成为难民事务高级专员的极地探险家弗里乔夫·南森，提出了一个"不致近东地区人口发生混合"的整体人口交换建议。那年他获得了诺贝尔和平奖。

我们在港口码头边度过了剩下的时间，晚上十点钟搭乘末班公交车返回莫里亚。车上有些乘客显然是喝醉了。虽然你可以从围栏的洞口带进来任何东西，但营地内是禁酒的。"我也想喝酒。"当巴士在营地大门口的泛光灯下停车后，我有点失望地告诉奥马尔，"我们本应该带点什么回来的。"

"你等等，我有个主意。"奥马尔说着就大步走开了。回来的时候，他提着一个棕色的纸袋，示意我跟他走。我们走向道路的远处，进入了黑暗之中。他向我展示了两个高罐装的阿尔法啤酒。

"你从哪里弄来的？"我问道。

"食品车那边。"

我们走入几棵橄榄树底下一个平展的僻静处，啪的一声拉开罐子，坐下来遥望远方月光下的山丘。在我们的身后，营地里发电机运转传来嗒嗒声。来到岛上，我们是不是犯了一个大错？情况比我想象的更为糟糕。我瞥了一眼奥马尔，不知道他是不是觉得我疯了，竟与他一起待在这个岛上。

"啤酒很凉爽，但能够让你感觉温暖，兄弟。"奥马尔含糊不清地说着。啤酒使我喷了个鼻息。他故意说些杂乱无章的英语，以此来模仿我在与工作人员交流时使用的矫作的阿富汗口音。

"干杯，兄弟。"

"干杯。"

为了远离营地，我和奥马尔每天早上都会坐公交车去城里，一般早饭后出发，很晚才回来。碰上好运气，我们还能在萨福广场的某个慈善组织那里吃到免费的午餐或晚餐。其他的日子，我们会花几块钱吃皮塔饼三明治。我们只有五百欧元，缝在了我的裤子里，所以要省着用。我们曾指望他母亲从伊斯坦布尔寄钱来，但莱斯沃斯岛上没有哈瓦拉，而且我们都没有身份证明，因此我们不能在这里使用西联汇款系统。后来我们的胃口小了，一次吃不下饭店里的整餐饭。

港口边上的游泳平台，已被我们巷子里的一帮阿富汗人宣布为自己的地盘。他们在几棵树之间搭起了一顶帐篷，放了几条毯子，我们在那里玩纸牌打发时间，一起考虑如何离开海岛。这里的人是一个混合群体；虽然阿富汗移民的行程大都通过不同地区、种族组织的网络推动，虽然逊尼派与什叶派之间，或者说波斯语的人与说普什图语的人之间关系紧张，但在营地里发生国际暴力的时候，阿富汗人是团结一致的。

我们巷子里的一些男孩因为参与骚乱及随后的纵火而被警方通缉，他们只能半夜三更悄悄地钻过围栏孔洞回到营地。

"我们人数少，而且他们打我们，所以我们必须报仇。"一个孩子告诉我们，"我们在围巾上浇油，点燃后扔向非洲人的帐篷。现在他们知道我们是不好惹的了。"

一个用桶帽遮住脑袋上伤疤的男子，曾因为持刀行凶在营地里蹲过监狱，正等待被转移到大陆去。火灾开始的时候，卫兵们都跑了，他和其他难民推倒大门逃了出去。他来自喀布尔西郊的贫民窟，在营地里大体依靠暴力生存。有一天，在他用拳头和臭骂击退了一些巴基斯坦人之后，我问他为什么老是要去斗殴。

"你是刚来的吧？"他讥笑道，"如果以前来过这里，你就会看到有多少阿富汗人遭到了巴基斯坦人的殴打。现在营地里很平静，对吧？那是因为那场大火以后他们害怕我们了。你可以轻易地排队领取食物，全是因为我们曾经的战斗。"

但这些人通常不会去干扰前来洗澡或钓鱼的其他难民。平台的另一端已被默认是一些当地年长者的领地。这里其他游客不多，但有两三次，我看到一辆白色的掀背车驶过，搁在车窗沿上的是一条浅肤色的手臂。

大伙儿嘘声一片。

"那个变态狂每天都来。"戴桶帽的人说。

"为什么？"我问道。

单条腿的邻居哼了一声。"你把屁眼对着他，他会给你五十欧元，这就是为什么。"

"啊，原来这是真的！"奥马尔惊叫道。一些男孩子流露出不好意思的神情。

渡轮每天晚上开航，经十二小时的航行，第二天早上靠泊雅典的外港比雷埃夫斯。下午的时间在慢慢过去，移民们围聚在码头的围栏边，贪婪地盯着渡轮的船尾跳板。虽然需要出示有效的旅行证件才能买到船票，但也可以在黑市上高价买到。可是渡轮的舷梯口有警察在执勤，他们如果怀疑你是移民，就会查验你的证件。阿富汗人和叙利亚人由于肤色较浅，更具有白种人的特征，冒充当地人或游客的成功概率比巴基斯坦人或摩洛哥人要大一些，而巴基斯坦人或摩洛哥人则要比厄立特里亚人或塞内加尔人更容易些。男孩们鼓励奥马尔去试试。

"你看上去像外国人。"十七岁的阿里告诉他。阿里是哈扎拉人，看上去很像亚洲人。"而且你英语说得很好。"

"那我呢？"我问道。

他哈哈大笑起来，擦去了眼角的泪水。"不好意思，兄弟，你跟我差不多。"

如果不能冒充登船，那就剩下卡车了。

汽车渡轮巨大的车辆甲板，搭载了往返岛屿之间的拖挂货车。如果主意已定，不计后果，你可以爬到挂车底下，依附在车轴上，就像古希腊的奥德修斯躲在羊肚底下逃过独眼巨龙库克罗普斯那样。许多人做过这样的尝试，尤其是像阿里这样灵活的男孩。但卡车在上船的时候，会有人检查，躲在下面的人很容易被发现。更好的办法是藏到货物里面，但码头的停车场戒备森严。必须在岛上的其他地方找一辆卡车躲到里面。伐木场、采石场和回收站是很好的目标，因为那里的卡车通常是驶往大陆的。卡车开动前，你也许不得不在车上等待一天或两天。你也许要尝试好多次才能成功抵达雅典，而且每次都要冒被车厢内的货物压死、挤死或在货箱内窒息而亡的风险。

在伊朗和土耳其的时候，阿富汗人是在蛇头安排下的被动旅行者，而在这里的莱斯沃斯岛，他们是"游戏"的玩家。我们整天都在讨论游戏，讨论去哪里找卡车，或者要不要买一个拉杆包或背包去冒充欧洲人。黄昏的时候，那些没玩牌的人会走到围栏边去瞧。渡轮六点钟开始上客。先出现的是脖子上挂着工卡的码头检票员，他们负责检票。一个穿制服的警察也来到他们身边，另一个站到了大门边，其他的警察则走到四周，朝着聚在围栏边的我们大吼大叫。全体警察都处于警觉状态。一个淡黄色皮肤的家伙穿了一件夏威夷衬衫，挺着啤酒肚，排在了等待上船的旅客队伍中。一辆荷兰的囚车到来了，一大群穿反光背心的警察纷纷下车。他们要把抓来的人送回莫里亚去。最后登岸的是希腊海岸警卫队的特警部队，根据他们身上的迷彩服和袖口、裤管的特点，移民们称他们为突击队员。他们戴上橡皮手套，拿出了长长的铁皮手电筒。

一队卡车开始驶向渡轮的跳板，发出了隆隆的响声，突击队员在检查车辆的底盘，打开车厢门检查货物。旅客们从检票员身边鱼贯走过。这个季节的游客不多，但有许多非政府组织和营地的工作人员。夜幕正在降临。

移民们继续在栅栏边作实况报道：谁今天晚上在尝试蒙混过关；谁买了一个包，理了一个发；谁昨天就已经躲在了一辆卡车内。

"你在哪里？里面吗？"我身边的那个人低声对着手机说，"保持安静，抓住什么东西，这样就行了。"

我们支持这些玩家。明天也许会轮到我们。

"贾瓦德过去了，"有人轻声说，"他穿着短裤。"一个孩子拖着拉杆包从停车场的阴影处走出来，敏捷地混入旅客队伍踏上了跳板。

"他有船票的，他上船了，喔。"

两名警察架着他的胳膊走下了跳板。即使是到了渡船上，你还是不安全——曾有一个伊朗人已经到了顶层甲板，结果还是被便衣警察发现了。

又是一声叹息。突击队员把两个孩子从一辆卡车底下拽出来了。他们通常不会很粗鲁，如果你动作慢，也许会在你的脑袋上拍一下；但如果碰到他们粗鲁的时候，你就会被送上荷兰人的囚车——如果囚车满员，他们也许会让你滚蛋。只要你没有携带假证件，大不了在营地的牢房里被囚禁一两个晚上。警察一晚上可以抓到二十多个"玩家"。但真正的问题是有多少个"玩家"溜出去了。渡轮拉响了长长的一声汽笛，离开码头，渐渐驶远。船上的灯光在湿热的夜空中闪烁着。

　　"岛屿是监狱，大海是铁窗。"在关于希腊经济危机的一个短篇故事里，作家赫里斯托斯·伊科诺穆这么写道。

　　一天晚上，我们听到萨福广场在演奏"暴力反抗机器"①说唱乐队的歌曲。几百个人集会示威，反对"法西斯主义"，针对的是来自雅典的几个正在海岛上获得支持的仇外组织。这个主要由年轻人组成的集会团队在市中心兜圈子游行，他们经过冰激凌和烟酒售货亭，经过精品眼镜店，用希腊语和英语反复吟唱："大声说吧，清楚说吧，这里欢迎难民！"

　　我和奥马尔在远处观望着。后来，他吃惊地注视着反示威人士的一些涂鸦："伊斯兰滚回去"。

　　因为二〇一五年夏天对船民表现出来的同情，希腊的岛民们获得了年度诺贝尔和平奖的提名。"我们欢迎难民，因为我们也是

---

① 暴力反抗机器，英文名 Rage Against The Machine，是一支勇于揭露美国社会、政治和经济等诸多方面弊端的乐队。

难民的后代。"一位老太太向媒体解释说。二〇一五年九月，在艾兰·科迪淹死十一天之后，莱斯沃斯市长与同是"难民城市"的巴黎、巴塞罗那和兰佩杜萨的市长们发表了联合声明。"如果我们继续修建大墙，关闭边境，分派其他国家去干坏事，让他们充当我们边境的宪兵，那我们是在向世界传递什么信息？"市长们写道。"作为欧洲的城市，我们要欢迎难民。"

二〇一六年，许多奖项授予了在莱斯沃斯开展的工作：世界新闻摄影奖、普利策奖、奥洛夫·帕尔梅奖，以及由联合国难民事务高级专员办事处颁发的南森难民奖。欧洲委员会把劳尔·瓦伦堡奖颁发给了当地一个叫阿卡利亚的团体，因为它"取得了人道主义的特别成就"。阿卡利亚的一位成员乔治·蒂里科斯–埃尔加斯后来回忆说："获奖以后，他们邀请我们走访了许多地方，索菲亚和维也纳等等。每当我们谈起事物的根源、战争和西方世界是如何一直掠夺其他国家的时候，他们就会说'啊，你们都是对的，但这些事情很复杂，让我们谈谈怎么安置难民的问题吧'。"

诺贝尔和平奖将在十月七日宣布——后来我们甚至在莫里亚听到了这个消息。在线上，彩票投注站看好希腊人，赔率为十三比八。莱斯沃斯岛上的一位老奶奶和一位渔民被选作象征性的提名候选人，媒体刊发了关于他们的简介。

最终获奖的是哥伦比亚总统，获奖理由是他与游击队达成了和平协议。

随着世界注意力的转移，这些欧洲不要的难民，就留给了岛民去接待和管理。边境已经关闭了，但船民还在到来，而且岛上的气氛在发生改变。当地人"先是同情，然后是厌恶，最后是仇恨移民"，美国作家约翰·斯坦贝克曾经写道。个体的行为也影响了集体的荣誉：难民被指责偷东西、在码头边拉下一坨坨粪便，还对女警进行性骚扰。岛民也受苦了。岛上的风景名胜很少再有游客前来观光游览，而且希腊依然深陷经济危机。当地人和移民之间发生了斗殴；希俄斯岛上的营地遭到了焚烧。那年秋天在莱斯沃斯岛，有些家长用铁链锁住了一个学校的大门，把难民的孩子挡在门外。

一天上午我们坐在公交车上，奥马尔僵住了，用胳膊肘捅了捅我。一位年轻的阿拉伯女子，很可能是叙利亚人，带着折叠车里的婴儿下了巴士；她有莱拉那样淡淡的眉毛，在黑色的面罩下，皮肤白得像奶油。奥马尔嘶哑着嗓子轻声说："她很像莱拉。实在太像了。"

我们每天都坐这班车，除了星期天。星期天时，要到下午才有公交车，所以到城里的五英里路我们就走过去。沿途我们经过一帮帮非洲移民，他们由营地的基督徒陪伴着，从教堂出来，穿着整齐的西装和衬衣，妇女还戴着像热带鸟类那样的帽子。在十字路口，满脸庄重的希腊人在分发耶和华见证会用波斯语、乌尔都语、法语和英语印刷的传单。如今，他们只要看我们一眼就知道该发哪种语言的传单。

我拿到的波斯语传单的封面上有火焰的图案，但里面却写着，因为上帝是仁爱的，绝对不会在地狱里拷打孩子。

"你知道，穆斯林也相信那个。"当我们继续赶路的时候，奥马尔说，"他们相信没人会被永久地留在地狱里，因为神是仁慈的。"

"这对我来说倒是个好消息。"

"但你先要为自己的罪过付出代价。"他哈哈大笑起来，"别担心，兄弟，我会促成你来到天堂。"

"我会走偷渡的道路。"

"那边没有偷渡的道路。"

"总会有偷渡的道路。"

菲鲁兹来电话要我们在萨福广场的那家咖啡馆与他碰面。和他坐在一起的那个埃及女人矮矮胖胖的，头发染成了棕红色，眼睛藏在古驰太阳镜的后面。在菲鲁兹为她翻译成阿拉伯语的时候，她简单看了看我和奥马尔，然后说下次可以送我们出行。

后来我们在剧院后面的公园里与菲鲁兹他们三个伊朗人碰了面。他们已经剃去胡子，换上了新的西服衬衣，买了三个相同的滚轮拉杆旅行箱，是最便宜的那种。他们向我们展示了蛇头交给他们的证件。年轻的雷扎有了一本法国护照，但不是很像，这使他感到担忧。当我大声念出护照上名字的时候，他向我表示了感谢——他还不知道自己的名字如何发音呢。

"别担心，百分之百能行。"菲鲁兹告诉他，"他们不会向你提问的。她有人在机场，已经买通了。"

菲鲁兹和雷扎都将在晚上动身离开。阿拉什的航班是在第二天。他们有点紧张，因为希腊法院有时候会对使用假证件的人判处六个月的监禁，并且是在大陆的监狱服刑。

回到营地后，我们看到一架飞机在头顶上飞过，机身刺破了最后的暮光，那应该就是他们的航班。"真希望我们也在这架飞机上。"奥马尔伤感地说。

第二天上午，他打电话给菲鲁兹，对方讲述了事情的经过。蛇头把他们送到了机场。他们一起进去办理了登机手续，但负责安全检查的女警官在用机器读取雷扎护照的信息时，皱起了眉头。她走开了，回来时带来了另一位警察，后者把他们带到了后面的一个房间。又一位警官过来了，用法语与雷扎说话。雷扎只是耸耸肩，但当手铐铐到手腕上的时候，他哭了起来。

"不用害怕。"警察安慰他说。

他收缴了他们的假证件，还搜了身，然后驾车把他们送回萨福广场，在那里他卸下他们的手铐并要他们消失。这就是事情的经过。他们是幸运的——移民是否会面临指控，似乎取决于那天警察和法院是不是很忙。

那个埃及女人不接电话了。伊朗人白白损失了八百欧元，外加他们住旅馆时花的两百欧元。菲鲁兹怒不可遏，跑去警署抱怨。警察只是嘲笑他。

在奥马尔挂断电话，告诉我这个故事之后，我看得出他很难接受这个事实。"这意味着我要滞留在这里了。"他说，"有可能是六个月啊。"

"我们不会待在这里的。"我回答说，"我们会想办法离开。"

他没有说话，只是笑了笑。我们两人都知道，我只要打一个电话就可以拿回我的护照离开，任何时候都可以。

在营地里每次遇到与我们同船的难民时，我们都会认出对方，即使语言不通，我们也会分享想法。曾经的同舟共济使我们聚到一起。一天，一个叙利亚男孩向我们展示了他在我们获救的时候用手机拍摄的一段视频。画面从挪威舰艇令人头晕目眩的强光灯跳转到他和他的朋友们，镜头中的他们又惊又喜，音频是原声的，令人心跳加速。我的身影在黑暗的背景中显得模糊。"他有能力在他们中间存在，因为他会说他们的母语，他也是一个秘密的写作者。"巴勒斯坦裔美国著名学者爱德华·萨义德写道。

大墙也存在于我们的内心。上午当公交车爬上海湾旁的山丘时，我凝视着一张张疲倦的面孔，直至眼睛发潮，不得不低头去看那排磨损的运动鞋，此时感觉就像是把光芒投射在镜子上，仁爱的上帝应该是这么感觉的，但我在心里说这只是怜悯。

我的感觉又有什么重要的呢？我希望我是照相机镜头。但在晚上，我会走进帐篷，钻进睡袋，放慢呼吸，细细聆听各种声音：我身边奥马尔的鼾声、邻居的笑声、勺子碰撞的叮当声，还有水流声以及更远处的声音。如果进入绝对安静的状态，我还能听到莫里亚五千个生灵的呐喊。

第十六章

尝试逃离

乔治·奥威尔在《通往维根码头之路》一书中，考察访问了英格兰北部工业区的矿山和贫民窟，描述了二十世纪三十年代英国人贫穷凄凉的生活。"要时常去看看、去闻闻这种地方，尤其要去闻闻，以免忘记它们的存在。"他写道。奥威尔是在向读者呼吁智性的诚实①，而不是他们的同情。他想告诉他们关于他们自己的事情。矿井的工作条件极差，是相对于"我们头顶上方这个世界的一个绝对必要的存在"，在我们的生活中，"从制冰到跨越大西洋"的一切都离不开这种化石燃料。奥威尔走访的那些肮脏的小房子与读者舒适的起居室之间，有一条隐形链相连。那个时候，

---

① 智性的诚实，英文为 intellectual honesty。崇尚"智性的诚实"的人认为，要揭示真相，无论真相是多么严酷，但同时又不希望人们被严酷的真相吓倒。揭示真相是为了让人清醒、清澈和清晰，而不是在发现真相之后陷入伤感、绝望、虚无或者狂热。

奥威尔是一位坚定的社会主义者，但他的论点不同于任何政治立场，无论这些立场激进与否。"如果你接受把它们生产出来的文明，那你就不能漠视它们。"

自从我们抵达莱斯沃斯以来，一直阳光灿烂，但到了第二周的一天下午，天空乌云密布，细雨蒙蒙，到晚上时下起了倾盆大雨。雨水一波又一波地冲刷着我们的帐篷，我和奥马尔一宿未合眼，感觉我们的睡袋已经湿透了。

第二天早上，我们发现营地成了一片泽国。一些人的帐篷在大雨中倒塌了，另一些人受到了洪水的冲击。我感觉很不舒服，于是下坡走向洗手间，经过了在排队等着吃早饭的难民。越往下走，异味就越浓：腐烂的垃圾、久未洗澡的身体，其中最难闻的是隔夜的扁豆和洋葱气味。营地的山下部分，一滩滩的污水没过了脚踝。我在男厕所门口排队，点上了一支香烟。我吸了一口就咳了起来，感觉脑袋一阵抽痛。实际上，我根本算不上烟鬼，但在这次旅途中我染上了奥马尔的习惯，他可是一天能抽好几包烟的。抽烟确实能抵抗臭味，缓解饥饿。

一旦进入洗手间，即使用嘴巴呼吸，也依然能够闻到污浊的气味。一支灯泡照亮了地面和落满尘埃的墙壁。左边是洗手池的六块镜子，其中四块已经破裂。右侧的一排小便池是用不锈钢板粗制滥造的。我踩着水泥地，进入了其中的一个蹲坑厕位。里面没有卫生纸，但有一根橡皮软管躺在淤泥中。我锁上门，解开裤子，仔细地束在两个膝盖之间，这样在我蹲着的时候它就不会滑落到地上。蹲下身子的时候，我感觉大腿的肌肉在发紧。

"有效的边境保护不适合神经脆弱的人。"一个月前，在布拉格洛克维兹宫，澳大利亚前总理托尼·阿博特对一群政治家说，"对于那些坚定地要求进来的人，你们一定要有与之相对应的更加坚定的态度——坚定地认为你们有权说'不'。"

阿博特称赞自己国家的"太平洋解决方案"，即由海军在海上拦截避难申请者，把他们转移到遥远的岛屿上，实施离岸解决处理。难民要在那里的营地等待数年，遭受携带登革热和寨卡病毒的蚊子的叮咬。有些人最终会被送去第三国，但不管申请避难的理由多么充足，都没有人被允许安置到澳大利亚。这个政策是有效的，得到了澳大利亚大多数人的支持。二〇一三年抵达澳大利亚的人数是两万，但二〇一五年一个也没有。大规模监禁，是大规模移民问题的一个答案。

"欧洲面对的挑战规模更大，地理条件也不相同，"阿博特说，"但只要有坚定的信心和坚强的组织，欧洲就没有理由不能取得类似的成功。"

我颤抖着站在厕所楼外面，又点上了一支烟。排队上洗手间的人更多了，队伍弯弯绕绕地穿过了排水沟旁边干燥的空地。我数了数，底下的厕所有七个男厕位，山丘上面的有十二个；第三个厕所坏了——营地里常常停水。几千个男人只能使用十九个厕位外加一些移动厕所。女难民有她们自己的厕所，但晚上很不安全，围栏外的田野里也不安全。

我走回山丘，四周咳嗽声一片，我也咳了起来。我的喉咙生疼，感觉像是得了什么病。某种呼吸道疾病正在流行——也许是流感。一些人，尤其是儿童，眼睛和嘴巴都肿胀了起来。莫里亚暴发过疥疮和水痘；我们的皮肤上满是虫子叮咬后的疹子。

"国际大规模人口迁徙，是对全球极度不平等的一个反应。"英国著名经济学家保罗·科利尔写道。他解释说，二十一世纪会有更多的移民出现，因为随着科技的进步人们更容易了解其他地方的情况，于是就会奔赴好地方。"这就是为什么对移民的管控远非令人窘迫的民族主义和种族主义的遗迹，而将成为所有高收入国家社会政策越来越重要的工具。"

科利尔曾因对非洲做出贡献而被授予爵士头衔，像他这样的人相信，如果说边境的存在必然对应一个不平等的世界，那么由于全球市场经济的发展，这个差距将必然缩小。"因此大规模人口迁徙不会是全球化的永久特点，"科利尔总结说，"恰恰相反，这是对经济繁荣尚未全球化这样一个丑陋阶段的暂时回应。"

像中国那样的国家确实一直在与国际接轨；但其他国家已经远远落后，尤其是非洲的国家，到二十一世纪中叶其人口很可能达到全世界的四分之一。这个问题从绝对意义上来看（因为新创造的财富只有一小部分流向穷人），在不存在财富重新分配激进政策的情况下，要终结导致大规模迁徙的贫困，就要求我们将全球经济总量增加许多倍——同时，大幅减少资源的消耗和废物（如温室气体）的排放。

地球变暖意味着海平面上升。第一批被海水淹没的国家，很可能包括马尔代夫那样的印度洋上海拔很低的岛国。马尔代夫总统穆罕默德·纳希德曾指出，如果富裕国家不采取有力措施大幅减少碳排放，马尔代夫人就得逃离，这样西方人就会面临选择："当我们坐船出现在你们的海岸时，你们可以让我们上岸；或者，当我们坐船出现在你们的海岸时，你们可以朝我们射击。由你选择吧。"

富裕国家的边境营地将提供第三种选择。

我们在莫里亚营地迎来了穆斯林的阿舒拉日。在我们巷子上方的住宅楼里，什叶派居民在院子里举行哀悼仪式，悼念在公元六八○年的卡尔巴拉战役中战死的伊玛目[①]侯赛因及其追随者。这个仪式对所有人开放，基督教的有些志愿者也来这里观看。那一晚，我也站在旁观者中；大约一百名男子在吟唱，他们一只手高举，另一只手拍打自己的胸部，在交替的击打之下，红色的掌印出现在他们光溜溜的肌肤上，由此刻写了一种集体的创伤。

[①] 伊玛目（Imam），一般指清真寺领拜人和伊斯兰教大学者，什叶派专指拥有秘传知识的伊斯兰最高精神领袖。这里指后者。

在某种程度上，莫里亚还保留着以前那种不分地域、不分语言的团结，尽管营地里发生过严重混乱，但人们再次团结起来了。住隔壁集装箱内的阿富汗家庭户在巷子里有他们的亲朋好友，吃饭的时候，他们把自己节省下来的口粮从围栏外递给我们，这样我们就不用去排队领取了。他们的孩子也常常独自来巷子里溜达，东张西望，一点也不害怕。有两个哈扎拉族的小姑娘喜欢在我们上方的河堤玩耍，额前黑色的刘海使她们像极了日本人。我可以从帐篷里听到她们说话。

"你好，老师。"

"你好。因为节日，每人放假十天。"

"真的吗？我也可以放假？"

每星期有几百个新难民来到莱斯沃斯岛。我们的巷子已经人满为患，几乎没法走路了。帐篷延伸到了山坡上，就像喀布尔的贫民窟。小船夜间靠岸，上午我们就在接待区看到浑身湿透、身心疲惫的新来者坐在我们坐过的地方。他们在办完手续离开的时候，会提出同样的问题："我们什么时候可以去雅典？"

奥马尔吃完早饭回来时，两个阿富汗人向他打听食堂怎么走。朱勒迈二十岁，高高瘦瘦的；他的姨表弟拉贾十一岁，嘴唇翘翘的，像个儿童歌手。五天前的黎明时分他们与其他十六个人在土耳其登上一艘快船。小木船严重超载，海水快要涌入舱内了，幸运的是那天海面上风平浪静。

他们来自阿富汗北方的马扎里沙里夫，是自行来到莫里亚营地的。拉贾的母亲，也就是朱勒迈的姨妈，把自己的儿子托付给了他的姨表哥，并承担了两人一路到德国的旅费，因为拉贾的几个哥哥已经在德国申请避难了。由于拉贾没与自己的父母在一起，营地的官员要把他当作无监护人的未成年人看待，意思是要把他关在内部围栏区一个封闭的宿舍楼里。朱勒迈坚持称自己是姨表弟合适的监护人，于是当局让他们在接待区待了四天，试图让朱勒迈放弃。一位年轻的女社工坐下来，抓住拉贾的手，轻轻地唱起了小夜曲，要他跟着她去未成年人的住宅区。她说那里还有其他的孩子，而且有人正在雅典为他们准备新家。她承诺新房子一旦备妥就马上送他过去。

"那你是怎么说的？"朱勒迈问道。

拉贾双臂交叉抿紧嘴唇淘气地说："不！"

我和奥马尔哈哈大笑起来。这孩子当然不知道未成年人区域发生过好几起自杀未遂事件，本质上，那里就是个监狱；他只是不想与自己的姨表哥分开。最后，官员们不那么坚持了，他们指定朱勒迈为拉贾的监护人。他们的帐篷曾搭在山坡上，与巴基斯坦人为邻，但我们帮助他们在我们的巷子近旁找了个地方，让他们搬了过来。

朱勒迈和拉贾请求我们进城的时候带他们一起去。于是我们都坐上公交车，然后从萨福广场走向轮渡码头旁边的那个游泳平台。天空已经放晴，我们上方的自由女神雕像在阳光下显得刺眼。我们巷里的那帮人没来，这里的希腊人数量第一次超过了难民。

我们看到一群年长者先是热身，接着戴上泳帽和泳镜跳入了水中，敏捷地划水、翻滚。

我们也下水了，除了拉贾，虽然他在与乌兹别克斯坦交界的阿姆河边长大，但他不会游泳。他母亲很严格地保护了幼小的男孩。

"别怕，我来教你。"奥马尔告诉他。

后来在我们晒干身体的时候，一个神情严肃的年长男子骑自行车过来了。他与其他希腊人打了招呼，然后看了看平台，就走到朱勒迈那边去了。朱勒迈刚刚在淋浴龙头下洗了衬衣，正在拧水。

"这不是洗衣房！"那人用英语喊道。

朱勒迈脸红了，他结结巴巴地说："真的、真的不好意思。"

"你们占了所有的位置，我们都没法在这里游泳了！你们应该到那边去。"

朱勒迈一直在道歉，那个希腊人稍稍安静下来了。

奥马尔来替他解围。"对不起，先生。我们是因为没别的地方可去才来这里的。"

"我知道如果我去你们的国家，我是不能这样到处走动的。"

"先生，实际上在我们国家，人们是尊重外国人的。我们没有意见。"

"不，我不能到处走动，因为我是基督徒，是异教徒。我不是针对你，但你们那里有些人是宗教狂热分子。"

奥马尔一时间不知道说什么。

那人继续说："恐怕现在我们不能来这里游泳了。我不知道你

264

们的意图。这里发生过一些意外，人们怕了。你们在这里用了很多水。"他指向了淋浴龙头。"我们付的钱，我们缴的税。我们这里还在经济危机之中。我是受过教育的人，但我已经失业六年了。"

那人回头看了一眼其他希腊人，他们都在观看。

"这不是你们的错。这些问题是你们背后的人制造出来的。"他指了指海峡对岸的东方，"土耳其人从你们那里赚了很多钱。这是人员走私，是偷渡，是百分之二百非法的。"

他叹了一口气，转过头来看我和拉贾。

"告诉他们我不是在针对哪一个人。我不知道他们是否明白。我们只要一点点尊重。实际上，我们的形势同样不好。我们都处在远远超出我们能力的困境之中。"

后来在轮到我去冲澡的时候，那人走过来看我抹肥皂。

"你不能在这里使用肥皂。"他说。他穿着一件印有罗德岛骑士团图案的T恤。

我面无表情地看着他。"不懂英语。"

他摇摇头骑上自行车走了。

太阳下山时，我们走向港口上方的古城堡，那里通常有一个叫"无国界厨房"的团体从他们的车上分发食物——用纸杯装的米饭，以及加了孜然和丁香的鹰嘴豆。我们第一次吃这里的食物时，奥马尔就印象深刻，他狼吞虎咽地吃了两份玛莎拉。"比营地里的伙食好多了，"他说道，"也许明天他们会有鸡肉。"

"奥马尔，他们是素食主义者。"我提醒说。

"这话什么意思？"

"他们只吃蔬菜。"

他摇摇头哈哈笑了。此后他给这个团体改名为"无国界鸡肉"。他们大都是刺有文身、梳着细辫子的德国活动家，据我们观察，只有他们会去照顾住在古堡下面林子里的那些男人，那些是已被拒绝和注定要遭驱逐的巴基斯坦人和阿拉伯人。前几天，两拨人还在排队时发生过小冲突，但我们带朱勒迈和拉贾来的这一次，大家都很安静，食物也够每个人吃上两份。奥马尔吃了三份。

这是一个温和的傍晚，所以我们决定步行返回营地。在渐渐消失的淡色的天光下，我们攀上古堡下面的墙壁，下坡到了老港，经过了游客在吃饭的海鲜餐馆。当我们走上公路的时候，天已经黑了。前方有另外的几拨人也在步行返回莫里亚，在疾驰而过的汽车灯光的照射下，他们的身影此起彼伏。

朱勒迈告诉我们，他曾在马扎里沙里夫学医，但差不多一年前边境开放的时候，他尝试离开家乡远赴欧洲。他已经到了土耳其，但在试图渡海时，他的船遭遇了两次拦截。边境关闭后，他放弃了再次尝试的念头，返回了伊斯坦布尔，在那里的餐馆找了份工作。然后，拉贾和母亲从阿富汗飞了过来。她是来治疗糖尿病的，她决定送拉贾到他的两个哥哥那里去，他们已经在德国了。她的丈夫在乌兹别克边境的海关工作，收入很不错。她说，如果朱勒迈带上拉贾同行，就由她来支付两人的所有旅费。所以，我们的新朋友有钱请蛇头带他们离开这个海岛。奥马尔向他们解释通过合法途经离开的难度很大。

"叙利亚人和伊拉克人可优先申请避难，其他人则要等待。"奥马尔说，"这里没有正义。欧洲谈论的什么人权，全是胡说。"

"假如这个海岛建有大桥或隧道就好了。"朱勒迈说。

"唯一的途径是坐船或者坐飞机。"奥马尔说，他已经放弃了钻到卡车底下的疯狂念头。虽然使用假证件有入狱的风险，但他还在考虑要不要付钱让蛇头去办理。

"我们愿意尝试一切。"朱勒迈说，"拉贾，当心点，别走到马路中间去。"

我告诉男孩可以在我旁边行走。

"在这里感觉怎么样？"我问他。

"还不错，可是一个娇生惯养的孩子可能适应不了营地里的生活。"拉贾说。"刚来这里的时候人们说'欢迎来到希腊监狱'，我感觉要哭了，但现在我已经有点习惯了。"

我得知拉贾只害怕三样东西：狗、猫和鸡。而且他母亲不让他去阿姆河游泳。但在马扎里沙里夫以北的公路上，他驾车以每小时一百公里的速度行驶过。"你最快的速度是多少？"拉贾问我。

"很可能就那么快。"我说。

"你在喀布尔开的是什么汽车？"

"我没有车，是奥马尔开车带我到处走。"

孩子沉默了一会儿。"到了德国后，我们就会很快乐了，对吧？我们会一起旅游，一起吃大餐。他们那里有没有阿富汗菜？你们会见到我的哥哥和我家的其他人。"

我们沿着道路穿过村庄走向内陆。望向远处的山丘，我们可以看到营地的灯光。在我们经过的时候，一条德国牧羊犬跑到围栏边狂吠。其他的房子黑灯瞎火，似乎没有人居住，或许是夏季度假屋；奥斯曼时期的一些石头建筑也只剩下一点残垣断壁。

"那座房子看上去像是里面有精灵，"拉贾说，"你们敢进去吗？"

"我敢，"奥马尔说，"我有一次还在坟地里睡觉呢。"

朱勒迈在用手机播放音乐，是艾哈迈德·查希尔和纳斯拉特·帕尔萨演唱的爱情歌曲，然后是法尔哈德·达里亚的经典歌曲。我们边走边跟着唱了起来，声音越来越响亮：

> 从这种流浪，从这种徘徊，
>
> 从这种孤独，从这所监狱，
>
> 到亲爱的喀布尔，到亲爱的喀布尔，
>
> 到亲爱的喀布尔，向你致敬！

星期六，我们在萨福广场发现有几个活动分子在分发用英语和波斯语印制的传单，指责欧盟和阿富汗政府买卖难民。前一年冬天，我和奥马尔还在喀布尔的时候，德国内政部长来访，并与阿富汗的高层一起出席电视新闻发布会，两人的桌子上堆满了玫瑰、丁香和藏红花，几乎把他们的脸都给遮住了。托马斯·德迈齐埃部长说，德国愿意留下来帮助阿富汗，但阿富汗人必须留在自己的国家——因为经济问题去往欧洲的人实在太多了。"从人道角度来看，这是可以理解的，但这并未给予他们受保护的权利。"他说。在强大的压力之下，现在阿富汗的加尼政府最终签署了《共同前进》协议，同意接受被从欧洲驱离回来的阿富汗人。

那天晚上，广场周边的餐馆聚集了人群，响起了音乐，"无国界"团体的年轻人与一些阿富汗家庭户出现了，他们开始呼喊反对新协议的口号：

"开放边境！"

"莫里亚是监狱！"

"阿富汗不安全！"

我们四人站在萨福雕像旁边观望着。"我们要做的是把整个营地的难民都聚集起来开展抗议。"朱勒迈说。他思考了一会儿，然后发出了一声叹息。"不，他们绝对不会让我们离开。这是阻止人们到来的最好办法。"

关于岛上条件很差的传言已经使得筹划中的移民们改换其他路线，诸如希腊与土耳其接壤的内陆边境，但对我们来说已经太晚了。我们走向剧院后面的公园，那里有移民在闲逛，我们在一个售货亭买了一公升半的葡萄酒，给拉贾买了一罐可乐，共花了三欧元。我们把酒瓶传来传去轮流喝上一口。最近一直闷闷不乐的奥马尔变得活跃了，他开始讲述在喀布尔时的壮举，他曾经在美国国际开发署挣到的高工资、曾经穷困潦倒的日子，以及那个让他神魂颠倒的女孩。

"人生就两天，兄弟。"他叹了一口气说，"出生的那天和死去的那天。"

一个厄立特里亚男子蹒跚着走过来，提着酒瓶。

"你们的总统是什么人啊？"他用英语喊道，"他在出卖你们！"

"你说得对！"奥马尔跳上去握住了他的手。

大家都咒骂加尼总统，他曾告诉英国广播公司，他"不同情那些稍微感觉到一点点压力"就想离开的移民。

"真无耻！"

"他自己的孩子在美国生活，却要我们返回阿富汗。"朱勒迈抱怨说。

喝完第一瓶酒后，我们又买了一瓶，很快喝了下去。我们及时赶上了返回营地的末班公交车。在车上，我与一位惊讶不已的喀麦隆人讲法语，解释说我是在喀布尔跟法军士兵学的。朱勒迈握住吊环在看我。他是唯一一个当着我的面怀疑我的人。我们在一起走路的时候，他带着歉意问道，为什么我的口音听起来有点像外国人。我用准备好的另一个谎言来掩盖这个谎言：实际上我是在马来西亚长大的。我说，我的阿富汗父亲在那里找了一份工作，但在他去世后，我们被赶回了喀布尔。我告诉他说，别让其他移民知道这事。我还准备了更多详情，但这已经足以应付朱勒迈了。

"当然，这样就说得通了。"他说，似乎感觉宽慰了。也许他还觉得我对他很真诚。

有个好消息使我们感到振奋：我们的朋友优素福逃出去了。他是一个面带微笑的和蔼的叙利亚人，他想与同是难民但已在瑞典的未婚妻团聚。当初我和奥马尔在轮渡码头边第一次见到优素福时，他刚刚经历了第四次出逃的失败。第一次，他试图偷偷溜上渡轮；第二次，他与一位朋友在卡车上被抓；第三次，他想用伪造的避难身份证件蒙混过关；第四次，他因为使用保加利亚身份证而在机场被捕。幸运的是，警察通常会释放叙利亚人。

然后有一天，我收到了优素福的一条信息：他到了雅典。优素福只会一点点英语，但他发了一连串的表情给我，描述了他是如何抵达那里的。他再次买好船票，准备好了假证件——但当登船的时候，突然天降大雨，那些警察都躲在室内，甚至都懒得出来。

同时，奥马尔也在挖空心思寻找离开的办法。营地里许多人都是有钱的，但蛇头很难把他们从海岛弄出去。巷子里的男孩们有一个计划，就是藏在一辆面包车内，然后上渡轮；计划落空后，他们谈及了一个有私家船艇的蛇头。但这事没了下文。被埃及女人骗了的那几个伊朗人，也没有找到办法。还有一个方案我们尚未尝试：去找哈吉，就是从伊斯坦布尔把我们送上这个破岛的蛇头。在我们来到营地的第三个星期，奥马尔勉强决定找他试一试。

"我在等你的电话呢。"哈吉说。他为海滩上的那个小误会道了歉，并告诉我们说，他认识一个生活在雅典的蛇头，那人能够用假证件把我们弄出去，收费是每人一千两百欧元。哈吉要我们

271

至少凑四个人，这样他就值得为之付出努力了。

"我们是有四个人。"奥马尔解释后，朱勒迈说。

奥马尔和我交换了一下眼色。之前我已经决定，因为使用假证件触碰法律底线，我是不会去尝试的。我们的计划是，我会打电话给一位朋友，请他把我的护照送过来，也就是我留在的里雅斯特没被烧毁的那本，这样我就可以离开这个海岛。一旦奥马尔抵达雅典，我会以马蒂厄的身份跟过去，然后我们再次一起转入地下。到达意大利还有漫长的路途要走。

"哈比卜不去。"奥马尔说。

朱勒迈和拉贾看上去对我极为失望，这使我感觉有点内疚。

"我还没有准备好钱，"我说，"但希望能够很快搞到，然后我会跟过来。"

一天早上，我们醒来后第一次发现，有工人在装修改造营地。他们在隔开我们的巷子与家庭户区的围栏上安装支架，这样就可以架设蛇腹型铁丝网了。

莫里亚有传言称，营地围栏的洞口会被补上，整个营地将被封锁。既然新协议约定阿富汗人会被遣返，那么对他们的审核处理可能会在十天内完成；少数幸运者会被允许去往雅典，但大多数人则会被送回阿富汗。港口附近的一个男孩称，他在半夜里看见开来一些神秘大客车，车上的难民被转运到了准备驶往希腊北部卡瓦拉市的渡轮上。

随着冬天的临近，人们愈发迫切地想逃离营地。有些人付钱给蛇头，要求把他们送回土耳其。快船是有的，这种船在把客人送上岸后，会带岛上的其他人走。一天，联合国难民事务高级专员办事处的几个年轻人手持写字夹板来到了我们的巷子，说是搞人口普查。似乎没人知道具体有多少人居住在莫里亚。我们一帮人聚集在那个说波斯语的伊朗裔丹麦女子周围。

"你为什么要来统计人数？"奥马尔问道，"是不是要把人们送去雅典？"

"嗯，冬天即将来临，"她说，"我们要为你们改善一下生活。"

"怎么改善？"

"也许会派发保暖的帐篷和毯子，诸如此类的。"

在她离开后，奥马尔转向其他人，对着他们哈哈大笑起来。"在我为北约当译员的时候，我们常常也是这样忽悠人的。"

联合国和当地政府确实为希腊难民营启动了一个安全过冬的计划。来年一月，扬尼斯·穆扎拉斯部长会宣称："再也没有一个难民或移民生活在寒冷之中……"同月，一场罕见的大雪降临莱斯沃斯，让一个个小帐篷披上了银装。这次寒潮还会导致三个人丧生——因焚烧垃圾取暖而在有毒烟气中窒息而死。

似乎没人对莫里亚负总体责任：警察、联合国、援助机构、志愿者以及欧盟边防局都隶属于不同的部门。"如果调查一下这个链条，很可能会引向成千上万个其他的'老板'。他们全都会重复一句话：'这是老板下达的命令'。"关于这种混乱管理，巴赫鲁斯·布察尼在他的澳大利亚难民营中如是写道。他总结说，如果没有人负责，"那么在绝望之中，一个囚徒能做的就是用拳头砸向集装箱箱壁"。转向内在的暴力，"将会发展成为对血腥的一次奇妙的渴求，以及对自残的一次奇妙的向往"。

"无国界医生"将宣布在岛上开展一次精神健康紧急检查，他们声称，每星期都有六七个移民因为有自杀和自残倾向或因为有精神病而到他们在莱斯沃斯的诊所。当然，人们在这里登岸之前，已经受到了来自战争和蛇头的创伤，但在我看来，似乎这样的行为还含有某种政治因素在内，这就像在边境关闭之后你在新闻里所看到的，为了获得关注，难民会一遍遍呼喊。"为什么他们不直接杀死我们？"一位妇女问道。"杀了我吧！"一位父亲朝警察喊叫，"向我开枪！"

我们在城里的时候，哈吉来电话了。他说他的合伙人已经从雅典赶到，一个小时后将与我们会面。但有一个小问题：奥马尔和朱勒迈可在当天晚上离开，可是拉贾还要等两天，这样他就可以假扮成一个伊朗家庭的孩子，与他们一起出行。朱勒迈犹豫了，但哈吉说，他们带拉贾同行风险太大，因为有人也许会问孩子的父母在哪里。

朱勒迈似乎很纠结。"我不能丢下拉贾一个人在这里。"他说。他苦苦思索了一会儿，然后盯住了我。"哈比卜，我委托你照顾他可以吗？"

喔，糟了，我心里想，但嘴巴还是说："当然可以。"

我已经说了自己是因为没有钱找蛇头而滞留在这里，所以我怎么能拒绝呢？而且不管怎么说，一个孩子是不能单独在莫里亚生活的。朱勒迈打电话给已经回到阿富汗的拉贾母亲，解释了情况：哈比卜是一个善良的穆斯林，也是阿富汗同胞，在他们分开的两天时间里他会照顾她的孩子。朱勒迈听了一会儿，然后把手机递给了我。"她要跟你说话。"

拉贾母亲的声音从免提喇叭中传过来了，由于信号不是很好，她的声音显得沙哑。

"你好，哈比卜先生，是你吗？"

我们互致问候。

"你肯定可以照顾好我的儿子拉贾？我很担心他呢。"

"嗯，我可以的，女士。"

"愿主保佑你，你就像是我的儿子。答应我，你会照顾好他。"

"我答应。"

我把手机递回给朱勒迈。

"那就这样定了，"他说，"拉贾与哈比卜待在一起，等待与那个伊朗家庭一起去雅典。你不会给哈比卜惹麻烦吧，拉贾？"

拉贾摇了摇头。

两个小时后，雅典的蛇头来电话了，我装作潜在客户与奥马尔一起去附近的一个咖啡馆见他。蛇头理了个光头，穿了一件皮夹克，坐在露台里。他说他来自阿富汗的赫拉特，已经在希腊生活了十年，现在是合法居民。哈吉的另一个客户也加入了我们，那是一个憔悴的阿富汗年轻人，额头上垂挂着刘海。他和他的家人已经在莱斯沃斯滞留了五个月。他们向哈吉支付了四千五百欧元。蛇头会先把他一路送到德国，以后再想办法把他的妻子和孩子送往那里。

蛇头为每人点了一杯卡布奇诺冰镇咖啡，还用希腊语与女服务员调情。他把骆驼牌香烟分发给我们。"等会我把机票和证件交给你们。"他说。

"我们是要坐飞机吗？"奥马尔说，"那轮渡呢？"

他摇摇头。"警察太多了。机场比轮渡好。"

女服务员端来了我们的饮料。她走开后，蛇头讲解了机场的布局，以及安检员检查行李和证件的情况。当奥马尔和其他人登上赴雅典的飞机之后，他们必须打电话给他，这样他就会派人到机场迎接，再把他们送到安全屋。奥马尔和现在没来的第四位客户，一个伊朗人，将搭乘今晚七点钟的航班。朱勒迈和那位憔悴的年轻爸爸要坐晚上十点钟的第二班飞机。

蛇头取出一叠五十欧元面额的纸币付了饮料费，并告诉我们在公园里等着。半个小时后，他回来了，递给奥马尔一个信封，里面有登机牌和证件。哈吉之前已经让奥马尔和朱勒迈把白底的护照照片发送给了他。现在的这些假证件似乎质量不错。去德国的那个阿富汗人拿到的是奥地利护照，伊朗人拿到的是匈牙利身份证，朱勒迈的是西班牙身份证，奥马尔的大头照则出现在一张立陶宛身份证上。

"立陶宛？"奥马尔转过头来看我。

一个国人金发碧眼的欧洲国家，我心里想，但没有说出口。

他们可在白天剩余的时间里做准备。我们先去了一家出售便宜服装的中国商店，挂在店门外的纸灯笼让它很容易被发现。奥马尔和朱勒迈在货架之间徘徊，争论着穿什么样的衣服才看上去最不像移民。一个身材粗壮、理平头的中年人跟着我们——是便衣警察。他是要抓窃贼，还是怀疑我们想策划逃跑？我们去了另一家商店。奥马尔在那里决定买一件黑色的紧身T恤和一条黑色的牛仔裤，又买了一个漂亮的拉杆包。朱勒迈买了一件连帽衫，决定继续使用他现在的这个背包。为了彻底改变自己的形象，他们还给头发上了发胶，并剃去了胡子。

他们在公园里换上了新衣服。奥马尔花了整个下午熟悉他身份证上的信息。

"那么，维高达斯，你来自哪个城市？"我用英语问他。

"我来自菲尔纽斯。"

"是维尔纽斯。"

"菲尔纽斯。"

"维尔纽斯！"

"我来自……菲菲菲尔纽斯。"

"嗯，好。可以了。"

我们两人都很紧张。过几个小时，他也许会抵达雅典，也许会进班房。

时间到了，我陪他走向出租汽车停靠点。我们经过了一家出售旧书的商店，我买了一本英文版的希腊作家尼科斯·卡赞扎基斯的作品《报告格雷科》。

"给你的。"我把书递给了他。

我们在出租车站点停下了脚步，互相拥抱。"我们雅典再见，好吗？"

他微微一笑，穿着黑色紧身衣，拖着拉杆包出发了。我走回公园，重新回到朱勒迈和拉贾那里。我们坐在凳子上等待。半个小时后，我猜测他应该已经通过了安全检查。我的手机嗡嗡响了一下，是奥马尔发来的信息："我们被抓了。"

沿着海岸道路去机场只有十分钟的车程，那天夜里我们坐小船从土耳其出发时看到过那里的灯光。在航站楼入口处，奥马尔付完车费，拖着行李走进了自动门。莱斯沃斯岛上的机场很小，旅游旺季的时候，这里很繁忙，有许多包机从欧洲各地飞来，但现在是淡季。奥马尔发现了走在他前面的那个伊朗年轻人，他们只是偷偷地交流了一下眼神。现在时间还早，奥马尔走到楼房外面抽了一支烟。然后他去过安检，一位女警官检查了他的登机牌和身份证后递还给他，他走进候机休息区坐了下来，心里想已经成功了。但很快他看到那个伊朗人与两名穿着警服的警察也进来了。他们在朝他走来，就是在这个时候他用手机发了一条信息给我："我们被抓了。"

但警察和伊朗年轻人直接从他身边走过，进入了办公室。奥马尔僵坐在那里，膝头上的书也没有打开。时间在一分一秒地过去。开始登机了。他站起身，跟随其他旅客走出航站楼去坐摆渡车，飞机是在外面的停机坪上。他在飞机上找到了自己的座位。然后他看到那个伊朗年轻人也上来了，后面还跟着一个警察，他的心又是一沉。但伊朗人在客机靠近前面的部位落座，那名警察下了飞机。不久，飞机开始滑向跑道。年轻人转过身来，发现他后冲他一笑，竖起了拇指。奥马尔有点纳闷，于是装作没有看见。当飞机在停机坪转弯的时候，他发出了第二条信息："我在飞机上，我们成功了。"

我眯起眼看奥马尔的第二条信息。真的是他发送的，还是警察在耍花招？一个小时后，他从雅典机场打来电话说，他快要上地铁了。

"他到了雅典！"我喊道，从公园的凳子边跳了起来。

朱勒迈绽出了笑容。"那我也有机会了。"他说。

很快就轮到朱勒迈自己去乘坐飞机了，留下我和拉贾继续坐在公园的长凳上。现在我要负责照顾这个孩子。现在的情况很尴尬，但我希望他与朱勒迈很快就在雅典团聚，这样我也可以去追随奥马尔。我的意大利朋友已经带着我的护照在坐渡轮赶赴莱斯沃斯岛。

"别担心，拉贾，如果你和我滞留下来，我会花钱让你回家，然后我们都去雅典。"我说。他傻傻地笑了起来。

一个年轻的希腊姑娘骑自行车从我们身边经过，她双手离把，瞟了一眼拉贾。

"你能前轮离地骑车吗？"他问我，"我能哦。"

我的手机振动了。是朱勒迈发来了信息："他们抓了我，主啊。"

我僵硬地坐了一会儿。可我告诉自己，也许发生了与奥马尔相同的事情，朱勒迈最终会成功的。但不管怎么说，我和拉贾都必须乘坐末班公交车返回营地。

半路上我们在一家烤肉卷饼店停了下来，我给拉贾买了一个鸡肉皮塔饼，给自己买了一大杯啤酒。我不饿。我看着他把薯条挑了出来，心想我怎么让自己陷入了这种困境。等拉贾吃完后，我向他解释了他姨表哥发来的信息。

"别担心，拉贾，我肯定他没事的。在他回来之前我不会离开你。"

他点点头，望向远处的港口，望向白天渡轮系泊点的那块阴暗处。

我们回到营地时，看到大门口聚集了一群警察，于是我们走上山丘，从围栏的洞口偷偷溜了进去。我担心当局如果知道拉贾的监护人已经被捕，也许会以保护的名义试图把他关进儿童区；但只要我在旁边，就没人可以触碰到他。今天莫里亚似乎不同寻常，三五成群的男人站在路灯之间的阴暗处。在巷子里，我们听说，白天在有人宣布避难面谈又被推迟了两个月后，发生了示威活动和与警察的冲突。有几个厄立特里亚人被捕了。

我让拉贾在他的帐篷里睡觉，然后钻进了自己的帐篷。我感觉形影单只，空间大了很多。不知道奥马尔在雅典怎么样了，他的手机关机了。还有，朱勒迈怎么样了？一阵剧烈咳嗽猛地袭来，我的感冒似乎正在加重。

我们一早起来，坐上公交车进城了。我带上了自己的背包，以备晚上可能不回营地。没有得到消息，我推测朱勒迈已经在监狱了。他很可能面临六个月的监禁。我想快点去雅典，但我不能丢下拉贾不管。我基本上是带着一个孩子在潜逃，可我已经答应他的母亲照顾他。不管怎么说，哈吉似乎依然在策划要送拉贾和那个伊朗家庭一起去雅典。

拉贾倒是对事情看得很淡。我们坐在公园里，他交替着接听他母亲和哈吉的电话。"她要看看你。"拉贾说，然后把手机的照相机镜头对准了我。我挥挥手努力挤出一丝使人宽慰的笑容。

哈吉一直在 Viber 上给拉贾语音留言："别担心，别害怕，我会把你弄出去的。朱勒迈被抓是因为他自己犯的错误，花尽了我的费用，但没关系，你会去雅典的，我猜在那里你要靠自己了。"哈吉咯咯笑了起来。"但不用害怕。我们可以从那里送你去德国，如果那是你想去的地方的话。"

拉贾拿起手机，留下了他的回答："没问题，哈吉，我明白，不管你说什么，你都比我知道得多。请打电话给我母亲，向她解释一下。"

为了消磨时间，我们沿着码头闲步，顺路打量系泊在集装箱港口的几艘旧油轮。再往前是一个带有游乐设施的旅游集市，集市旁边则是一个罗马营地，那里的帐篷看上去与莫里亚的差不多，还停着两辆有人住过的轿车。一个小女孩推着婴儿车从我们身边经过，一位大妈在搅拌锅里的食物，食物散发出豆子和洋葱的气味。

我们在附近的一把长凳上坐下来。这次旅行使我感到不适的一个小问题是，我不得不放弃英文阅读，因为这与我的身份不符。但现在奥马尔和朱勒迈已经离开了，所以我破戒在城里买了本小说——埃莱娜·费兰特的《被遗弃的日子》。

差不多读了一半的时候，我抬头看到拉贾在踢凳子，两眼空洞地看着前方。这个可怜的孩子很无聊。但我们能一起做什么呢？我有了个主意。

之前我注意到在萨福广场附近有一家网吧。我们在里边发现了一个由紫光照明的洞穴，还有一排排电脑。柜台后面，一位身穿日本科幻动画片图案T恤的女孩正在与三名男子聊天。我们进门时，她怀疑地打量着我们。

"你们这里有电脑游戏吗？"我用英语问道。

她皱起眉头，用夹着香烟的手挥了挥。"我们有五百多款呢。"

我已经很长时间没玩电脑游戏了。似乎现在已经不需要只读光盘了，一切都在云端。我租了两台相邻的电脑，我们开始选择。

拉贾扮演杀人狂，在洛杉矶驾驶一辆偷来的兰博基尼，坐在副驾驶的是一个喋喋不休的女人，长得很像林赛·罗韩[1]。我使用装有7.62毫米北约制式枪弹的SCAR突击步枪向塔利班射击。

就这样几个小时过去了。虽然我身上发冷，但我在流汗，烟雾缭绕的空气使我的肺部火烧火燎一般。时间不早了，哈吉已经不再回复拉贾的信息了。把他带回莫里亚我感觉不太安全。我查看了手机：朋友已经带着我的护照登岛了。我不想带着拉贾去见朋友，以免让她惊讶，但我也不能独自带着他去旅馆。然而我需要休息；我感觉脑袋快要炸裂了。正在迷茫的时候，我收到了朱勒迈的信息：他出狱了。

蛇头们有一个习惯，他们喜欢组团运送客户。我猜想这是因为有些难民在机场里面不知怎么走，所以最好确保其中至少有一个人会讲英语，知道该怎么做。但这样做的结果是，如果一个人被抓，其他人往往也会跟着倒霉。

朱勒迈通过了安检，以为自己已经大功告成，但这时他听到了身后的一声叫喊。一个警察走上来，就在候机休息区把他当场铐了起来。警察把他带到一个房间后就离开了，把他锁在了里面。坐在房间里的还有一个阿富汗人——留着刘海的年轻父亲。

"你出卖了我？"朱勒迈厉声指责。

---

[1] 林赛·罗韩（Lindsay Lohan）：美国女演员，歌手，模特。

283

"我对主发誓，我什么也没说。"

一位便衣警察进来，用英语问朱勒迈是哪里人。

"西班牙。"朱勒迈说。

警察哈哈大笑起来。"你这样的人，我已经抓了上千个。"他开始用西班牙语与朱勒迈说话。

他们被关进了囚室，第二天下午要被带往法院。另一个阿富汗人曾在喀布尔为外国的非政府机构工作，英语说得很好，他询问陪伴的警察到法院后会发生什么事情。

"这要看法官了，但你们很可能会被监禁六个月。"

"什么？"那个阿富汗人开始恳求，"你答应过会帮助我！"

警察耸耸肩。"这话你去说给法官听。"

所以是他告密的，朱勒迈愤恨地想。

他们戴着手铐被带上了法庭。法官有一位女译员，她的英语朱勒迈难以听懂。在他们的前面，有一名年轻的非洲男子和一名希腊女子，是前一天夜里在渡轮上被抓的。听取了案件详情后，法官判处男子六个月监禁，而那名女子因为组织人员偷渡被判一年徒刑。他们都含着眼泪被带走了。

法官让朱勒迈解释一下自己的情况。他回答说，他只是想让姨表弟离开条件恶劣的营地，这样他们就可以在德国与家人团聚了。他请求法官看在拉贾的份上别判他入狱。法官指责他：怎么可以不负责任地丢下一个孩子？

朱勒迈垂下了脑袋，就和他之前在面对那位穿着印有罗德岛

284

骑士团图案的希腊人时一样。

通过译员，法官称他已经考虑到了他们是初犯，并且考虑到他们来自一个战火纷飞的国家，要判处他们每人六个月监禁和一千五百欧元的罚款；如果再次被抓，则要服刑一年。

朱勒迈感觉天旋地转。那拉贾怎么办？

另一个阿富汗人开始哀号："你们不能这样对待我！我是公民社会活动家。"

此话一出，法官似乎举棋不定了，他与译员商量了一下。女译员有些窘迫，她澄清说他们被判的是缓刑。他们用不着蹲监狱，除非再次被抓。

那天晚上，警察把他们带回到营地后就放了他们。朱勒迈一直在巷子里找我们；电话里，我告诉他到大门外的公交车站等着，因为我要把拉贾送回来交给他——这是一段短短的直达车程。

我和拉贾走到萨福广场等待公交车。公交车停下后，拉贾跨上了踏板，然后又转身下来走到我跟前。

"你不上来啊？"他疑惑地问道。

"现在不。"我说，"代我向朱勒迈问好。"

"再见。"他说，困倦地笑了笑，然后拥抱了我一下就上车了。我浑身颤抖；街灯似乎在晃动。我站在原地，直至公交车渐渐从视线中消失，把孩子带回莫里亚去。

第四部分

城市

第十七章

来到雅典

巴基斯坦诗人法伊兹·艾哈迈德·法伊兹写道："在你到来之前，事物就是原本的样子，道路就是道路，地平线是固定的，界线是可以看见的，一杯葡萄酒不过是一杯葡萄酒。"

奥马尔看着身下的水域，白色的斑点在暮光中退却。这是他第一次乘飞机跨越大海。莱拉还没有坐过飞机，但他向自己保证，有一天会让她坐上去欧洲的客机，带她离开战争。奥马尔的航班用了不到一个小时就跨越了爱琴海。他的腹部一阵紧抽，感觉到飞机的下降。他已经逃离了那个海岛，但他害怕在雅典的机场还会有警察检查。他们如果发现他去过莫里亚，就会把他遣送回去。他摸了摸口袋里的那张塑料卡片。他现在是立陶宛人，名叫维高达斯。

奥马尔跟随其他旅客走出航站楼，他目不斜视，穿过移门走到了外面。他呼吸着凉爽的空气，看到夜幕已经降临。他打电话告诉我说已经到了雅典，然后开始寻找地铁车站。他需要离开机场。手机响了，是蛇头来电。按照蛇头的计划，奥马尔应该去他们在雅典安排的安全屋，因为他们要收回那张立陶宛的身份证。但他为什么要归还呢？蛇头声称，那是属于另一个人的，但这说不通，因为上面有奥马尔的照片，而且他已经为此付了钱。他们很可能只是要他再花钱购买身份证件，这样才能离开希腊。但他在雅典需要这张身份证。他没理会蛇头。

指路牌把他引向自动扶梯和上面的人行天桥。他在自动售票机上买了一张票，进入地铁车厢后在旅客和行李中间找了个座位。没人注意他。蛇头一直拨打他的电话，直至列车抵达市中心，进入了地下。他转乘另一条线，在维多利亚站下了车。

维多利亚广场是雅典的阿富汗移民聚居地。奥马尔登上车站的楼梯，看到了一个长方形的公园，面积有三四个街区那么大。在一个遍布涂鸦的底座上竖立着一尊巨大的青铜雕像，那是一个半人半马的怪物，正在劫持一位挣扎中的裸女，如今上面积有许多鸟粪。一群群男人坐在周边的长凳上，在用波斯语交谈。奥马尔四处打听，很快找到了他要去的地方：廉价旅馆。

维多利亚广场周边的公寓楼有许多供移民住宿的廉价旅馆，在那里，只要花五欧元就可以在沙发或地板上过夜。没人会来看你的身份证件。奥马尔找到的这一家，门口有一堆跑鞋和人字拖鞋，污渍斑斑的地毯就在电炉旁边，一个电源接线板上插了好多乱糟糟的充电插头，角落里有一台屏幕模糊不清的电视机，浴室里积有一层洗澡后留下的污垢，空气中弥漫着浓浓的烟味和人们谈论蛇头和老家的懒散的说话声。

在此住宿的是阿富汗人：后面的卧室住了两家人；客厅里睡了八个男的，当他到那里的时候，他们都已在黑暗中并排躺下，身上裹着毛毯，有些人的脸被手机屏幕的光照亮。他躺下来后，三星手机响了。这次他接听了。

"怎么回事？你在哪里？"是他在莱斯沃斯遇到的那个剃光头的蛇头。

"不好意思，我到了一个朋友家里。"

"我们要把身份证拿回来。"

"我在飞机上很害怕警察来抓我，"奥马尔回答，"所以我把它扔进了洗手间的垃圾桶。"

"是吗？我不相信。你为什么不到这里来？"

"也许明天吧。"奥马尔说完就挂机了。然后他看到了哈吉发来的一条信息："你最好把身份证交回去，不然对你没有好处。"

去你的，他心里想，一边关了手机。

早上醒来后，奥马尔离开这个有霉味的公寓，去了广场，看到了白天周边的情况：脏兮兮的公寓楼、散发着尿臭味的破损的人行道。角落里有一家阿富汗餐馆，还有几家橱窗里摆放着塑料制品的华人商店。原来这就是传说中的维多利亚，奥马尔心想；这里就像伊斯坦布尔的泽丁布尔努区，是阿富汗移民心目中了解外国城市的一个窗口。他打电话给我，获悉朱勒迈被抓了，而我则与拉贾一起滞留在莱斯沃斯岛。他必须等我，我告诉他。奥马尔坐到公园的一把凳子上，旁边是一位希腊的老人。这么说，朱勒迈是不幸运的。概率是一半对一半。

他与母亲玛丽亚姆通电话，让她知道他已经安全抵达雅典，然后在广场闲逛、抽烟、在不同的凳子上就座，吃了个三明治，再去徘徊和抽烟。到下午晚些时候，他感到无聊了，于是向另一位阿富汗人打听附近是否还有其他公园或别的可以放松享受一下的地方。

"你的意思是亚历山大公园？"那人说着，指向东面，"沿着这条路一直往前走。"奥马尔走过一个繁忙的十字路口，在一大片绿地的边缘，看到另一尊巨大的骑马人雕像，这是君士坦丁一世，阿富汗人以为他是亚历山大大帝。也许像伊朗那样公园里有游乐设施吧，奥马尔想。在雕像的另一边，他看到了树丛中的帐篷。是不是游客在这里露营？走近后他发现那里的人蓬头垢面、衣着破旧，在锡纸上吸粉。一个高个子男人站在一条小路上，奥马尔看到他在做交易。

"你在这卖什么？"奥马尔用英语问道。

"海洛因和水烟。"那人的回答带有浓重的口音。水烟就是冰毒。

"买主是什么人？"

"什么人都有。"毒贩说，然后打量着奥马尔壮硕的身材，"你是什么人，警察？"

"如果是警察，我为什么要说英语？"

那人被问住了，盯着他看了一会儿，然后咆哮起来："要买就买，不买走开，别啰里啰唆的。"

奥马尔沿着小路继续前行，注意到肮脏的植被上有一堆堆垃圾。他走近一群说普什图语的年轻人，互相打了招呼。这些人解释说，自从八个月前马其顿①的边境关闭以来，他们就被困在了希腊。

"可是发生了什么？"奥马尔问道，他看到他们脸色憔悴，"你们怎么都上瘾了？"

他们互相看看，苦笑了起来。

"我们没钱了，没事可干。"

"我们有精神问题，兄弟。"

"那你们哪来的钱买毒品？"他反驳道。他们面露尴尬。

"神赐予的。"一个人回答。

"我们设法搞到了一些。几个男孩会偷东西。"

他们指向站在附近的一个年轻的阿富汗男孩。

"他是个'库尼'（kuni）。他出卖自己的屁股。"

"你是新来的，你慢慢会明白。"

奥马尔与他们道别后走向公园深处。看到自己的同胞沦落到这个地步，他感到羞耻。欧洲怎么会发生这种事情呢？他知道希腊有经济危机，但他没有想到雅典会变得这么堕落。相比之下，

---

① 马其顿于二〇一九年正式更名为"北马其顿共和国"。

293

伊斯坦布尔显得相当现代化。怪不得移民都不想滞留在这里。

他在一张破凳子上坐下了。公园的这个区域，灌木比较密。还有一些人也坐在附近，有的孤身一人，有的成双成对，有几个人在打量着他。至少这里是安静的，奥马尔想，他点上了一支云斯顿香烟。

一个年轻的变性女子——这样的人他以前在巴基斯坦也遇到过，在那里，第三性的"海吉拉"(hijra)是传统文化的一部分——穿着高跟鞋跟跟跄跄地走过来，用英语讨要香烟。

他为她的烟点上火后，她问道："你要做爱吗？"

"不要，谢谢。"他郁闷地回答。

夜幕降临了，虽然没有多少街灯，但这个地方热闹起来了。有几对男人钻进了灌木丛中，其他的会去占领他们坐过的凳子。一个身材粗壮的希腊人坐到了他身边。

"你好。你是哪里人？"他问道。

"立陶宛。"奥马尔回答。

那人似乎对这样的回答感到困惑。"那你喜欢什么？你喜欢做爱吗？"

"当然喜欢。"

"我可以让你达到高潮，如果你想做。"

奥马尔哈哈大笑起来。"不，我的意思是与女人。"

那人匆忙走开了。现在天已经差不多黑了，奥马尔决定离开。他走向维多利亚广场，经过了街上一对对怪异的男女：年轻女子与老男人。他看到一个姑娘坐在人行道上，双腿叉开着。

"你好。"他说，但她只是两眼空洞地凝视着前方。

时间还早，但他有点疲惫，于是返回那家廉价旅馆去了。

载着拉贾的公交车转过街角后，我打电话给朋友，她已经带着我的护照到了莱斯沃斯岛。当天夜里赶回雅典太晚了，因此她与一个熟人一起给我们找了个地方住下。不知道我在营地里得了什么病，反正病得不轻：我上了床，伴随着浑身的哆嗦和一阵阵咳嗽。半夜里我醒来了，感觉脑袋发胀，像个充气气球。接下来的几天也是混混沌沌的，我只记得眼前模模糊糊的人影，恍惚中感觉到朋友把手搭在我的额头上，听到她报出我的体温，说如果再升高就要去医院了。好在最后高烧退了。

能够下地走路之后，我便急于去雅典。朋友还是担心我，想陪我一起去。可我认为，与我同行也许会让她惹上麻烦，于是我刮干净脸，带着病后的苍白脸色，独自奔赴机场。机场里，我避开了与在营地见过的一个警察的眼神接触，手持护照和登机牌上了飞机。

在维多利亚公园，我和奥马尔拥抱在一起，共同品尝逃离莱斯沃斯海岛的喜悦。但现在我们要决定下一步怎么走。我环视这个广场，想在来回走动的票贩子中间寻找蛇头。雅典的街上不是特别安全。如果警察拦住奥马尔，发现他是从莫里亚逃过来的，那他也许会被遣送回去，或者被关押到大陆的监狱里。雅典市内游荡着法西斯式的警察，关于这一点我还没有提醒他注意。距离我们十分钟路程的地方就是圣潘泰莱蒙教堂，在那里，金色黎明党①曾身穿黑衣、手举万字旗游行，领导了一场反对移民的暴乱，原因是此前一些阿富汗人在一次抢劫中杀害了一名当地男子。我们最好离开这里转入地下，但首先要确定怎么走。通过巴尔干地区去意大利是一条漫长的路程，而且我病后身体虚弱。我们需要休息和认真考虑。

"我还带着那张卡片，"奥马尔说，"也许我们可以用这个住旅馆。"

"什么卡片？"

我惊愕地听他讲述甩掉蛇头的经过。廉价旅馆本身就不可靠，而且也不卫生；现在我们还要提防哈吉和他的爪牙。正规旅馆也不行，因为会有警察检查，但我另外有个主意。

差不多两年前我第一次到达雅典，来采访二〇一五年一月的大选。希腊人投票反对债务危机后政府实施的严厉紧缩政策，一个激进的社会主义党派——激进左翼联盟党（Syriza）意外地获得了胜利。这对希腊的左翼来说是一个激动人心的时刻，也是一个充满希望的时期。在庆祝期间，我认识了一些当地的"无国界"活动分子，他们正是会对我们当前的困境感到同情的那批人。于是我给朋友纳西姆打了一个电话，他也是阿富汗人，已经作为难

---

① 金色黎明党（Golden Dawn），希腊非法政党，为极右翼组织、法西斯政党、新纳粹组织。

民在希腊定居了。我告诉他我们刚刚抵达雅典，有重要的事情要找他。他让我们到艾克萨奇亚区会面。

艾克萨奇亚区是一个无政府主义者的据点，步行到那里只需十五分钟，但我们必须穿过前方警戒线。在我们经过考古博物馆进入该自治区的时候，有一队身材高大的防暴警察站在警用大客车旁边。有些居民将这个区域称作"自由艾克萨奇亚"。此地长久盛行激进政治，在二〇〇八年成了警察不敢进入的禁区，因为在那一年，他们枪杀了十五岁的男孩亚历克西斯·格里戈罗普洛斯。整个城市爆发了持续不断的抗议活动；第二年，当全球经济危机致使希腊发生比二十世纪三十年代更为严重的大萧条时，抗议活动更加激烈了。

建筑的墙壁上满是涂鸦和海报，越接近中心广场，这些涂鸦与海报就越密集。墙壁成了社区的告示牌，宣布朋客音乐节活动和为入狱的活动分子举办的筹款活动；有些是反法西斯英雄的肖像，他们在与库尔德人联手反对"伊斯兰国"的斗争中牺牲了，还有些是用希腊语或英语喷漆的标语，诸如"警察全都是坏蛋"和"没有人是非法的"。最后我们抵达了艾克萨奇亚广场，实际上这是一个三角形的地带，种有稀疏的树木。一个角落里挂有一条横幅，上面用英语书写着："爱彼迎支持者滚回去，我们这里有阶级战争。"

我们在艾克萨奇亚区比较安全。金色黎明党的治安队知道最好别来这里，即使警察也只能是武装进入，如果他们准备好了与挥舞着燃烧弹的年轻人互斗一场。这些年轻人保卫着像中世纪城堡那样的房屋密集的街区，有些巷子非常狭窄，他们可以在屋顶之间跳来跳去。无政府主义者就居住在这里；社区里有许多被占领的场地、集体咖啡馆和房屋，甚至还有一座自治的公园——纳瓦里诺公园，人们在那里拆除停车场，种上了树木："铺路石下，是海滩。"①

　　我们与纳西姆的会面地点是斯特基梅塔纳斯顿，那是一些左翼团体的活动中心，其中包括他自己的组织迪克约，一个由希腊各地的移民活动分子组成的已经运作了几十年的网络。斯特基梅塔纳斯顿就在广场旁边的一栋三层联排房屋内，要走一条陡峭的行人专用巷子才能到达。我和奥马尔爬上门廊到了一楼，那里有几个人坐在一张破桌子边抽烟，旁边的吧台酒柜里摆放着各种马克杯、计量杯和玻璃酒瓶，应该都是为喝希腊人普遍喜欢的拉克酒准备的，但并不配套。橱柜和墙壁上贴满了海报、贴纸，有些来自国外的斯卡朋克乐队和曾路过此地的工团主义者，其他的来自希腊团结运动——志愿诊所、食品银行、免费学校，以及其他基层组织，他们是为了应对经济危机而诞生的。前一年，当难民船抵岸的时候，许多团队开始与迪克约那样的组织开展合作帮助难民，合并成了活动分子简单称为"运动"的活动之中。

---

① "铺路石下，是海滩"是一九六八年法国"五月风暴"运动的口号。"铺路石"象征封闭的大地，沙子象征自由。这句口号反映人们渴望像沙滩一样自由自在。

后面的房间里，在一幅由来访的萨帕塔主义团体画的粉彩壁画下，有一帮人正在开会，我在与会者中发现了纳西姆。看到我后，他悄悄地走出来，从吧台拿了三瓶阿尔法啤酒。我们坐下来碰杯，向彼此致以微笑。坦率地说，我发现有些雅典活动分子有点令人胆怯，他们对资产阶级有一种酸溜溜的鄙视，但纳西姆与我相处融洽。他来自阿富汗中部哈扎拉地区的贾古里，那里培养出了一个极为广泛且才华横溢的侨民群体；但他从小就未见过自己的家乡。他是作为难民在伊朗长大的，十几岁时飞去了土耳其。大约十年前，他与三位朋友乘坐皮划艇到了莱斯沃斯岛。现在他已经完全希腊化并激进化了，变成了一个能说一口流利的希腊语和英语、爱喝拉克酒的老烟枪，还是迪克约团体出镜率最高的发言人。那十年的街头活动和艰难生活消耗了他。他看上去比三十几岁的实际年龄要老，在听我们的故事时带着他一贯的严肃表情。但在我告诉他我们是如何坐船从土耳其出发最后到了莫里亚之后，他再次绽出孩子般的微笑。

　　"你们疯了。"他轻声笑着说。他自己也是刚刚从那些海岛返回，他在那里为一个拍摄记录营地里骇人环境的人权组织担任翻译工作。"莫里亚是最糟糕的。"他表示同意。

　　我告诉纳西姆，在制订下一步计划期间我们需要找一个躲避的地方。他们能否接纳我们？春天的时候，迪克约和其他一些团体在维多利亚广场附近占据了一个空置的旅馆，他们砸开门锁，让来自营地和街上的难民住进去了。现在那里居住着大约四百人，其中有活动分子和移民。

纳西姆盯着手里的万宝路香烟皱起了眉头，他揉了揉额头，眼睛布满了因疲惫引起的血丝。"问题是有很多人在排队等待。"他说。家庭户有入住的优先权。不过，他们也有为来访雅典的外国志愿者准备的暂住房间。他可以以这个名义为我们安排，但我们必须参与劳动，在食堂帮忙什么的。

"明天下午过来吧，我会为你们办好入住登记。"纳西姆说。他喝完啤酒，回去继续开会了。

旅馆距离维多利亚广场只有五分钟的步行路程，是一栋坚固的混凝土八层楼房，阳台拉着晾衣绳。人行道上方挂着一块垂直的招牌，竖写着"城市广场旅馆"的字样。

左翼的激进联盟政府与"运动"之间的蜜月，没能持续多久。大选之后的七个月，希腊的债权人，以德国为首，威胁将希腊踢出欧元区，从而打破了左翼联盟对紧缩政策的抵制。然后是欧洲的难民危机；之前答应结束大规模关押移民的左翼联盟，现在被迫把莱斯沃斯和其他岛屿变为监狱。支持左翼联盟的迪克约和其他团体对此感到震惊。那个冬天当巴尔干地区的边境关闭时，大约五万难民被困在希腊大陆，许多人睡在街上或临时营地，比如废弃的埃利尼科机场，许多家庭就睡在仍显示着伦敦到法兰克福航班的时刻显示屏下面。经济危机期间，雅典有许多废弃的房屋；面临自己城市大街小巷发生的人道主义危机，活动分子们违抗政府，帮助难民抢占空房。到现在，大概有两万人居住在艾克萨奇亚区及其附近的三四十座被占的楼房里。

城市广场旅馆是其中最大的，也是我知道的唯一的活动分子与难民合住的楼房。旅馆的业主是一位演员，该旅馆是他的父亲在一九七四年建造的，如今已经破产。虽然这位业主对抢占住房多次提出强烈抗议，但到目前为止，政府放任不管。希腊的媒体讲述的则是另外的故事了。如果移民侵入了这个国家，抢占者则是侵犯了更为神圣的东西，即私人财产，因此大部分由政治寡头所掌控的希腊保守媒体会视之为十足可怕的人。阅读希腊的报纸，你会觉得在我和奥马尔正要去的这家被占的客栈里，邪恶的事情正在发生。

进口处在一条侧街上。我们告诉保安室的活动分子，我们是来找纳西姆的，然后就进入了大堂。那里装饰着抽象派画家的一些印刷画，还有一个大理石喷泉。在柜台后面，纳西姆一边与几位穿黑衣的希腊人抽烟，一边与一对想再要些婴儿尿布的叙利亚夫妻说话。看到我们后，他从架子上取了一把钥匙。我们跟着他上楼，经过了散发着洋葱和蒸米饭气味的食堂；然后沿着主楼梯继续往上走。纳西姆说，抢占房为民主集体所有，以共识运营，人人都参与劳动，没有老板——有些人对此难以理解。要记住的重要规矩是不能有暴力，不能饮酒——后者部分是出于对穆斯林居民的尊重，也是为了避免麻烦。

我们继续登楼梯。楼里有两部电梯，但纳西姆说已经把它们关了，因为一直有小孩要去玩。这里居住着大约一百个孩子，在跟随父母流亡迁徙的过程中，许多已经变成了野孩子。他们成群结队地从我们身边跑过，用达里语和阿拉伯语呼喊着，尖叫声在瓷板表面回荡。

爬上七楼，我们的腿已经发软。这是次高层，大多数志愿者居住在这里。纳西姆打开我们的房间，把钥匙递给我们说，等会他会告诉我们工作的排班。

我和奥马尔走进去，放下了行李。房间刷成了乳白色，装修的木料是淡黄色的，有独立的洗手间。两张单人床之间是一个床头柜。一扇推拉门可通向小阳台，我们走出去俯瞰刚刚走过的街巷，相视一笑。尽管之前的客人把房间搞得有点脏乱，但自离开喀布尔后，这是我们住过的最好的地方。

"我去找一把扫帚。"奥马尔说。

在这个旅馆的床上躺了两天后，我感觉好多了。哈吉那帮人已经不来电话骚扰了，奥马尔信心十足地去维多利亚广场打听前面的路怎么走。我在房间里休息，享受着独处的乐趣。通过巴尔干的路途肯定是艰难的；如果不是快到冬天了，那么在这个抢占的楼房里待一段时间也是不错的。

房门突然被敲响了。我跳起来走过去打开门，看到一位四十几岁的阿富汗人。他留着一脸整齐的大胡子，像个海军船长，穿着牛仔布夹克和迷彩长裤。

"法谛海哈。"他粗声粗气地说完就走向下一个房间。

"法谛海哈"是《古兰经》第一章的篇名，也指代阿富汗人在某个人死后举行的祈祷仪式。那人以为我也是难民。在广场旅馆，我和奥马尔的身份很模糊。只有纳西姆知道我们逃离莱斯沃斯的秘密，有些活动分子已经认识我了，因此每当有人问起，我就介绍自己是加拿大记者，名叫马蒂厄。但其他大多数难民，听到我和奥马尔一起用达里语交谈，就以为我们是刚刚坐船抵达的。这样也好，因为到了楼房外，我还得是哈比卜，正在准备转入地下。

我套上鞋子，走下六层楼梯，到了夹层。那是公共活动场所，有餐厅、酒吧和厨房，墙壁上挂着儿童的绘画、手写的日程安排，以及一排排由来访的摄影师拍摄的肖像照片，整个画面让人回想起精彩的小学生活。我顺着《古兰经》的吟诵声走进了会议室，那里沿墙安放的五十多把椅子上已经坐了好多男人和男孩——妇女的仪式另外举行。当我进入房间时，他们与我打招呼："愿真主保佑。"我们坐着，倾听从录音机里传出来的经典的阿拉伯语恸哭声："一切赞美归于真主，世界之王。"我观察哀悼者的面孔：阿拉伯人、阿富汗人、库尔德人和巴基斯坦人，他们在半年前还素不相识，现在却会聚一堂悼念一位来自赫拉特名叫瓦利德的男子，昨天，他在雅典郊外的海里溺水身亡。

一个叫哈米德的浓眉、瘦弱的阿富汗年轻人，端着一盒枣子和热气腾腾的甜茶水走过来。后来，他告诉我说，他的朋友瓦利德与妻女来自阿富汗，想与已经是瑞士合法居民的妻子的家人团聚。在边境关闭之后，瓦利德与其他人一样被困在了希腊。前天夜里，他独自到了海滩；他水性很好，但警察昨天上午发现了他的尸体。

哈米德关了录音机，接着我们一轮又一轮地祈祷，抬起双手拂面，动作整齐划一。"我们属于真主，必将回归真主。"

后来，瓦利德妻子的兄弟从瑞士飞来加入了仪式，并向大家致谢。瓦利德的家人曾讨论是否将他埋在希腊，但最后他们筹集到了资金，准备把他的遗体空运到他的家乡赫拉特，让他躺在孩提时就熟识的野花丛中。

我们拖着脚步走出来，我看到了一脸忧郁哀伤的纳西姆。他后来告诉我，这很难理解，一个历经几十年战火、跨越崇山峻岭、乘坐舟筏渡过海峡都安全活下来的人，怎么会这样死在了欧洲。"希腊有一句老话，"纳西姆说，"命中注定要溺水的人，不会以其他方式死去。"

晴朗了一个星期之后，天空布满从山上飘来的乌云。一阵惊雷炸响，大雨瓢泼，下水道开始溢水。我和奥马尔庆幸这次我们有地方住；但下了两个小时的倾盆大雨后，一股水流一路穿过六层楼面，冲破夹层的天花板吊顶，洒在了正在排队打中饭的居民身上。我和奥马尔正在厨房帮忙，有人要求快拿盆盆罐罐去接水。

由于还没有决定下一步的行动，我和奥马尔一直在这栋楼里忙碌，尽我们的能力协助门岗的保安，做一些维修工作，为诊所的志愿者医生当翻译。我们的工作是由接待处的一个小组分派的，他们以混合语言和地中海式的习惯动作应付日常事务：指尖上扬表示哀怨的疑问"为什么"；下巴上扬表示无声的"不"；以及无处不在的称呼语"伙伴""亲爱的""朋友"。

最重要的任务是管理食堂，因为民以食为天。由于还在走法律程序，这个破产的旅馆依然设备齐全。厨房的内侧环绕着几口大锅、一台工业级的烤箱、三个煤气灶，以及一个像中世纪攻城兵器的手动曲柄烹饪桶。三位轮班的厨师分别是土耳其人、库尔德人和希腊-智利人，其中一位抓起一把把孜然和红辣椒粉，用棒球棒那么长的棍子搅拌。食材要么是人们捐赠的，要么是我们用这栋楼房里一辆破旧的面包车去农贸市场采购的，什么便宜就买什么。我们十几个帮手还承担了洗菜和切菜的活。我们切好四十磅重的一袋袋洋葱和土豆，大量的西红柿、生菜，将扁豆和大豆与米饭或者皮塔饼搭配起来做成实用的炖菜。有一次，我们收到了五百公斤的黄瓜，为避免变质，不得不尽快吃，做成色拉或拌上酸奶，或者干脆直接生吃。蹒跚学步的孩子在大厅里走动，嘴里啃着像他们手臂那么粗的瓜果。在此后的几个星期里，我们总能在家具后面发现隐藏着的黄瓜。有时候饭菜没烧熟或烧焦了，但有时候烧得很好吃。烤肉丸盖浇饭浇上大蒜味番茄酱。阿拉伯的蔬菜沙拉搭配自制的油炸碎面包，配上用柠檬汁和当地的橄榄油做成的调料。被大家称呼为妈妈的叙利亚女厨师，擅长烧煮地中海东部和波斯风格的米饭，在水里加少许食油，这样锅底就会有一层酥脆的锅巴，她常常是在最后才端出来招待我们这些帮手。

看到一大盘金黄色的锅巴，奥马尔就会两眼放光。

吃饭的时候，一大群饥饿的人会叽叽喳喳地聚集到大餐厅。一些人把饭菜盛在自己的饭盒内，端回房间去吃；另一些人则围坐在圆桌边进食。三分之二的人吃完后，我们就得收拾盘子，拿到洗碗机里去洗，以便再次使用。这个时候就会有人从厨房值班的岗位上偷偷地溜走。清洁打扫的工作留给了厨师和没有走掉的帮手。总有两三个老实人会留下来洗碗刷锅。

暴风雨后的第二天，纳西姆来到了酒吧。虽然大家都这么称呼这个地方，但它其实只售卖速溶的雀巢咖啡。纳西姆询问志愿者谁可以去屋顶寻找漏水的部位，他补充说，上去的时候也许还要顺便清理一下屋顶平台。除了难民和大都由希腊人组成的迪克约活动分子，志愿者构成了广场旅馆"三脚架"的第三条腿。他们是各色普通人，大都很年轻，来自欧洲各地，甚至更远的地方，来协助抢占房内的各项工作。作为交换，他们通常可以免费居住在这里。志愿者是被口口相传、社交媒体和新闻故事吸引到这里的，因为广场旅馆驻有一群精明的媒体工作人员，并且获得了国外媒体不吝溢美之词的报道。美国《时代》杂志这样描述抢占房："与政府运作的、收容了大多数移民的条件很差的营地相比，这里差不多就是天堂。"

根据与纳西姆的约定，我和奥马尔加入了志愿者队伍，而且因为我们两人都会说英语，人们认为我们与他们一样，也是雅典的合法来访者。志愿者与难民有相同的国家背景，这并没有什么不同寻常的，比如志愿者齐埃德就来自突尼斯；其他人，像从巴西街头卖艺回来的加泰罗尼亚人卡莱斯，几乎身无分文。我们之间的界线是由证件划定的。

在纳西姆的要求下，我们几个志愿者上了楼，他指定的阿富汗和叙利亚的几个少年也跟来了。到了上面，来自巴伦西亚的马尔打开门锁，我们走到了屋顶。这是一个很大的平台，摆满了破损的户外家具。角落里，风吹来的泥沙已经堆得很高，长起了野草。吧台旁边还挂着酒单；六年前，客人曾坐在这里喝酒、啃面包。马尔和几个少年开始打扫，在大楼的破烂部位清理了避孕套和啤酒瓶等垃圾。我在努力寻找漏水部位，与我一道的是葡萄牙人亨里克，他是一个身材高大的背包客，在去悉尼的路上经过这里。屋顶的另一半是空调机和通风系统，还有两台巨大的德国造电梯马达。我们派人带上对讲机去楼下，并用皮管把水灌入电缆井，试图判定漏水部位，但没有找到。

后来，几个少年渐渐离去，志愿者爬上了用赤陶土瓦片覆盖的屋顶，我们分发了大麻烟卷。阳光下，烟头一闪一闪地发亮，烟雾缭绕升腾。旅馆是这附近最高的建筑物，我们能够看到周边的全景。东南方向是利卡多维斯山的林地，可见圣乔治教堂的圆顶。再往南，我们看到巴特农神庙的白色大理石柱子。远处的港口因雾气而显得模糊不清。内陆方向的地平线尽头是光秃秃的山峦。带有阳台、水箱，以及装有遮篷和卫星电视天线的公寓楼，朝四面八方延伸。

阳光烘烤着志愿者赤裸的四肢，我们在闲聊来自何方、要去何处。有些人是专程来参加城市广场活动的，另有些人只是度假的时候偶遇这个旅馆。我置身于志愿者中的奇怪之处在于，它是对我非法来到希腊这一事实的掩护。有时候我不得不表现得腼腆，因为他们一直互相查根问底，主要是问个人的生平经历，但也会问大事，比如我们为什么要关心难民、移民危机的解决方法等。在陌生人被淹死的这个世界里，我们应该做些什么？我们缺乏活动分子的信念。城市广场旅馆项目在呼吁开放边境，但很难看出它能奏效。"民主"和"正义"这样的词语听起来是很不错，但当把它们扩大到全球范围的时候，它们的规定会让你在民族国家的围栏里兜圈子。志愿者在追寻真理，但在旅馆广场，他们找到了爱。

　　既然已经逃出了营地，我们就不怎么关心生存问题了，因此奥马尔常常会想起莱拉。自从离开喀布尔以后，他还没有联系过她。一想象她像珀涅罗珀①那样被求婚者团团围住的画面，他就备受折磨。他竞争不过他们。为了让他散心，我要他与我们一起出去走走。晚上，一个由希腊人、志愿者和难民组成的混合人群会慢吞吞地走向艾克萨奇亚。一路走去，我们经过一些摇摇欲坠的大房子，其破败的庭院里种着叶子花，锻铁已经生锈，大理石

---

① 珀涅罗珀，希腊神话中战神奥德修斯的妻子。丈夫远征失踪后，她拒绝了所有求婚者，一直等待丈夫归来。

也残破了，但开发商会说——依然是一副"好骨架"。虽然经济危机使希腊的收入减少了百分之四十，但雅典市中心的房价和租金却在上涨，外国的投资商纷纷购买公寓，通过爱彼迎出租给游客。作为补充的刺激措施，希腊有欧盟最便宜的黄金签证，购置价值超过二十五万欧元的房地产后即可获得居住权，所以常常可以看到一群群中国买房者坐大客车在市内漫游的景象。

我们这些人在防暴警察的注视下进入了自治区。在那些日子里，广场总是很热闹，尤其是在周末，年轻人从雅典周边过来，喝上一杯从售货亭买来的，或是从由无政府主义者为筹款而举办的电子音乐派对上获得的啤酒。来自周边社区抢占房的移民加入了他们。移民中的有些人，比如诺塔拉街的难民，由于得到了当地人的大力帮助，生活条件还好，而另一些人则居住在破败的房子里。表面上人们相处和谐，但在外界压力和自身矛盾的重压之下，"自由艾克萨奇亚"正在分崩离析。多年来，社区遭到了黑帮的围攻，他们想向参加聚会的人兜售毒品，而且据无政府主义者的说法，这些黑帮还得到了警察的暗中鼓动。麻烦在于，黑帮还在抢占房的移民中招募新人。年初的时候，一个埃及的毒品贩子在咖啡馆外面刺伤了一些无政府主义者，之前那里还发生过枪击事件。后来，几个手持棍子的无政府主义团体对广场进行了"清理"，殴打他们所认为的毒品交易嫌疑人；接着，他们在附近安排了一次武装游行；再后来，当那个埃及毒贩再次出现的时候，他被子弹击中了脑袋。"我们负责处决了黑手党徒哈比比，"之前还不知名的武装民兵组织宣称，"这些恶棍假装像埃斯科瓦尔①那样胆大包天，但其实只是平庸的告密者，是警察的同伙。"

此类暴力事件在那些温和的秋夜里都没有出现，广场上弥漫着音乐声和人们的说话声。城市广场旅馆的员工会在一家由反法西斯俱乐部（Antifa Club）经营的文身店外的桌子边喝酒。这个俱乐部是由一群激进的老流氓组成的，负责广场的安全。我听说他们还有一个搏击俱乐部，有些人在那里跟一名阿富汗功夫黑带高手训练，这名高手曾在维多利亚广场打断了一个法西斯分子的胳膊。纳西姆称这个组织为"移民反法西斯团体"。我们晚上的活动是在隔壁的斯特基结束的，这是一个左翼的俱乐部会所，无论夜晚何时，音响师都必须播放某些曲子来营造气氛。伴随着意大利游击队之歌《啊，朋友再见》，以及马努乔演唱的"人们说我是非法偷渡，因为我没有证件"的旋律，我们频频举杯。

抢占房者中一直有人赞赏大厨希罗和他的库尔德人团队，以及会倒立跳舞的澳大利亚人内德，甚至连捧着一杯啤酒笑眯眯地看着女人、心里却在想莱拉的奥马尔，也受到了青睐。城市广场旅馆充满了浪漫的气息，因为有那么多的年轻人在这里生活。他们是人，肤色只是肤色，是两个心灵之间最后的界线。好几个女志愿者和男难民好上了——虽然不是男志愿者与女难民，这在非政府机构也许会是丑闻，但在抢占房里算不上，因为在这里人人

---

① 指巴勃罗·埃斯科瓦尔（Pablo Escobar），哥伦比亚臭名昭著的大毒枭。

平等。在斯特基的那几个晚上，感觉我们确实是这样的。

"看到照片里的小姑娘了吗？"在哀悼仪式上分发糖果的哈米德问道。我们正站在夹层，墙上挂着的是许多由客人拍摄的黑白肖像照。他指向一个头发卷曲、笑容灿烂的孩子。"第一次尝试，她全家就去了瑞典。六口人呢。"

为伪造证件和飞去斯德哥尔摩，他们花了一万多欧元，这可是抢占房内一半人在玩的黑杰克纸牌游戏的赌注总和。难民改头换面，让自己看上去更像欧洲人，然后消失了，与蛇头一起走了。下次你看到他们的时候，是在德国的Facebook上；或者两三天后，他们回到抢占房，有了一个新的发型，但一幅垂头丧气的样子；又或者，他们进了牢房。

在自由的民主国家，边境具有把正常需求转变为犯罪欲望的独特能力。希腊人已经这么干了好久，而且把它当成了生意，根本不去理会偷渡伎俩，但一些志愿者也被牵连进来了。这不是因为他们发现了什么新的真理，而是因为难民危机已经成为友情和爱情危机。他们的问题是一条边境线，解决的办法是跨越过去。因此有些志愿者把自己的证件给了与他们长得相像的难民；一些假夫妻扮作游客成双成对地离开了希腊。这些都是那年在欧洲发生的"共谋犯罪"的例子。在意大利和希腊，驾驶救援船只的志愿者被指控为偷渡者。一位七十岁的丹麦老太太，因为允许在公路上步行的移民搭车而受到处罚。在法国，一位农民被认定有罪，因为他帮助了几百个人跨越与意大利接壤的边境山区——报刊上称之为"法国地下铁道"。经过上诉，根据宪法的"博爱"原则，对他的判决被推翻了。那年的秋天，来自巴塞罗那的一位活动分子在雅典机场被捕，因为她试图把一个库尔德少年带上飞机同行。她把自己儿子的证件给了那个男孩。

一天夜晚，瓦利德的遗孀带着她的小女儿在夹层找到了我，她询问在捐助物中有没有小孩的背包。发放物品是有规定时间的，但她当晚就想要。我没问为什么。我们打开储藏室去翻找。那是我最后一次见到她，后来听说她和女儿都成功去了瑞士。

第十八章

被困的日子

　　每次走出城市广场旅馆，我都得提醒自己，我是哈比卜。在维多利亚广场，我和奥马尔总是会遇到来自莱斯沃斯岛的难民，他们要么是获准来首都参加避难面谈的，要么是逃过来的，比如那位和蔼的叙利亚人优素福，他在第五次尝试的时候偷偷地溜上了渡轮。阿拉伯人通常聚集在雅典市中心的宪法广场，但优素福会来维多利亚广场与阿富汗和巴基斯坦的蛇头聊天，这些蛇头在组织经由边境去马其顿的偷渡行动。优素福告诉我们，他在考虑从陆路穿越巴尔干地区，一路北上瑞典，去他的未婚妻那里。

　　就在我们抵达雅典后的最初几天，当我独自留在房间里的时候，奥马尔打来电话，要我去维多利亚广场。"我会给你一个惊喜。"他说，并坚持要我快点赶过去。到了那里后，我看到奥马尔身边有一位灰白头发的驼背老人。那是菲鲁兹，我们在莫里亚的伊朗库尔德朋友，他曾经上了埃及蛇头的当。"你好，哈比卜！"

他说，我们拥抱在一起。

菲鲁兹刚刚来到雅典。他解释说，他只是买了一张渡轮票直接上了船，就在警察的眼皮底下经过，但警察没有要求他出示身份证件。他有两条浓密的花白眉毛，看上去确实像希腊人。

第二天，菲鲁兹邀请我和奥马尔去附近的一家伊朗餐馆会面，告诉我们是店招牌上有琐罗亚斯德教飞鹰标志的那家。我们在餐馆的露台上找到了菲鲁兹，还有另外三个人：他的长着一头深色头发的成年儿子沙欣，以及另一对伊朗父子，父亲秃顶，眼下有黄圈，儿子留着长长的大胡子，手臂上有文身。他们三人已经在这里滞留好几个月了，都住在雅典郊外旧机场的临时营地里。他们都想去德国，都在想办法离开希腊。

我们点了茶水，讨论着各自所知的。巴尔干路线的天气正在恶化，而蛇头的要价却在日益上涨。从希腊到德国至少有五道边境线，要跨越它们就得翻山越岭；另一个方案是走海路去意大利，如果你愿意在希腊帕特雷港尝试通过卡车偷偷过去的话；坐飞机离开雅典要花费几千欧元，而且与以往一样，如果因为使用假证件而在边境被抓，也许是要坐牢的。

"在考虑离开之前，我们必须解决另一个问题，"菲鲁兹说，"我们在雅典没有身份证件。如果在试图离开的时候被抓，他们也许会把我们送回莫里亚。我们需要一个'三页'本。"他说的是折叠式避难卡，那种避难卡只在卡片上印有一张模糊的照片，很容易用纸板伪造。

"有一个地方可以做假证件，"沙欣说，"巴基斯坦人的集市。"

他提出要带我们去。菲鲁兹说腿痛，请我和奥马尔代他考察。在坐地铁去市中心的路上沙欣露出了不安的神色，他说他是在年初时与兄弟一起登上希腊岛屿的。那个时候马其顿边境已经关闭了，除了叙利亚人、伊拉克人和阿富汗人，其他人都不得通行。在国籍筛选期间，兄弟俩试图假装伊拉克库尔德人。沙欣过关了，但他的兄弟被识破了，所以他决定留下来陪他，当时并不知道边境完全关闭后要离开希腊会有多大的难度。

"现在你的兄弟在哪里？"奥马尔问道。

"别提了，"沙欣说，"他在营地里贩毒和偷窃手机。很让我们丢脸。"

我们在欧摩尼亚下地铁，乘自动扶梯上到了广场，路面上交通拥堵。我们朝南走去，经过了市政厅宽阔的广场，那里竖立着忒修斯①和伯利克里②的雕像。另一侧有一个用围挡封闭的场地，考古人员正在挖掘一个远古的墓地，出土的遗体中包括约两千五百年前的一个与他的龟壳里尔琴葬在一起的男孩。我们就在雅典古城墙的外面。从这里开始，主路往南通向集市广场，那是曾经的帝国中心，吸引过许多移民，诸如哲学家第欧根尼。他来自黑海，如流浪者般孤独地住在像伯罗奔尼撒战争期间安置难民

---

① 忒修斯，传说中的雅典国王。
② 伯利克里，古希腊政治家。

的那种用赤陶土修建的水池里。这位犬儒派人物使雅典人感到困惑，因为他宣称自己是世界公民。古典时代的高峰期，或许有超过二十五万人居住在雅典。柏拉图和亚里士多德相信历史是循环的，他们若是看到一八二一年希腊发起反抗奥斯曼帝国的独立战争，雅典沦为只有一万五千人的死气沉沉的城镇，昔日的灿烂化为废墟，是不会感到惊讶的。但东正教的村民深信另一个城市会到来，那就是新耶路撒冷。他们的保护人，即英法俄列强，派了一个叫奥托的巴伐利亚人来当他们的国王。奥托修建了此刻我们正在穿越的这个广场，并以其叔叔的名字路德维希命名它。一九七七年，广场改名为民族抵抗广场，以纪念反抗纳粹的战斗，不过雅典人依然称其为科齐亚广场，为的是纪念拆毁这里市立剧院的那位市长，因为之前在一九二二年的"人口交换"期间，前奥斯曼难民侵占了这个剧院，把其中的家具拿来点火取暖，用各种方言和外语交流，并用他们失去的亚洲城市的名字来命名雅典街区，比如"新士麦那"。哀婉的略贝提克音乐，如今依然在古希腊集市广场上方的小酒馆里为游客播放。

进入拥挤的雅典市中心后，我与奥马尔跟随三个伊朗人踏入了一条狭窄的巷子。在那里，三五成群的人们用警惕的眼光看着我们，也有独自在等待的人。人行道的油布上摆放着一些热卖商品，主要是手机。空气中弥漫着浓烈的马沙拉和槟榔叶的气味，是从售卖鹰嘴豆和蒌叶的手推车那边传来的。索福克勒斯街更为热闹，那里有一长排的商店，如索莱利亚兄弟公司、拉贾基快餐店、新鸿尔达进出口公司、迪拜购物中心和一千零一夜电脑商店，商铺的名字有希腊语的，也有阿拉伯语、英语和汉语的。沙欣简短地与一位孟加拉国的店主说了几句话，但对方摇了摇头。挤进人群深处后，我们听到了无线电通信的声音，沙欣僵住了。

"注意，那些'狗'来这里了。"他轻声发出警告。

前方的十字路口，两名摩托车骑警在检查一位年长者的证件，并对他进行盘问。人群在缓慢散去。

"恐怕现在不是合适的时候。"沙欣说，他引领我们转过了一个街角。这时候，他撞上了另一个伊朗人。那人把我们拉到一条有顶棚的廊道，掏出一张避难卡片，递给了奥马尔。我越过他的肩膀瞥了一眼，卡片又脏又旧，上面有一张长得粗壮的巴基斯坦人的照片。那家伙要价一百欧元。

奥马尔摇了摇头。

原来菲鲁兹二十多年前来过雅典。九十年代，在第一波库尔德难民潮的时候，他就来到了希腊，在启程去往妻女居住的德国前，他在这里帮人采摘水果，度过了一个夏天。出于某种原因（他没有详说），他回到了伊朗，后来对这个决定后悔莫及。

"我们去看灯光吧。"有一天菲鲁兹对我和奥马尔提议说，当时我们正在维多利亚广场闲逛。

"灯光？"

"等会你们就知道了。"

我们跟着他去了附近的一条街上，那里的房子外面挂有玻璃灯笼，灯火自白天亮到深夜。菲鲁兹在一扇紫色的门前停下了脚步。

"过来啊，"他对我说，"进去吧。"

"为什么？"我说，"里面有什么？"

"你怎么啦？害怕吗？"

我打开了门，奥马尔跟在我后面，我们走进了一个低矮的房间。房间的一头有一把长沙发，另一头被一道珠帘所遮掩。空气有些潮湿，还有香水的味道，迪斯科灯在我们周边投下了令人眼花缭乱的粉色亮光。

"下午好。"一个甜蜜的声音说，随着哗啦一声，一位有一头优雅卷发的年长女人进来了。看到我和奥马尔，她的表情僵住了。

"你们走吧！这里只接待希腊人！"她用英语粗厉地说完就转过了身子。我们面面相觑，目瞪口呆。

"出去！"女士在帘子后面喊道。

在我们跌跌撞撞地退回到外面的阳光下后，菲鲁兹说："只接待希腊人？以前可不是那样的。"

我后来才知道，维多利亚广场周边的街道，是延伸到市中心的非正式红灯区的一部分。一路走过去，价格越来越便宜，直至玛塔莎吉欧，在那里，移民客户的光顾是受欢迎的，妇女卖身或被迫卖身的价钱低至十欧元。卖淫在希腊是合法的，但营业执照很难获批，因此从业人员往往还是非法的，其中许多人来自非洲或前苏联国家。维多利亚广场和亚历山大公园是男妓和男同活动

318

的场所，但现在已经供过于求了，因为自去年以来，年轻的移民只收五个欧元就愿意提供口交服务。我常常收到希腊男子的求欢提议："阿富汗人？"他们会满怀希望地问道。有一个特别引人注目的男子，晚间经常在维多利亚广场徘徊，他那前凸的肚子看上去活像破冰船的船头。他会在找到一个年轻人后消失，但在一个小时后又会回来，似乎欲壑难填；如果从他身边走过，他会用淫荡的眼光盯着你。

离开父母孤身抵达欧洲的阿富汗未成年人数量可观，而且几乎全都是男孩。有些是在途中与家长走散了，但有许多是单独出门或结伴而行，大多是得到了家里的经济支持。一个家庭的几个儿子应该有不同的生存出路：一个留在家里务农，一个去当公务员，一个参加塔利班，一个去欧洲。在有些村子里，人们普遍认为，你一旦到了十六岁，就得独自出门谋生，因为在十八岁生日之前如果有幸抵达欧洲，你就能够得到更多的同情。在一些国家，例如瑞典，只要你能够进入，那么你的父母也会获准来陪伴。

边境关闭后，成千上万没有家长陪伴的孩子被困在希腊，有些在街上与毒贩和嫖客混在了一起。我遇到的一个十六岁男孩告诉我，他独自生活在一座废弃的机场。有一天，另一个年轻的阿富汗人邀请他一起去当地的一位男士家吃饭。他囊中羞涩，正饿着肚子，于是就跟着去了。饭后他向主人表示感谢，但年长的希腊人说用不着谢，如果真的感激，可以过来吻他一下。那人的酒杯上印有一张阿富汗少年的照片；他把男孩留了半年，之后给了他一笔钱让他去了德国。十六岁男孩飞走了。

这些无家可归的男孩让广场旅馆的活动分子感到为难。从法律层面上来说，孩子们应该待在由国家或非政府机构管理的接济中心；但事实上，这个系统已经应接不暇，孩子们被关在变相的牢房里。男孩们常常想方设法从那里逃走，为的是去找蛇头。他们大都试图在帕特雷港搭上卡车，因为这样便宜，而且未成年人不用担心会在意大利被采集指纹。最后，作为应急措施，抢占空置房屋的人们在七楼为一群十几岁的孩子提供了安身之所，组成了一个随机的家庭。他们一起玩乐，一起打闹，由其他居民负责照看。来自突尼斯的志愿者齐埃德有一些拳击手套和护胫，他教他们踢拳。我观看过一次，男孩们很喜欢这种练习。"你们想去德国吗？"齐埃德喊道，他反复晃动拳头，"那里有纳粹！战斗！战斗！"

他们是在跨越沙漠的时候脸上还带有婴儿肥的男孩，他们是比兄长活得长久的男孩。其中最年长的一个在伊朗的文身店当过学徒，他把学得的技艺施展到了抢占房里的居民身上：为贾米拉刺了个蝴蝶，为穆斯塔法刺了一匹狼。另一个肤色苍白、做事认真的男孩叫埃扎特，他说话口齿不清，但在刻苦学习英语，英语好到可以帮助去医院看病的其他居民。埃扎特是在伊朗出生的难民，虽然自十二岁起就不得不在砖窑里干活，但他总是抽时间在周五的时候阅读，而且迷上了关于巴黎的故事。他喜欢找一块草地坐下来看书，想象着抬起头时能够看到埃菲尔铁塔。他肯定是不间断地看了很长时间的书，才可能产生这样的幻觉。

当我和奥马尔出现在这个广场旅馆的时候，七楼已经腾空了。有一些男孩已经通过合法的家庭重聚流程，在欧洲别处与家人团聚了；另有一些进入了希腊政府系统的接济中心，那里一旦有空出的名额，他们便会过去。

其余的则偷偷溜到帕特雷去搭乘卡车了。

十月底的时候，我们听说法国的防暴警察正在清理加来的难民营。"丛林"——人们对居住着上万人的棚屋区的称呼——位于英吉利海峡的南侧，是欧洲难民地下通道的最远处，是逃亡旅程中与雅典遥望的另一端。夜晚，那里的移民试图偷偷溜上开往英国的卡车；阿富汗人称之为"安达克特"，作为动词其意思是奔向或投掷，但也可解释为"试图"。一年前，"丛林"里一个叫阿卜杜拉的年轻人为一首传统的乐曲填写了歌词：

整个丛林似乎空空荡荡，

我想念亲爱的易卜拉欣。

整个丛林似乎空空荡荡，

我想念亲爱的易卜拉欣。

卡西姆想尽了办法，

他知道所有的门路。

他没在帐篷里睡觉，

那里有亲爱的博拉。

因为睡眠过多他已生病。

我想念亲爱的易卜拉欣。

整个丛林似乎空空荡荡，

我想念亲爱的易卜拉欣。

　　在欧洲大地，被称为"移民长夏"的日子快要结束了。一百万人已经越过边境北上，但现在他们精心编织的网络正因为法律的实施和天气的变冷而在收紧。那些试图冲破围栏的人面临着严酷的暴力。奥马尔感到惊恐，他向我展示了阿富汗网络上的一段视频，镜头中匈牙利边境的一些难民哭诉着遭到边防卫兵的殴打，并被迫从铁丝网底下钻过去的遭遇。

　　最近我们没有看到叙利亚朋友优素福在广场周边出现，不知道他是不是已经抵达了他所钟爱的瑞典。然后有一天，奥马尔收到了他在WhatsApp上留下的语音信息，我们让旅馆内一位阿拉伯居民帮助翻译。优素福现在塞尔维亚，之前他与另一个叙利亚人去了希腊北方。他们每人付了两千欧元给一位巴基斯坦蛇头，请他带他们穿越巴尔干半岛，但那人在马其顿的山区抛下他们不管了。他们迷路了，而且天空在下雨。优素福说，他们在灌木丛中度过了两个晚上，气温差不多跌到了冰点，如果不是一名巡警发现，他们说不定已经死了。他们在一个肮脏的牢房内被关押了两个星期，然后马其顿警察把他们带到塞尔维亚边境一个荒无人烟的地方，要他们跨越过去。现在优素福身无分文，无家可归，滞留在贝尔格莱德。这个城市到处都是陷入困境的难民，他警告我们；天气也越来越冷了。通往匈牙利的边境已经关闭，要想穿越是很危险的。我们请阿拉伯语翻译发信息告诉他，我们愿意提供帮助。

"不管你们怎么走，千万别走这条路线。"两三天后，优素福回复说。此后，我们再也没有听到过他的消息。

第十九章

帕特雷港

　　我们没有道别就离开了广场旅馆，就像之前其他人离去时那样。我和奥马尔已经在这里逗留了两个星期，超出了我们的预期。奥马尔担心在他离开期间莱拉也许会出嫁，因此急于赶赴意大利。我们穿上从旧货市场淘来的二手衣服，背上背包，一大早溜出了旅馆。其他人还在睡觉，因为前一天晚上他们睡得很晚，一直在准备占用广场旅馆满六个月的庆祝活动。我们将错过这次聚会，对此我颇感遗憾，但我们把房间的钥匙留给了一位朋友，以备我们不得不返回的万一。

　　我们乘坐城际大巴西行，目的地是帕特雷。在得知优素福的经历之后，奥马尔已经放弃了经由陆地穿越巴尔干半岛的计划。搭上渡轮跨越亚得里亚海抵达意大利的威尼斯或的里雅斯特那样的港口，使奥马尔有机会直接奔赴他的最终目的地。必须付钱找一个垄断卡车的蛇头，但成本只有几百欧元。此外，爬到卡车底盘下是很危险的。我告诉奥马尔，如果他愿意，我会坚持与他同行，但他还是犹豫不决。他已经听说了另一个价格更贵的途径，那就是"夜间货物"，蛇头会与司机共谋，让你钻进港口外的集装箱内。奥马尔决定，我们应该一起去帕特雷，去向居住在被戏称为"木材工厂"或"潘杰希尔工厂"的废弃房里的移民打听。这些"工厂"由几个蛇头帮派控制，相互间常常发生冲突。就在一个星期之前，一个阿富汗人在"木材工厂"被刺身亡，警察关闭了一切设施；但有消息说，帕特雷的活动恢复正常了。

大巴车行驶了三个小时。我们进入伯罗奔尼撒半岛，然后沿着科林斯湾前行。希腊的第三大城市帕特雷每年在大斋节之前举办著名的狂欢活动。接着就是夏季，游客蜂拥登上渡轮，在星空下，他们坐在毯子上喝酒。但当我和奥马尔在长途汽车站下车后，我们发现附近的旅行社都因为季节的原因关门了，滨水区也是空荡荡的。旧轮渡码头曾经就在这里的市中心，旁边是海军基地，伊奥尼亚舰队的海军上将会从舷窗看到移民通过缆绳爬上战舰。那时候，帕特雷的郊外还有一个棚屋镇，曾接纳了近千个难民，大都是阿富汗人，但警察在七年前推平了这个地方。一个新的轮渡码头在南边建成并开放后，移民们就搬迁到了码头周边的废弃厂房内。

我和奥马尔背上背包，沿着公路朝远处几艘大轮船的方向走去。走了几英里后，我们来到了轮渡站对面的一座红砖房子，屋顶上铺设的木瓦已经破碎。一群男人在大门旁扎堆闲聊，他们的脸上和衣服上沾着油污，其他人则蹲在我们道路这一侧的港口围栏边。我和奥马尔加入他们，透过围栏往里看：两个男子，其中一人扛着一块木板，正从草地上爬过去，尾随着百码之外的一队卡车。

"你们是谁的旅客，兄弟们？"一位身材粗壮的男子用达里语问道。他少了右眼。

"我们刚从雅典过来，还没有找到蛇头。"奥马尔回答说。这时候，那两个移民朝我们跑回来了，后面有一个卫兵骑着轻便摩托车在追赶。我们全都急忙穿过马路躲到了一排大树边。当那两个人越过围栏后，摩托车返回到卡车那里去了。翻越围栏回到我们这边的其中一个是老人，他弯着腰大口喘气。

"看到那些卡车了吗？"独眼蛇头说，"你爬到卡车底下，这样就可以通过了，可以直接上船了。"他指向巨大的渡轮。

"这不是很危险吗？"奥马尔问道。

"不危险。"

一个穿着运动服的大个子男人走过来，紧紧握住我们的手。"你们是谁的旅客，朋友？"

奥马尔解释说我们是新来的。"这里是'木材工厂'吗？"

"不，这里是'潘杰希尔工厂'。"独眼龙说。"'木材工厂'在那边。那是我们亲爱的同胞哈扎拉人的地盘。"他轻蔑地说。

"那被警察抓住了怎么办？"奥马尔问道。

"卡车底下吗？什么事情也没有。他们只会叫你滚开。如果你是在卡车里面，他们就会把你扔进监狱。"

"所以他们不会打人是吗？"

"他们连一根手指头也不会来碰你。"

一个脸颊上抹着黑色油污的小伙子插嘴说："那些狗日的捅我的蛋蛋。我躲在卡车底下，他们用棍子乱捅，看看那里是不是藏着人。他们捅到了我的蛋蛋，所以我叫出了声。"

那位老人还在喘气，但陪同他的蛇头走过来拍了拍他的肩膀。"好了，走吧。他们已经离开了。"

两人慢步跑过公路，去翻越围栏。蛇头以一个流畅的动作轻松翻过去了，老人显得有点吃力。但他们几乎立即就退回来了。这一次，一名卫兵跟在他们后面跑过来，一直到了围栏边，并用手机对准我们拍摄。我们转过身去，有些人躲到了大树后面。

"他会把视频放到Facebook上。"脸上带有油污的那个年轻人窃笑着说。希腊卫兵捡起了他们抛弃的木板，想把它蹬断，这引起了更多的嘲笑。

穿运动服的大个子叫我们别背着背包站在路上。他邀请我们到里面去，但我们谢绝了，说我们会回来的。我们继续沿着公路前行，想去看看"木材工厂"的情况。

走上半英里后，我们经过一家超市，看到了另一个院子，里面有一栋四层的办公楼和一座红屋顶的仓库，上面用希腊语写着"阿贝克斯航空"的字样。我们沿着木围栏走过去，发现有一处的几块木板被撬开了，于是便钻了进去。

透过一片灌木丛，我们看到人们站在一个有足球场那么大的院子里。杂草和幼苗从裂开的路面生长出来。场院的四周是开放式仓库：右手边是一个飞机维修库，有三层楼那么高，但窗户和波纹铁皮有些破损，因此我们能够看到里面的情况；左手边是一个升起来的货物装卸平台，上面搭有三个帐篷。几位移民坐在那里的破家具上，其他人则站在院子里与一群穿运动服和牛仔裤的年轻男女交谈。年轻人看上去像是援助人员。

我们走进了装卸平台，那里有一个火坑，火坑周围有一些烧焦的木头和被烟火熏黑了的铁罐。一个长着双下巴的中年男子从野营椅边站起来，热情地招呼我们。他自我介绍道，他叫海德尔，来自喀布尔。

"你们要在这里找一个好的蛇头。我们不喜欢我们的蛇头阿布·法兹勒。"他边说，边朝一个高个子的大胡子男人扬了扬下巴，"别付现金，把钱存到一个货币兑换商那里，这样就不用只认定一个蛇头了。"

"谁最好啊？"奥马尔问道。

"贾瓦德·芬斯还不错。他就在那边。"他指向院子对面一个穿灰色短裤、戴针织帽的男子。

"兰博怎么样？"在雅典的时候，奥马尔就听说过他的名字；他应该是最好的。

"兰博和叔叔现在不在这里。他们明天会来的。"

原来奥马尔与海德尔在喀布尔为同一个美国的援助承包商工

作过。在他们两人交流情况的时候，一个年轻人走到了我身边。我们互相打量着对方：他身穿肮脏的破破烂烂的运动裤，鼻尖上翘，脸颊通红。

"你好，"他说，"你从哪里来？"

"喀布尔。"

"喀布尔哪个区域？"

"沙赫尔瑙。"

"沙赫尔瑙哪里？"

"卡拉伊法图拉。"

"卡拉伊法图拉的哪条街？"

"瓦齐拉巴德街。"

"真的吗？"他拖长声音说，"我就是来自瓦齐拉巴德，我认识那里的每一个人。我怎么从来没有见过你？"

我脸红了。这时候奥马尔来救场，他问了这个年轻人好几个问题。他们一起交流了社区内警官和中学校长的名字，直至那人对我们的来历表示满意，主动伸出手来与我们握手："我叫谢里夫，来这里已经三个月了。别担心，我会把这里所有的情况都告诉你们。"

援助人员走过来了。他们来自希腊的一个名叫普拉克西斯的医疗慈善机构。一位名叫玛丽亚的年轻女子是本地协调员，此刻她正陪同几位来访的比利时同事四处参观。她通过一个穿衬衣、戴方形眼镜的阿富汗译员与我们打招呼。普拉克西斯在帕特雷办了一个孤身未成年人之家，但她解释说他们还有一个无需预约的接待中心，为成年人提供早餐和冲澡的设施。

"我在雅典最好的未成年人之家待过，也是由普拉克西斯经营管理的。"一个穿运动服的伊朗男孩说。

我听到身后有吱嘎吱嘎的声音，转身看到一个只穿着灰色拳击短裤和拖鞋的男子正推着一辆购物车，车里放了一个塞满衣物的超市购物袋。当他走过院子的时候，没人注意他。

谢里夫盯着玛丽亚，他的脸更红了。他告诉译员："问问她他们能否为一颗破碎的心做点什么。"

玛丽亚笑了笑，但没有回答。

"十五年前，我们十五岁，所以你们也许可以在未成年人之家为我们提供一个地方。"奥马尔用英语开玩笑说。那些比利时人咯咯笑了起来。奥马尔开始讲述他在阿富汗为联军工作的事情。

我闲逛着走到仓库里面，看到了由楼梯和梯子连接的多层阁楼，惊叹不已。虽然大楼的外表已经生锈或开裂，但其松木大梁和钢铁桁架以及水泥板看上去似乎能够百年不倒。我走到了四层办公楼前面的第二个院子。窗框上的玻璃碎片沐浴在西斜的阳光中，目光越过二楼晾晒的衣服，我看到一个剪影正在攀爬梯子去往屋顶。

我回来后，玛丽亚和她的同事已经走了，奥马尔在与贾瓦德·芬斯、谢里夫以及另一个阿富汗男孩踢足球。奥马尔询问蛇头芬斯，除了钻进卡车底盘下面，是不是还可以尝试作为"夜间货物"离开。

"我以前经常这么干，但现在不干了。"芬斯带着浓重的哈扎拉口音说。他有一张和善而饱经风霜的脸，头发已经完全掉光了。"费用很高。再说，我现在的旅客也太多了。你们为什么不去试试？"看到奥马尔在犹豫，他笑了笑，转向了其他人。"人们刚从雅典过来的时候，总是会感到害怕。"

"我以前也感到害怕，但现在习惯了。"谢里夫说，"我已经知道了卡车底下所有的部位。"有三个地方可以躲藏：工具箱；备胎处；还有轮轴，那是最好的隐藏处，但也是最危险的，因为你可能被卷入减震装置或传动轴。"拿一块木板放在上面。"他告诉我们。而且我们还得记住要爬到两组后轮之间，这样在卡车开始行驶的时候我们就不会被碾碎。

芬斯与我们握了手——他的手如铁爪般有力，然后大步走向办公楼。

"你是怎么回事，谢里夫？"我问道，"你怎么在这里滞留了这么长的时间？你不想试试吗？"

他哈哈大笑起来。"我尝试过的地方是很危险的，其他人都不敢。"他说，"但每次都被警察抓住了。现在我在等一位朋友，他马上就要出狱了，这样我们就可以一起走了。目前我只是在做蛇头的帮手。"

刚才推着购物车的男子一直在水龙头那边洗澡、洗衣，现在他又身着短裤吱吱嘎嘎地朝我们这边走过来了。

"这是什么人？"我问谢里夫。

"那个黑家伙吗？我不知道他的名字。"

"他从哪里来？"

"他说他来自葡萄牙。"

"你好。"在他经过时，我用英语说。他停下脚步，露出了微笑。他个子不高，虽然粗壮的身材没有一丝赘肉的痕迹，但看上去是个中年人。长长的卷发垂挂在他那刮得干干净净的太阳穴上。他说他的确来自葡萄牙。我问他怎么会流落在这里——他难道不能登上渡轮回家去吗？

他说他在这里遇到了一些人，与他们一起喝醉了，醒酒后发现自己在一条巷子里，随身的物品，包括护照，全都没了。他已经在帕特雷滞留了八个月，虽然他去过葡萄牙大使馆，但因为某种原因他们不肯为他颁发新的护照。他的故事我难以听懂，他的话语越来越混乱和急促。"这里的一切都是偶然，"他有些激动地看了看周边说，"那么多人来来往往，阿富汗人、叙利亚人，他们来这里睡觉，然后就走了。可我留着。"

他握紧购物车的把手，朝我转过身来。"我走向心中的那座城市，你懂我的意思吗？我需要经历。"

他推着购物车上了装卸平台，经过帐篷，朝着可通往阁楼的楼梯走去。几个阿富汗孩子帮他把购物车抬上去。那里没有外墙，所以就像儿童玩乐室那样，能在横截面看到他在晾晒衣物。

暮色正在降临。海德尔生了火，正在切一包鸡肝，他的手机播放着忧伤的曲子。两只猫在垃圾桶里翻找食物。与海德尔同行的另一个阿富汗人是个秃子，戴着学究范儿的圆形眼镜，他净手后站起来提醒我们别错过祈祷。

"我们在这里差不多已经弹尽粮绝了。"海德尔说，"我担心的不是自己，而是这个孩子。"他带来了十岁的儿子。八个月来，他们一直试图逃离希腊。他们跟随蛇头两次尝试乘坐小艇横跨亚得里亚海，但都被拦截下来了。

海德尔的儿子走过来细细看着亮晶晶的鸡肝，在锅盖头发型之下，他一脸严肃。他看起来比实际年龄要小。一位年轻的女子也走过来站到了他后面，她身穿一件宽松的运动服，没戴头巾，露出了栗色的头发。在火光的映衬下，她默默地注视着我们，海德尔摸了摸儿子的脑袋。

"我们要去伦敦，愿真主保佑。我有家人在那里。我在雅典做了几张法国的身份证。要不是缝在了他的毛衣里，我就拿出来给你们看看了。"他用手拍了拍男孩肩胛骨之间的位置。"一旦到了意大利，我们就会使用这些证件。有了身份证，就可以乘坐火车和入住旅馆。"

"你为什么不用这个去购买渡轮票？"奥马尔问道。

海德尔摇摇头："这不行。他们会在意大利港口抓住你按压指纹。"

"你们是哪里来的？"那女子问道，她说话带有伊朗口音。

"喀布尔。"奥马尔说，"我们刚来这里。"

"我们是幸运的。"她的声音像孩子那样尖尖的。

"哦？我们为什么是幸运的？"

"我们来到这里是幸运的。"

奥马尔哼了一声："是吗？"

"我们来到这里是幸运的，因为我们能够过关。"

"你为什么这么有把握？"

"因为真主是伟大的。"

她牵着海德尔儿子的手离开了，用她那唱歌般的声调对他说着什么。

"昨天，她把她的故事告诉了我。"海德尔说。他是在"木材工厂"遇到她的。她在伊朗长大，父母亲都死了。他摇了摇头。"这个可怜的人孤苦伶仃的。我告诉她，我们会帮助她到达欧洲。"

海德尔站起来去自己的帐篷那边拿食油。我和奥马尔注视着那位伊朗女子与孩子手拉手走路的身影。这是我们在旅途中第一次见到一个年轻女子独自出行。

"她是与一个阿富汗男朋友一起来这里的，但男的丢下她去了意大利。"谢里夫说。

"那个秃子给了她三百欧元。"加入我们中间的一个伊朗卷发男孩说。他提及的是海德尔的旅伴，那个戴眼镜的男子。"我敢打赌，他们在与她睡觉。"

海德尔回来了，开始在锅里炒洋葱鸡肝。我和奥马尔也饿了，于是一起去了路边的超市。在明亮的日光灯照耀下，感觉我们特别引人注目，所以我们抓紧时间买了些鸡蛋、西红柿、洋葱、皮塔饼和三罐喜力啤酒，然后匆匆返回了。我们从围栏处溜进去，夜幕下就像两个黑影钻进了洞穴。

海德尔做完菜后，奥马尔就把锅子放回到柴火上，我添加了一些松木碎块。他把切碎的蔬菜煮到半熟后，放了几个鸡蛋进去。蛋白成形后，我们就伴着大块大块的切片面包吃了起来，并邀请那个伊朗卷发男孩一起吃。

饭后，我们心满意足地点上了香烟，我们的手指头因为沾上了鸡肝油而显得亮晶晶的。谢里夫已经去见蛇头了，等他回来后，奥马尔悄悄地向他展示了三罐喜力啤酒，刚才出于对其他人宗教敏感的尊重，他把这三个易拉罐藏在了袋子里。"我们去公园里走走。"谢里夫说，他咯咯笑了起来，"你们可以看到人们在那里亲嘴。"

我们走上了公路。"嗨，你也来了？"谢里夫朝马路对面耸着肩膀靠在港口围栏边的一个孤独身影喊道。那人朝我们挥手致意。

"他在尝试逃跑吗？"奥马尔问道。

"没有，他只是在吸毒。"

当我们沿着围栏走过去的时候，谢里夫说蛇头在港口是划地盘的。兰博和叔叔的范围是从"木材工厂"那边过来的一个过磅站，卡车进入码头之前必须在那里停下来。"明天你们会遇到兰博。"谢里夫说。用达里语发音，兰博这个名字听起来像是"兰波"。

"他肯定是个危险人物吧，起了这样的一个名字①？"我问道。

"兰博？他是最好的人。与他说话的时候，你会感觉一见如故。"

在"潘杰希尔工厂"，围栏边已经不再有移民了，但我们可以看到那天早些时候遇到的大个子蛇头站在大门边的身影。谢里夫把衣服的帽兜戴到头上，系紧绳子，遮住脸。"我在与他们作斗争，"他轻声说，"他们与我们不和。上次那个人被刺，就是他们干的。"

当我们经过时，那位蛇头向我们点点头。走到港口北端后，我们看到围栏后面有一个用白墙围起来的大院。"那是突击队的监狱，"谢里夫说，"他们把你关押二十四个小时，其间只给你一个三明治和一瓶水。"

我们边走边拉开了啤酒罐。一艘红色渡轮依然停靠在港内，舷边刷有"格里马尔迪"的船名。"这船夜晚开航。"谢里夫说。

突然他把易拉罐装进了口袋。"快把你们的啤酒藏起来。"

前方，我们看到了海德尔和他的旅伴也在外面散步。"你们准备今晚出发吗？"当我们走近时，谢里夫问他们。他指向渡轮。"你们要上这条船？"

"是啊。"海德尔说。

---

① "兰博"也是电影《第一滴血》中男主角的名字。电影中，兰博是一位身体强壮、头脑冷静、愈压迫愈反抗的孤胆英雄。后来，"兰博"一词也被广泛地用以形容无视规则、以暴制暴的肌肉硬汉。

"航程五十三个小时，想想他能受得了吗？"

"你说的是我的孩子？"海德尔哈哈笑了起来，"他在沙漠里徒步走过四十个小时，在山路上攀登过十八个小时。坐在集装箱里是没有问题的。他很老练了，已经是男子汉了。"他拍拍小孩的肩膀，儿子露出了腼腆的微笑。

戴眼镜的秃顶男子说："我们唯一担心的是上厕所的问题怎么解决。"

我们离开他们，走到了海边的一个公园。一群阿富汗男孩围着秋千坐成了一圈。他们居住在普拉克西斯的未成年人之家。其中一个发出了一声欢快的呼喊，朝我们晃荡过来了——是阿里，我们第一次去莱斯沃斯港口游泳时遇到的那个孩子。

"我现在是蛇头。"当我们拥抱的时候，阿里在我耳边轻声说。一个单枪匹马的蛇头。他正在尝试自己搭乘卡车，希望别被兰博和其他人抓住。如果被抓就会遭到殴打。蛇头们为了维护自己的生意垄断决不手软。"一旦天黑下来就必须出发。可以通过一条水路绕过围栏，我可以指给你们看。昨天夜里，我们差不多已经通过了，但还是被警察发现了。"

我们在公园里喝完啤酒就返回"木材工厂"了。蛇头阿布·法兹勒也在那里，正告诉海德尔和其他人收拾行李，做好准备。他们提起了行包。

"为我们祈祷吧。"海德尔说。

"别祈祷，别说再见，就悄悄地离开。"谢里夫反驳说——像一个在外徘徊的潜修者那样。他们还是与我们握了手。

我和奥马尔只带来了睡袋，但谢里夫说，飞机维修库后面的桩子上有一间办公室，那边有一个帐篷，我们可以用。我们登上梯子；那里像是一个树屋，雪松木被打磨得干干净净。已经有人在地板上睡觉了，还有几个圆顶的帐篷。我和奥马尔找了一个空着的，钻了进去。

"你认为怎么样？"在我们并排躺下来之后，我问他。他用英语回答了。

"我认为这相当危险，兄弟。"

第二天早晨，我们发现海德尔和他的团队人员围坐在火坑的灰烬旁，神色忧郁。阿布·法兹勒当时已经把他们关进了一个集装箱，可里面装满了废金属，没法躲在货物之中。警察在停车搜查的检验处发现了他们，但放他们走了，没把他们抓起来，很可能是因为有妇女和儿童。

"我待的那个集装箱，以前装过酒，但没地方可以躲藏，所以只得坐下。"伊朗卷发男孩说。这全凭运气。你进去的集装箱有可能散发着恶臭，也有可能有烤开心果的香味。

很快吃完早饭后，我和奥马尔走向马路对面的过磅站。十几个移民已经排在围栏旁边，蹲在混凝土的地基上。另一侧，十几米外有两列卡车在等待称重。

"叔叔和兰博在哪里？"奥马尔问他们。

"那边。"一个阿富汗孩子回答，指向两个穿运动裤、套头衫的矮墩墩的男人。蛇头们每次安排两个或三个旅客去围栏里边，他们躺在草地上，躲在一个微微凸起的土墩后面，等待着卡车在地磅上停下来。然后，他们会跑过去，赶在卡车开走前努力把旅客送到车上，如果集装箱门没锁上，就把旅客塞进箱内，否则就藏到车辆的底盘下。这一切都被后面的卡车司机看得清清楚楚，有时候他们会按响喇叭以示警告。他们很少会下车来驱赶移民，宁愿留给查验处的卫兵去处理。

我听到了奥马尔的惊呼，转过头去看到了来自广场旅馆的两个孩子雷扎和埃扎特，后者就是那个梦想去巴黎的男孩。他们刚刚从雅典坐巴士过来。他们所认识的我叫马蒂厄，而不是哈比卜。在我们互相拥抱的时候，我思考着如何提醒他们，以免他们在蛇头面前泄露我的身份。但就在这个时候，兰博喊他们赶紧过去。

在一辆卡车停下来的时候，男孩们跳过了围栏。他们朝卡车跑过去，叔叔和兰博分别抓住集装箱左右两侧的门把手，打开了箱门。此时卡车开始向前开动，他们跟在后面慢跑，把男孩们塞进了箱内。接着蛇头们狂奔着关上了箱门，卡车加速驶向查验车道。

"这些小混蛋真走运！"一位移民感叹道，"他们来这不到一个小时，就逮到了好机会。"

我目视着拖挂车离开过磅处驶往查验车道，为他们担心，但同时庆幸自己的秘密守住了。如果知道我是记者，兰博和另一位蛇头也许不会对我客气。现在卡车来得少了。蛇头们设法又让一位客户藏到了一辆卡车的镀铬工具箱内，然后一名警察开着黑色的宝马汽车发出了刺耳的警笛声，我们都逃走了。

回到"木材工厂"后，兰博和叔叔躺在阳光下卷香烟。兰博戴了一顶已经褪色的球帽，他那粗糙的脸轮廓分明，刮得干干净净，露出了上唇一条长长的伤疤。叔叔看上去年龄更大一些，或许有四十几岁了，他个子不高，但握手时与贾瓦德·芬斯一样有力。

我问兰博，埃扎特和雷扎进的是什么类型的集装箱。

"我们让他们进的是一辆装运花卉的卡车，"他说，"我不会把我的旅客放到有臭味的货物里面。毕竟他们是未成年人。"

这两个蛇头已经在帕特雷干了十多年。那时候渡轮码头是在市内，偷渡业务由库尔德帮派垄断经营。但越来越多的阿富汗人出现，两个帮派之间发生了地盘争夺战。阿富汗人的头目是一个叫"帕特雷汗"的传奇恶汉。最终，库尔德人放弃了，去了北方港口伊古迈尼察。

兰博和叔叔回到了办公楼内；傍晚之前不会有其他的卡车了。奥马尔在听谢里夫倾诉他在营地里遇到一个女子的故事。

"谢里夫，如果你爱这个姑娘，就别错过她。"奥马尔说。

我仰躺在温暖的路面上，想着黑暗中与花卉做伴的那两个男孩。一旦进入这个铁箱内，你就被困住了，直到有人为你打开箱门。对窒息的恐惧肯定是强烈的，尤其是第一次经历时。或许两个孩子已经在驶往意大利的渡轮上了，上面舱室里的旅客不知道他们身下藏着孩子。男孩们是感到害怕还是高兴？他们想去德国——埃扎特会一路上照顾雷扎，这个我是知道的。埃扎特是一个认真专注的男孩。他曾在艾克萨奇亚的缝纫车间里长时间打工。那是我去参观过的地方，商铺名是手写的"穆哈吉尔工作室"。但它只有一个房间，里面有三台重型缝纫机，可缝制厚帆布。为逃避抢占房内的混乱，有时候我会去那里，与经营这个裁缝铺的埃及裔德国女子鲁比一起坐坐。她看上去比三十岁的实际年纪更为年轻，但她慈母般对待广场旅馆的孩子，对我也很温和。当我提及在维多利亚广场看到有人在勾引和挑选男孩时，她那金绿色的眼睛闪过一道怒火："我要去杀了他们。"她咬着牙齿说。

在柏林攻读时装设计专业的时候，鲁比去摩洛哥度假，爱上了一个当地男子。她能去看望他，但反过来却不行，这使她感觉很不公平。她参加了"运动"，成为"无国界"活动分子。几年前，在访问莱斯沃斯岛期间，鲁比遇到了一群阿富汗男孩，他们是独自登陆欧洲的。她感叹他们的困境，而且明白虽然孩子们在希腊的非政府机构可以免费吃住，但最终还是会转入充满危险的地下，继续他们的旅程。男孩们最需要的是钱，钱能够使他们抵达北方的目的地国家，并获得安全。鲁比想做些事情使他们能在雅典的街头摆脱嫖客和毒贩的纠缠。她知道许多孩子曾在伊朗和土耳其的血汗工厂打工，已经是熟练的裁缝了；在德国，由可循环使用的卡车篷布做成的袋子很受欢迎。于是，她萌生了想法，再利用被丢弃在岛上垃圾场里的小艇。她筹集资金，自己承担成本，这样她在德国节日和街头展销会上的每一件商品的售价——帆布背包、肩袋、烟叶袋的价格在十到六十欧元——就直接归制作商品的难民所有。她不是任何人的老板，她为每一个裁缝配发了工作室的钥匙，这样他们的上下班时间就可以由他们自己决定。她为每一件商品贴上标签，这样她就知道是谁制作的，应该付钱给谁，她的客户常常请她不要去除标签。有时候他们还会请她给制作商品的孩子带个口信或照片。

鲁比告诉我，仅仅在几年之前，许多德国人还不知道难民们是乘坐这种轻质的舟筏渡海的；现在有些人发现船体选用的材料很恐怖。"如果有人在这样的船艇上死了怎么办？"他们问道。"这不大可能，"她会这样回答，"因为小船抵达了海岸。但的确，这是有可能发生的。"在试图前往欧洲的途中就有人淹死了。他们是否想到过他们口袋里的手机，或者他们穿着的牛仔裤背后的故事？

对有些裁缝来说，在一开始拿到小艇帆布料时，情绪是很容易激动的，因为渡海的创伤依然历历在目。但在他们按照自己的设计重新制作的时候，情绪渐渐平复。设在地下室内的缝纫车间堆满了来自莱斯沃斯岛的瘪气小艇。有一次我走到地下室，在堆放物中寻找，还找到了一艘与我和奥马尔乘坐过的小艇同款的灰绿色舟艇。

黄昏的时候，埃扎特和雷扎回到了"木材工厂"，浑身上下沾满了泥巴。他们曾试图躲藏在花箱之中，但就在抵达查验车道之前，"潘杰希尔工厂"的蛇头打开集装箱，塞进了他们的一个客户。在港口，突击队揭开篷布发现了埃扎特和雷扎。他们怀疑里面还藏着一个移民，但没能找到——他已经爬到了花箱的深处，而他们不想卸下所有的货物。所以他上了渡轮。官员们把男孩都放走了，因为他们是未成年人。

埃扎特还没有透露过我的身份，为此我感到庆幸。我把他拉到一边。"这里的人都以为我叫哈比卜，来自喀布尔，明白了吗？"

"明白。"他点点头，表情很严肃。他是个聪明的孩子。他没问我在这里干什么，就像我也没去劝阻他偷渡一样。我能做什么呢，威胁要打电话报警？埃扎特是来这里赌博的，他会一直玩下去，直至成功。他已经对危险麻木了。聪明勇敢的孩子是适合在帕特雷放手一搏。丧失信心的是成年人。我认为奥马尔是不敢这样尝试的。

天色黑下来后，我们去捡篝火柴禾。板壁和地板已经被拆下了，我们合力把一根松木大梁拖过来，点燃了木材的一头。我们收集了办公室内一捆捆厚厚的发票作为照明的燃料，这些都是黄白色的复写纸，每一页燃烧时都会闪亮，然后化作烟雾。整个森林都被我们在这里消耗掉了，我心里想着，盯着发票上以旧希腊货币德拉克马为单位的数字。

在我们烤火的时候，奥马尔和其他人谈论着他们会在欧洲过上的美好生活，谈论着值得让他们为之付出代价的工作和家园——如果能够奔赴过去。

"希腊已经被毁，就像这个'工厂'一样。"海德尔说着，指了指空荡荡的飞机维修库，里面的垃圾和废旧衣物像深色的雪堤那样堆积着，那是我们的前人在离去时留下的，正等待着后来者——他们正穿越沙漠、翻越大山、钻越地道、跨越公路，逃离战争和贫困。他们就和我的旅伴一样，深信会成功，会走向我正站立的地方。然而，对他们来说，历史是一个"不断地在废墟上堆积废墟的灾难"，同是难民的瓦尔特·本雅明曾经这么写道。

第二天上午，奥马尔告诉我说他要返回雅典。他又有了一个主意，一个比钻到卡车底下更好的主意，但我们必须先回到广场旅馆去。对此我没有意见。我们收拾起行李，告别了篝火周围的朋友。那个口无遮拦的伊朗男孩突然紧紧拥抱了一下我，好像我是一位大哥似的。

正要动身离开的时候，我听到了吱吱嘎嘎的声音，于是转身去看。玛丽亚出现了，还带来了普拉克西斯的工作人员和学生志愿者，他们推着一辆装有橡胶轮子的手推车。

"我们是来这里玩游戏的。"她用英语宣称，露出了灿烂的笑容。他们在搞外展服务，对象是没有父母陪伴的未成年人。当他们开始展示推车上的物品时，我注意到那是参加儿童生日聚会时会带的那类东西：有转轮的画板、一幅地图、一块黑板，以及一块可以拼成动物形状的磁性衬垫。

最想与玛丽亚和她的年轻志愿者一起玩耍的似乎是成年人。谢里夫捋了捋头发，脱去运动裤，露出了穿在里面的干净的牛仔裤。他和奥马尔以及其他人，与玛丽亚一起围成了一个圆圈，玛丽亚开始了一个自我介绍的游戏。我看了一会儿，然后注意到埃扎特站在一边。"你不喜欢这些游戏吗？"我笑着问他。他抿紧了嘴唇。

"这使我感到恼火。他们来到这里又走了，'啊，你们的情况太可怕了'，他们拍几张照片，回去给老板看。老板说：'干得好，这是给你的工资。'"埃扎特说，"我的意思是，我知道普拉克西斯也在提供真正的帮助，对此我心怀感激。我只是不喜欢这些人因为我们的境遇而感到心痛。"

他们开始玩接力赛游戏了，但埃扎特的目光飘移到了远处，仿佛看到了自己未来的道路——十二次尝试出逃、躲藏在装满了尿布的集装箱内上了渡轮、两天两夜被困在里面、躲开警察去意大利的一家教堂避难、逃票登上开往法国的火车、走在寒气逼人的巴黎小巷、怀着狂喜颤抖地站在战神广场、在汉堡获得避难允许、经过两年的德语学习后进入大学。对他的同学来说，他的过去是神秘的；对他在伊朗的家人来说，他的未来也将会如此。冬天易北河的寒冷深入骨髓，肉体和精神上，他都独自生活着。

雅典广场旅馆的人们都没有注意到我们离开过。返回旅馆后，我和奥马尔回到我们的房间讨论他的计划。在去帕特雷前，

345

我们都把证件留在了抢占房内，因为本打算借助卡车偷偷奔赴意大利。我已经忘了他还有一张王牌：维高达斯。从理论上来说，立陶宛的身份证可以帮他离开希腊；他只要留在申根区，就不需要护照。但机场有警察在防范移民的出逃，如果被他们拦住，那他就要假装是维高达斯。到过帕特雷后，他已经有了主意，要从那里乘坐渡轮去意大利，作为一名旅客——港口那边肯定没人会说立陶宛语。

奥马尔买了一张去的里雅斯特的船票，换回了他的黑色行装，也就是在莱斯沃斯岛给他带来好运的那套服装。我让他先行一步，如果他成功了，那么我会使用自己的护照跟过去。这将是一段在亚得里亚海上的二十六个小时的航程，一旦踏上意大利的土地，奥马尔就会主动去申请避难。我们的旅程也会就此最终结束。

渡轮晚上开航。奥马尔搭乘大巴回到帕特雷，在车站坐上一辆出租车驶下公路，沿途经过了"潘杰希尔工厂"和在围栏边排队的移民。渡轮就在他的侧面，高高耸立在码头边。旅行社的售票工作人员已经告诉他要提前两个小时候船，但还没有开始放行旅客登上轮船。奥马尔在等候室坐了下来，这个季节坐船的旅客很少。卫兵们在注视他；他拿出英文版的《报告格雷科》，打开后放在膝头上。

在不使用生物测定技术的情况下，抓捕使用偷窃或伪造证件的人需要老派的技能。边防卫兵花在每一位旅客身上的时间很有限；他们要在几秒钟之内对你的长相、肢体语言，以及你对提问的反应作出评估。一瞬间就可以决定你的一生。"假如阿富汗人哈米德的手没在颤抖,那么他现在就会生活在挪威而不是加拿大了,"在描述一位难民同胞在德里被识破时,沙赫拉姆·科斯拉维写道,"毕竟,跨越国境事关演技。"

登船的时间到了。卫兵接过奥马尔的船票和身份证,看了看他的脸,再看了看他的证件。他让奥马尔等一下。一名警察过来了:"请跟我走。"奥马尔跟着警察到了旁边的一个房间,他告诉自己不要慌。最后来了一位年长的警官,用一种他听不懂的外语与他说话。奥马尔一脸茫然地看着他。

"什么,你在学校里没学过俄语?"警官用英语问道。

他们要他站起来,他感觉到冰冷的金属物咔嗒一声套上了他的手腕。他们搜查了他的旅行包,把他带去了拘押室,在那里他看到来自"木材工厂"的男孩雷扎瘫坐在一把椅子上。

"怎么回事?"奥马尔用达里语问道。他不再假装是立陶宛人了。

"他们在卡车上抓住了我,"雷扎说,"我想埃扎特应该是过关了。"

房间里还有一位挺着大肚子的阿富汗孕妇,她在无声地哭泣。

"你哭什么?"奥马尔问道。

"因为我们的钱花完了。"那妇女回答。她和丈夫在机场被抓过。他们花去最后一笔钱买了船票和假证件,然后分头行动,以为这样可以增加成功的机会。她先走一步。

一位女警察过来了，她用英语问奥马尔怎么回事。

"她很害怕。"他说。

"告诉她别担心，我们今晚就放了她。"警官说，"我们是好人，不会伤害你们的。"

"朋友，去年你们在哪里？"女警官的同事打趣地说，"那时候边境是开放的。"

雷扎和孕妇被释放了，没向他们要罚款，但奥马尔被移送到了监狱，第二天上午交由法官审判。就这样了，他心里想。即使不被判刑，他们也会猜测到他是从莫里亚营地逃过来的，然后把他送回莱斯沃斯岛。

他的牢房有两张床铺和一个敞开的厕所。当奥马尔进去的时候，已经有一位二十多岁的金发小伙子在里面了。他说他来自高加索地区的格鲁吉亚，几年前与母亲和妹妹一起来到希腊，在圣托里尼岛上找了份工作，那是一家高档餐馆，有些葡萄酒的价格是六十欧元一瓶。

奥马尔轻轻吹了一声口哨。"听起来你有一份好工作呢，"他说，"那你为什么要离开？"

"我要去看伦敦。"小伙子说。他曾试图登上一艘渡轮，但签证过期了。他很担心，不知道接下来会发生什么。"如果我们能够出去，请到圣托里尼来，我会帮你在那里找一份工作。"

上午他们都被带到了法院，两位金发女子在长廊里招手，她们是小伙子的母亲和妹妹。

希腊法官比奥马尔想象的更为年轻，也许是三十几岁吧。奥马尔先进去了。他装作无辜的样子，通过翻译告诉法官，他被蛇头骗了，以为那个身份证能使他合法旅行。

"你违反了法律。"法官说。

"对不起。我们不是罪犯，但我们别无选择。我们在逃离自己祖国的战火。阿富汗人、伊拉克人和叙利亚人不是来希腊旅游观光的。"奥马尔看着法官，"假如你处于我们这样的境地，你也会这么做的。"

"也许吧，我不知道。"法官说，他似乎被逗乐了，"那你为什么不留在希腊呢？"

"在这里找不到工作。你是法官，有一份好工作，但你们国家的许多人失业了。我怎么还找得到工作呢？"

法官告诉奥马尔，他准备释放他，但给了一个警告：如果下次再被抓住，那他就要入狱了。

法警带奥马尔穿过大厅，打开了一扇门。他跨出去，走到了阳光底下。

第二十章

谁是大人物？

我惊醒了，心脏在剧烈跳动，直至伸手摸到了旅馆睡床的木架。在莫里亚的时候，从噩梦中醒来是不祥的兆头。我看往左侧，旁边的那张床上空荡荡的。奥马尔肯定是去吃早饭了。我转向右边：外面阳光灿烂。我已经睡过头了。重新躺下的时候，我依稀有一种可怕的感觉，好像是忘了什么。

奥马尔被捕的那个夜晚，我是在房间里度过的，一直拿着手机。我准备好了第二天打电话给律师，没想到奥马尔第二天就回到了雅典。他虽然重获自由，但一副垂头丧气的样子。我们原本离旅程的终点那么接近了。很难相信，自我飞回喀布尔想着出发去欧洲以来，已经有一年了。

我可以听到门厅里有孩子在玩耍。至少奥马尔安全回到了广场旅馆。我不介意在抢占房里消磨时间，因为这里可以分散注意力。广场旅馆半年庆的活动将在明天举办。各个工作团队在忙着准备与无国界运动小组和工作室的为期三天的大会，会后将有晚餐和音乐舞会，全都向公众开放。今天，抢占房应该会组织一次大扫除。我们要擦洗冰箱和打扫储藏室，清理掉沙发后面发霉、变质的黄瓜和违规藏起来的啤酒瓶。准备工作是彻底的，居民中有谣传说，一位大人物要访问广场旅馆，但谁也不知道到底是什么人。

我坐了起来。今天是十一月九日，这不是美国大选的日子吗？我试图搞清楚时差。我们比纽约早七个还是八个小时？投票要等欧洲时间下午晚些时候才开始，计票结果则要等到第二天清早才能出来。抢占房内没有电视机，我也一直没怎么关注新闻。我最后一次看到的消息是，《纽约时报》认为希拉里·克林顿有百分之八十五的概率赢得大选。也许他们已经更新了预测。我去拿手机。

在我睡觉的时候，唐纳德·特朗普已经当选为美国总统。

"这就是那个著名的大人物吗？"每当一位外国人向广场旅馆食堂的人群发表演讲时，我这张桌子周围的阿富汗人总会这么问。大会使用的语言是希腊语和英语，但有几张桌子安排了阿拉伯语和波斯语的译员，我自告奋勇担任了波斯语的翻译工作。我的桌友刚刚询问的那位外国人晒得黑黑的，还戴着厚厚的眼镜，他叫桑德罗·梅扎德拉，是意大利博洛尼亚大学的教授。他的研究认为，边界已经变得"可移动、可渗透和非连续"，穿插于社会的各个角落和我们所有人之间——他很可能不是我桌友以为的那个人。但我们怎么判定一个人是不是大人物呢？

三天来，欧洲各地的客人通过反法西斯俱乐部的严格审查，来到了食堂的夹层，他们在这里浏览挂在墙上的肖像和海报。在看到孩子们因为那么多陌生人的涌入而变得安静时，他们温柔地和孩子们说话。在短暂的生命期内，抢占房成了欧洲左翼人士心目中一个著名的地方，大会吸引了一些乐于奉献和感到好奇的人。"我之前从来没有看到过这样的地方！"一位戴贝雷帽的男子对自己的伴侣说。如果每一把椅子都坐人，沿着后面的碗柜也坐上人，那么至少会有一百人聚集在我们食堂内——"广场"是我们集会的地点。

住在这里的活动分子想把抢占房与大局面联系起来，但小组成员们带来了不好的消息：与美国一样，反移民的民粹主义也在欧洲兴起，这是对在"长夏"期间进入的百万移民的强烈抵制。对许多人来说，敞开边境的美梦成了噩梦。而且活动分子也想结束大规模的移民潮，只不过不是借助于大墙，而是想通过结束战争和剥夺来实现。这意味着根据民族主义和资本主义建立起来的全球体系必须改变；然而，这个体系似乎比以往更为牢固了。

来自突尼斯的志愿者齐埃德也作了一个报告，内容为边境危机是如何转移到了地中海中心的。意大利与北非之间的线路，远比爱琴海的更为危险，二〇一六年淹死的人数达到了超过五万人的记录，大都是非洲人，这并未如上一年那般激起强烈的反响。

"如果希拉里多了几百万张选票，那为什么还是特朗普赢了呢？"卡丽罗伊问我。我正与她和她的朋友值保安夜班，她们都来自一个支持广场旅馆的左翼学生团体。值班的时候必须守在入口处的桌子边，用抽烟和闲聊来打发时间，但一定要保持警惕，以免法西斯分子从窗户投进燃烧瓶。几个月前，他们对难民家庭居住的诺特拉抢占房干过这样的事情。在桌子后面的一个角落里，有一堆锄头柄，绑着红色、黑色和紫色的布条，在游行示威时充作旗帜——马克思主义的红色、无政府主义的黑色以及怪异的紫色，后者是学生们坚持的颜色。

我试图解释选举人团这个特别的制度，以及为什么国父们那么担心多数裁定原则。卡丽罗伊轻蔑地摇头："不管怎么说，红队和蓝队都是同样的统治阶级。"

纳西姆走进来插话了："请告诉居民们上街去要特别当心。"他看上去比往常更为疲倦。"街上将遍布警察。出门应该带上证件。"

世界上最著名的人物要来雅典了，这会让事情变得很混乱。奥巴马总统任内最后一次出访海外的日子，恰好是一九七三年希腊学生反对军事独裁起义的纪念日。那是希腊左翼组织最重要的示威游行活动，他们决不宽恕当年美国对希腊军政府的支持，每年的十一月十七日，许多人会在雅典理工学院聚集，以美国大使馆为终点举行游行。奥巴马的访问，是美国总统十七年来的第一次，会火上浇油。

在周年纪念日前后的几天，大学校园内办起了街头集市。一天下午，广场旅馆的活动分子动员难民和志愿者都去雅典理工学院声援。我们大约四十人走过去致以敬意，由我和奥马尔殿后。"他们毁了这儿！"进入校园后，看到墙上杂乱的涂鸦和散落在建筑上的碎布旗帜，一个阿富汗小男孩瞪大眼睛惊讶地说。他母亲让他别说话；纳西姆哈哈笑了起来。校内张贴了许多海报，摆放了许多桌子。海报上排列的一些政党和学生团体的首字母略写，都追本溯源到一九一八年成立的希腊共产党，即KKE。桌子上堆放着宣传唯物主义的刊物和传单。我认出了一本薄薄的《共产党宣言》平装书，附近还有娜奥米·克莱恩关于全球变暖的图书《改变一切》的译本。

十年前，目前政府中的左翼政党还分散在一些边缘派系之中，左联党的全称是左翼激进联盟党。二〇〇七年大选时，左联党只赢得了百分之五的选票。那个时候，希腊依然由政治王朝的子弟所操控的两个渐趋相同的政党在统治。在二〇〇九年的债务危机前夕，中左翼候选人——其父亲和祖父都在他之前担任过总理——向选民保证"会有很多钱"。但因为经济的崩溃和其后由德国和其他债主实施的惩罚性的紧缩，原先的共识分崩离析，希腊背上了更多的债务。新的政党出现了，其中包括金色黎明党，该政党曾公开指责犹太银行家，并一度成为议会的第三大党；还包括左联党，其领导人是富有魅力的年轻人阿莱克西斯·齐普拉斯。他在上任后违背了结束紧缩政策和大规模拘留移民的诺言，令原先支持他的活动分子极为愤怒。

在我们抵达纪念碑的时候，就连孩子们也变得严肃了。那里的金属大门已经扭曲，是一九七三年被坦克撞坏的。一尊年轻人的青铜头像伫立在旁边，安放在一块石板上，被砍下来似的。穿皮夹克的男孩们坐在我们周边的椅子上，他们是共产党的活动分子，他们的苍白面孔使我想起了烈士的照片。有人在话筒前宣布，"广场旅馆的难民"前来对当年起义的牺牲者致敬。抢占房的活动分子奥尔加向大家分发了康乃馨，她父母亲都参加过那年的斗争。我们把花卉放到了破损的大门边。

在奥巴马访问期间，左联党政府出于安全考虑禁止市区内的示威游行，但雅典的激进分子还是要游行。在美国总统抵达的那天，来自抢占房的二十几个人在艾克萨奇亚社交中心的斯特基俱乐部碰面。年轻的希腊网络设计师埃利亚斯站在我们面前，一头卷发拢到脑后扎成了一个马尾。他曾帮忙维护广场旅馆的网络。我喜欢埃利亚斯的冷幽默，但此刻正在向人群发表演说的他很严肃。"政府是认真的，他们要阻止向美国大使馆的游行，整个城市到处都是安保人员。"他一边说，一边挨个看了我们一眼，"警察可能会开展大规模的逮捕。他们接到了可以使用暴力的命令。"

我和奥马尔都想参加游行活动，但听了埃利亚斯的讲话后，我告诉奥马尔说，他最好不要去。

"那你为什么还是要去？"他问道。

"我要去看看，"我说，"再说，我口袋里还携带着护照。"

"好吧，兄弟，"他回答说，敏锐地看了我一眼，"注意安全。"

理工学院距离斯特基俱乐部不远。我们抵达的时候，纳西姆和埃利亚斯惊奇地看到已经有那么多人聚集在那里等待游行的开始。人群延伸了几个街区，中间夹杂着一簇簇手工制作的横幅和旗帜。我们在队伍后面找到了空位，在一群希腊的毛派①与一队来自抢占房的叙利亚人之间——在雅典，愤怒的穆斯林年轻人成了左翼人士。在等待游行期间，我询问关于大人物谣言的最新版本：是不是奥巴马要来广场旅馆访问？埃利亚斯哈哈大笑起来。

"奥巴马的工作人员就他的行程征求人权观察组织某个人的建议，那人问我们是否感兴趣，"他说，"当然，这是不可能的。"希腊政府和美国使馆肯定都会拒绝，但这个提议惹恼了活动分子——好像他们会让负责白宫警卫工作的美国特勤处进入广场旅馆似的。

"人们看到关于我们的新闻故事，还以为我们是某个非政府组织。"纳西姆咕哝着说。

"特朗普已经当选了，现在去抗议奥巴马是不是有点奇怪？"当人群开始移动的时候，我问埃利亚斯。

他摇摇头说："即使他比布什或现在的特朗普更为进步，但他还是头号帝国主义的代表人物，应该要为发动战争造成这么多难

---

① 中国之外的信仰毛泽东思想的人通常称为"列宁主义-毛主义者"，简称"毛派"。

民负责。"

我想起了在校园内看到过的一张无政府主义的海报："美国总统奥巴马在一九七三年理工学院暴乱纪念日的访问，是挑衅行为，不会没有回应。"奥巴马本来想在象征着民主的巴特农神庙附近演讲，但后来被安排到了更安全的地点，因为法国使馆发生了手榴弹袭击事件。威胁来自"火焰阴谋"，一个自称虚无主义者的极左翼希腊武装团体。所以，奥巴马改成在以希腊亿万富翁名字命名的斯塔夫罗斯·尼亚尔霍斯基金会发表演讲。这是卸任前的绝唱，我意识到，自我在赫拉特一家旅馆冲澡时听他在芝加哥发表演说起——当时他告诉我们将要发生变化——已经过去八年时间了。

走了半个小时后，我们抵达了防暴警察的前沿防线，他们佩戴着钢盔和防毒面具、拿着盾牌在人行道上站成了一排。他们是来自伯罗奔尼撒的农场小伙，那里的人们依然珍视上帝与祖国。每一队警察后面，都尾随着一名手持大罐胡椒喷雾或催泪瓦斯发射器的警官。游行的队伍走走停停，进入了雅典市区。天色阴沉，气温越来越低，天光使得混凝土地面、金属百叶窗和游行者褴褛的衣服都黯然失色。只有红色的旗帜显得耀眼。口号喊得越来越响亮了，声称齐普拉斯总理是美国的走狗，谴责"全球恐怖主义"，使用的是老一辈人那种抑扬顿挫的抗议声调。在我们的身后，叙利亚人大声呼喊着口号，用阿拉伯语对独裁者表示抗议，并挥舞着缀有三星的革命旗帜。

"猪猡！警察！杀手！"一队穿黑衣的无政府主义者挤进游行

者的队伍。他们佩戴着防毒面具和摩托车骑手的头盔，手握绑有旗帜的锄头柄。有些人还携带着灭火器或装有投射物的沉重的背包。黑衣团插入我们的团队与叙利亚人之间，形成了一个方阵，外圈的人手挽着手平举木棍。纳西姆和埃利亚斯交换了一下厌恶的眼神。这只会产生一个不良的结果。

我们抵达了宪法广场前面的一个阻塞点，在那里驻守的警察一次只放行一个团队。黑衣团与防暴警察发生了小规模冲突，互相推推搡搡。埃利亚斯在打电话，打听前方的最新情况。有一些扭打，也有催泪瓦斯的施放，都不严重，但现在轮到无政府主义者通过了。一个垃圾桶被汽油瓶点燃了，迫使警察向后退却。

一架直升机在我们的头顶上盘旋轰鸣。我看到摄影师都戴着防毒面具，他们冲进来按快门，要为晚间新闻提供照片。

有人在用英语反复叫喊："欢迎难民和移民！不要全球恐怖主义！"

我张开嘴巴，但什么也没说出来。

一阵爆裂声响起，催泪弹蹦蹦跳跳落到了人群之中，喷发出烟雾。我们的厨师克里斯蒂安冲到黑衣团队伍的前面，在烟雾中舞动红旗。

"我要赞扬齐普拉斯总理，他的政府在进行着一场以夯实经济基础为目的的十分艰难的改革。"第二天奥巴马会这样说。

防暴警察冲过来了；我们的队伍被冲散了，我们逃回到林荫道上。闪光弹在我们周围砰砰作响，我差点倒在地上。埃利亚斯在大声呼喊慢一点、团结起来。在我们过来的路上发生了更多的冲突。我看到我们的横幅转入了一条辅路，于是跑着跟了过去。

在巷口，我们的团队在一个空旷的广场重新集合了。我们的撤退速度很快，而且显得狼狈，虽然瓦斯正开始燃烧，会通过眼睛和暴露的皮肤造成全身的疼痛，但大多数人毫发未损。克里斯蒂安过来了，他的脸湿漉漉的，呈现出糖萝卜那样的紫红色，一个希腊人为他喷洒了解酸药。

喘过气来后，我看了看周围，发现我们正处于校园内的大广场上。两年前第一次来到雅典的时候，我就是在这里观看了齐普拉斯的胜利演说。"毫无疑问，希腊人民的决定结束了我们国家紧缩政策的恶性循环。"他告诉兴高采烈的听众。当时我与朋友们一起租住在艾克萨奇亚的公寓内。一个星期里，我几乎没有睡过觉，每天晚上都在烟雾腾腾的酒吧里度过，聆听关于即将发生变革的话题。感到兴奋的不但有左联党人士，也有西班牙人和葡萄牙人，甚至还有伯尼·桑德斯和杰里米·科尔宾那样的著名政治家。去相信的感觉，就像坠入情网。

我打量着空荡荡的广场，眨巴着经历了催泪瓦斯袭击的眼睛，再次看到满大街的人们脸上的喜悦，听到了他们的欢笑，就同那一晚一样。当时，在听完齐普拉斯的胜利演说后，我们去了左联党设在附近的一个帐篷，人们极度亢奋，含着热泪互相拥抱，手挽着手引吭高歌：

这是最后的斗争，

团结起来到明天，

英特纳雄耐尔

就一定要实现！ ①

驱散游行的人群后，警察追赶无政府主义者到了艾克萨奇亚，
在广场周边与之展开了打斗。我们抢占房内的几个人后来也去了
那里，看到激动的游行民众用椅子堆积起杂乱的路障。他们拆下
人行道上的铁栏杆用作铁棒，将地坪石敲碎成可以投掷的石块。
人行横道线上的一盏交通灯，像彩罐一样悬挂在电线下，有人用
棍棒把它挑了下来，引起一片欢呼。警察站在两个街区之外的盾
牌后面，用石块向我们反击，他们的催泪瓦斯所得到的回应，是
彩虹般的莫洛托夫燃烧瓶在空中划过。

那是艾克萨奇亚自治区最后的日子。左联党将在下一次的大
选中输给保守派。希腊新的领导人是一位投资银行家，他的父亲
当过总理。这位领导人发誓要清理艾克萨奇亚，还承诺说他不会
允许"新一代恐怖分子的复活"。防暴警察的靴子踏上了这座广
场，他们的警戒线更严密了。

艾克萨奇亚将成为雅典在爱彼迎上第二受欢迎的街区。

---

① 此为《国际歌》节选，采用了瞿秋白翻译的版本。

"如果他们熄灭情人幽会房间里的蜡烛会怎么样呢？"巴基斯坦诗人法伊兹写道，"如果他们那么强大，就让他们去吹灭月亮。"

在广场旅馆半年庆典的最后一个晚上，抢占房内举办了晚餐会和音乐舞会，对大众开放。我和奥马尔在厨房值班，库尔德人厨师希罗做了米饭，还做了烤鸡。为了把活动办得更具仪式感，我们穿过在桌子之间玩耍的孩子，为在食堂就餐的人们上菜上饭。希罗的杰作是小豆蔻风味的自制冰激凌，这个甜点赢得了大家的赞许。忙完服务工作后，我和奥马尔与其他值班人员坐到厨房的小阳台里，挨个传递装有剩余冰激凌的不锈钢冰桶，把冰冷的金属贴到身边人汗津津的额头上。夜空中挂着一轮明月。

收拾和打扫完后，乐队在已经搬走了桌椅的餐厅一头就位。活动分子奥尔加走到了麦克风前；每当她要开口讲话时，居民们就会热烈欢呼，直至开够了玩笑。她想用她那威严的凝视来镇住我们，但这使我们笑得更欢了。当我们最后安静下来的时候，她介绍了这支由库尔德人组成的乐队，说他们是受土耳其一个左翼政党的邀请来这里的，该党的领导人已经被捕了。虽然这只是面对政府压制时的一种举动，但那天晚上我们被团结起来了。也许这就是无国界的意义所在，你可以从自我做起，与邻居一起，在自己的城市里开展这样的行动。

跟随电子鼓的节拍，歌手、吉他手和键盘手一起奏响了派对音乐，是那种可以在库尔德人的婚礼上听到的音乐。吉他轻快地弹奏，音响合成传出优美的旋律，歌手鼓动大家跳舞。库尔德人围成了一个圆圈，男男女女手挽着手，沿顺时针方向跳起了三步舞：两步向右，一步左踢。这样的节奏可适应各种舞蹈动作，随着人群的扩大，几个同心圆开始朝着相反的方向转动，处于最中心的人们兴高采烈地轮番踢腿和旋转，一条头巾被高高地举起并被紧紧地拉住了。

库尔德人在以他们自己的方式舞动，但我们其他人也加入了，由此动作变成了自由式。一位阿富汗居民带着小儿子，率领自己的团队来参加了；阿丹舞并不是差别很大。来自伊朗的老哈吉跳的要么是胡齐斯坦的传统舞蹈，要么是他自创的舞蹈节目——弓背，舞动着爵士手。齐埃德抱起叙利亚人拉比，让他骑坐在自己的肩上，于是我也让卡莱斯坐上了我的肩头。在一片挑逗的口哨声中，我们加入了进去，为重重圆圈新添了一个垂直层。

克尔凯郭尔①说过："如果只懂得爱，那么我们不需要听从命令。"我们在广场旅馆追寻的真理，还没有来到这个世界；也许我们只能找到一些真理的碎片。但在那个时刻，在不停地一起转动中，在越来越激昂的歌声中，我们是在向团结迈进。从旁边经过时，我看到奥马尔双臂交叉站在圈子的最外层，与几位鼓掌者和用手机拍照的人们站在一起。在一圈圈的旋转中，我捕捉到他的目光，呼叫他的名字，但他只是静静地看着，微笑留在了嘴唇上。

---

① 克尔凯郭尔，丹麦宗教哲学心理学家、诗人。

第二十一章

最后的归宿

随着冬天的到来，奥马尔对逃离希腊丧失了信心。我偷听到他在与伊斯坦布尔的玛丽亚姆通电话，诉说钻到卡车底盘下的危险和在机场使用假证件的风险。帕特雷的法官是放他走了，但他已经在警方留下记录，再次被抓就没有那么幸运了。

白天，他越来越多地赖在床上消磨时间，把三星手机捧在鼻子跟前，要把屏幕刺穿似的。为了这次旅行，我给他买了这部智能手机；之前他从未拥有过智能手机，而现在他迷上了Facebook。每次我回到房间，他总是坚持要给我看一些怪诞的东西，比如一段证明神灵真实存在的爆火视频，或是一段一名妇女在危地马拉遭一伙暴徒践踏后被烧死的影像。在Facebook上，他在阿富汗的亲戚发了一些关于自杀炸弹的图片，他那些已经抵达西方的朋友则抱怨孤独和毫无前途的工作。奥马尔想见的那个人根本没在Facebook上。莱拉的父亲还是没有把手机归还给她，因此自离开阿富汗后，奥马尔还没有与她说过话。他得到的全都是来自邻居的街景图片。他艰苦跋涉的意义取决于她：他是否能够娶妻生子拥有家庭。如果不能，他将终生孤独地在野外徘徊。

我发现他越来越多地倾听席琳·迪翁的歌曲：

> 无论远近，无论身处何方，
>
> 我都相信我心永恒。

每当我进来看到他躺在床上，脸凑在 Facebook 上，我就感到一阵恼火。他算是什么主角啊？纳西姆问我奥马尔为什么不太参加抢占房的活动。叙利亚人拉比协助管理前台、能说英语、了解欧洲、加入活动分子的游行、与志愿者谈恋爱，是真正的主角，阿富汗人当中也需要这样的人物。

我和奥马尔开始吵嘴，为的是一些鸡毛蒜皮的事情，比如打扫房间。当他向我要钱支付手机流量费的时候，我嘲笑了Facebook；在这一天剩余的时间里，我们没有说过话。

我一直忙着各种事务，像在厨房洗菜、切菜，或是把窗户和楼梯井用铁丝绑扎起来，因为我看到一些孩子想从五楼爬出去。我喜欢偶尔的集体生活。我可以发挥自己的长处，在医生来抢占房访问的时候担任译员。如果是女病人，我会面对墙角坐着，用发自内心的痛苦的声音翻译医患之间的对话：心脏衰弱、癌症病史、身心失调和自残。对广场旅馆内的一些空想家来说，这是千篇一律的生活，如同飞机从头顶上方飞过和垃圾桶在巷子里发出碰撞声。但欧洲的战事结束了。

我们需要勇气来面对生活和死亡。齐埃德由于经常受噩梦惊扰，不得不辞去在叙利亚人与心理医生之间担任的翻译工作。他要补充睡眠；他告诉我，他想飞回突尼斯休息一段时间。在我们相遇的五年前，当人们呼吁"面包、自由和尊严"的吼声响彻全球时，齐埃德曾出现在自己祖国首都突尼斯市内政部大楼外万人集会的人海之中。两三年后，他志愿参加利比亚海岸附近的救援行动，去营救落水的移民。那些移民的身上布满了汽油灼伤的痕迹，有用沙漠金矿支付旅行费的男人，也有在出发前打好避孕针的女人。相比之下，飞行一天就能回到家的旅途算什么呢？

我和奥马尔不可能一直不理不睬。当我们躺在床铺上闲聊着抢占房内最近发生的浪漫故事时，他突然哈哈大笑起来。"我已经有一年没碰女人了，你能相信吗？我以前每星期需要至少一次，不然我会坐立不安。"他站起来走到阳台的门旁，点燃一支香烟。"我怎么突然之间变化这么大呢？"

我告诉他说这是正常的，甚至对他有好处。但我希望他能够喜欢雅典的魅力，如果不是迷上这里的女人，那也可以迷上这里自由的气氛。

"那是因为我爱她。"他说。

我想了想。这就是解释吗？我一直没有说起过对莱拉的怀疑，因为不想去干涉，但有时候当他问起西方国家的生活时，我曾暗示过他独自一人，生活会容易得多，而向上攀爬又是多么艰难，要付出多少代价。我不知道他是不是听进去了；我也许是在说给自己听。现在我很坦率。他怎么如此确信他是爱她的？他与她并没有交往多长时间。他们甚至还没有一起公开上街走过，更不用说赤身裸体紧紧相拥着欢度良宵。他们是通过电话相互了解的。或许他只是爱想象中的她。或许他爱的是一个幻想。

他保持沉默，扭头看往窗外；我继续说下去。他产生要与莱拉结婚欲望的时刻，正是他的亲友永久离开喀布尔，他的美国签证成为泡影，他的生活因此分崩离析的时刻。他是不是抓住了别的能赋予他重要意义的东西？"我只是不想让你为不切实际的事情作出太多的牺牲。"我说。他朝我转过头来。

"她现在真的是我唯一的目标，"他柔声答道，"我总是忍不住想她。我一直打电话给她的朋友，询问她的情况，即使我知道这样做使我看上去像个傻瓜，像个可怜人。"

他没有认识到自己痛苦成了这个样子。他曾经对生活充满渴望，以至于把青春年华都浪费在了派对和恋爱上，而他的兄弟则已在欧洲安家落户。

"我是谁？我怎么啦？"他在照镜子，"看着我！你是谁？"镜中的他发出了苦笑。

外面天色已暗。我们能听到隔壁邻居叙利亚人在争论。奥马尔叹了一口气。"即使来到欧洲最后是个错误，即使我在这里穷困潦倒或返回喀布尔，我也永远不会忘记你给我的帮助。你是真正的朋友。你是真心帮助我的。"

我低头看地毯。"朝着你的既定目标努力吧，那样我们就互不相欠了，好吗？我不需要感谢。只要你能够找回自我和快乐就可以了。这是我唯一的愿望。"

"我必须做出改变，兄弟。我要改变。"

"我知道。一旦明白自己在做什么，你就会改变的。"

一年多以前，当我想书写我们旅程故事的时候，我们两人都不知道结局会如何。是的，奥马尔是想去意大利，但命运也可能会轻易把他带去别处。我们没想到旅程会持续那么长的时间；我曾设想在奥马尔抵达他的避难城市后，我会有时间逗留一阵子；在他申请避难的时候，我也许可以私下里找一份工作；我俩会一起生活，一起外出，他是有事要外出，我是自由外出。我甚至幻想自己也可申请避难。我可以以哈比卜的名字开始新生活，以这个名义过上几年，或者一辈子。还可以这样变换身份吗？有一天，马蒂厄的指纹会指向我并引来警察登门吗？我们正在进入一个生物识别监控的新时代，我的乔装打扮的旅程，今后将不可能进行。

关于我们自己，每个人都有希望能改变的事情，我们幻想着这种改变在瞬间发生，这种幻想是很诱人的。那是迁徙背后的梦想：一个新的开始。旅程是序幕，其后是生活。相比偷渡的道路，生活也许更为艰难，更为心酸。

但实际上，我们不能丢下自己。我们只有一个故事，也就是我们追述的那个故事。我们的选择、机会和遭遇都至关重要，因为它们可以决定我们的方向。英国哲学家阿拉斯代尔·麦金泰尔把我们界定为"讲故事的动物"；我们的结局赋予我们意义。

但结局可能会回到原点，一切归零。如果奥马尔此次旅行的结局是回到开始，那么我也要重新开始旅程，再来一遍，直至我写成这个故事，让自己成为书页中的一个角色。

"以后你不会回来了吧？"鲁比问我，"你不会再参加'运动'了吧？"我俩坐在艾克萨奇亚旁边的山丘上，谈论着在广场旅馆周边形成的社区，以及它会不会延续下去。鲁比也知道我在写一本书，我向她透露了我逃离莱斯沃斯岛的秘密，告诉她说我仍然感觉自己是抢占房内的一个冒名顶替者，尽管并非因为我的假身份。

"我不知道以后会怎样。"我回答说。她同情地看着我，没说什么，她那纤细的胳膊抱着自己的膝盖。鲁比对陌生人的孩子充满了关爱，几年后将成为母亲；而我将会返回纽约。

奥马尔决定不能尝试卡车。他要用假证件去机场闯关。自夏季高峰过后，蛇头的偷渡报价已经降低了。如果选择坐飞机，他可以去他想去的任何地方——那就是机场的魔力。他听说在意大利找工作与在希腊一样困难，他真的还要去那里吗？他想学一门手艺，这样他就可以养家糊口了。如果他能够被像德国或瑞典那样的富国接纳，他就能够获得经济援助去上学了。避难的流程会花很长时间，但意大利不一定更快。他得有耐心，相信莱拉会等待。这样的话，他就能够为她的家庭提供更多。

"心里的期望值减低之后，肯定能有更多的选择。"鲁米写道。

如果奥马尔要坐飞机，那我最好不要跟随他去机场。也不知道要等待多长时间，蛇头才能把他送走。圣诞节正在临近，我们达成了共识，我回家过节，如果新年后奥马尔还滞留在雅典，我就返回来。不然的话，我就去他的新国家探望，不管是哪个。

碰巧我们的伊朗朋友菲鲁兹先行离开了希腊。他持假护照飞去了德国，那里有他的妻女在等待。他的成功使奥马尔增强了信心。奥马尔也找了个蛇头，是一个在希腊长大的年轻自信的阿富汗人。那人在维多利亚广场附近一家华人商店后面与奥马尔会面了。他的要价是四千欧元，付给第三方托管，而且奥马尔可以多次尝试，直至成功——当然，除非进了牢房。看到奥马尔的长相很像欧洲人之后，他哈哈笑着拍了拍他的肩膀说："你能蒙混过关的，百分之百。如果你过不了关，那我从此不干这一行了。"

我收拾起数量不多的行李，告别了纳西姆、齐埃德和其他人。走下楼梯的时候，我在夹层的一排肖像下停下脚步，试图将这一场景刻进记忆里。对许多背井离乡的人来说，对遭遇驱逐和排挤而不得不散落到铁路沿线、政府难民营和偏远郊区的人来说，抢占房是在城市的一个立足之处。但我们都知道，广场旅馆不是永久的。即使是现在，我们也在四散离去。我们都是来来往往的匆匆过客。

奥马尔正在路牌下的人行道上等我。多年前，我在穆斯塔法旅馆见到他的时候，他还是一个陌生人，现在他的眼睛含着泪水。我们紧紧拥抱，然后我走了。

雅典的哈瓦拉网络也覆盖到了土耳其，所以玛丽亚姆可以在伊斯坦布尔的一个网点付钱给蛇头。奥马尔告诉母亲到哪里存钱。

"一旦蛇头安排好，我就马上坐飞机离开，妈妈。"

"愿真主保护你。"

玛丽亚姆知道儿子是冒着入狱危险行动的，但她能做的只有祈祷。她的信仰是坚定的。战争期间，在别的母亲痛失自己孩子的时候，真主不是保护了她的六个孩子吗？当年玛丽亚姆带着刚出生不久的奥马尔来到巴基斯坦的难民营，看到过山丘旁的一排排小坟墓。现在他成了一个身在欧洲的男人。他们的命运之签上写着贫困和暴力，但她拒绝接受。他们是阿富汗人，但阿富汗人也是人。虽然幸存意味着分离，但玛丽亚姆相信有一天他们是会重新团聚的。她和家人会跟随她的儿子，哪怕是要通过水路。

我必须回到的里雅斯特，去取回夏天时寄存在那里的笔记本电脑和旅行包，所以我选择了轮渡。从帕特雷出发，要在渡轮上度过一个夜晚，但我需要时间来思考。在离科齐亚广场古墓地不远的雅典市区，我买了船票。沿着考古场地的围挡走过去，可以俯视那些敞开的墓穴。这是给公众参观的场地；凯拉米克斯附近另一个现场的骨骸更为丰富。这里的人以前肯定是奴隶，他们没有被分开埋葬。也许古雅典的三分之一人口是奴隶；他们是这个城邦国家经济发展不可或缺的一部分。"有些人是统治者，另一些人是被统治者——这样的事情不但是必要的，也是权宜之计，"亚里士多德写道，"从出生的那一刻起，有些人就被标定要去顺从别人，其他人则去统治别人。"

只有少数人——成年男性公民——可在议会选举中投票。就像妇女做家务让男人有时间去参加公众活动那样，奴隶制为雅典的民主提供了物质基础；哲学家伯纳德·威廉斯认为，没有奴隶制，古希腊人就无法想象文明。他写道："古希腊人必须有奴隶制，其结果是，生活在奴隶制的基础之上继续下去，没有留下任何空间来提出关于奴隶制正义性的问题。"

奥马尔盼到了动身的那一天，他去了机场。蛇头在停车场与客户一个个见面，发给他们证件。奥马尔得到了一本贴有他照片的保加利亚护照，还有一张登机牌。包括他在内一共有十二个人，蛇头给他们预订的是去瑞士的同一个航班。从那里出发，他们可继续奔赴各自的目的地。不同寻常的是，蛇头与他们同行，还带上了年轻时髦的希腊女友。这时候已经差不多是圣诞节了，两人要去瑞士度假。

这一次，奥马尔仔细地等待其他人先去。他在停车场抽烟，在汽车之间踱步，思考着他之前在莱斯沃斯和帕特雷的经验——他的运气，好运和厄运。准备好了后，他进入航站楼，加入等待安检的队列之中。

在帕特雷，我在出租车上似乎认出了聚在"潘杰希尔工厂"外面的几个蛇头。汽车驶离公路进入了港口，我付完车费，把背包挂在肩头。渡轮码头几乎是空荡荡的，我走向登船口，感觉警察和安全卫兵都在上上下下地打量着我。我猜想我本应该更加仔细一点，穿上我应该穿的衣服，打扮成过去那样，可我没有心思去准备剧本：自信的步子、目光的接触和自豪的微笑。我只是掏出身份证件，递了过去。警察接过我的护照翻了翻，然后走进了办公室。我从门口看进去，看到他在敲击电脑键盘，也许是在核查国际刑警组织发布的失窃护照清单。另外一个卫兵移动到我的身后，以防我夺路逃走。我的脑海里不由得出现了这样的一个场景：我突然转身一脚踢中他的裆部，横跨一步躲避可能的反击，快速冲向出口处；我会抢得先机跑到停车场，很可能还会跨过围栏。

奥马尔把旅行包放到了扫描仪前，接着把他身上的皮带、手机、钱包、香烟、打火机和口香糖也放了上去，然后走过了金属探测门。他等待着。他的旅行包有问题。女检查员询问这是不是他的。他耸耸肩。他不会说英语。他来自保加利亚。她在包内翻找着，拿出一罐发胶，没收后表示了歉意。她说他可以走了。他把物品放回口袋里，提起旅行包继续在机场内穿行。

我把护照放回到皮套内，踏上了渡轮的舷梯。码头上弥漫着杂酚油的气味，还能听到缆绳在受力绷紧时发出的吱嘎吱嘎的响声。我在舱室之间穿行，走上楼梯，经过了一个装有镜子的休闲室，再攀登阶梯直至来到露天甲板。在船尾的栏杆处，我可以观看卡车驶上渡轮的情景，货运拖挂车的车轮在碾压跳板时发出了砰砰的响声。在停车场的最远处，我注意到港口围栏边的一些身影在观察着。每个集装箱看上去都是相同的，都是一个铁箱子。

奥马尔看向登机口上面的号码，然后看向坐在附近的旅客，他提醒自己别去盯视任何人。他数了数，包括他自己共有八个客户过关后来到了这里的候机大厅。三万两千欧元哪。对于蛇头来说，这确实是个快乐的圣诞。奥马尔找了个位子坐下。当旅客开始登机时，他排在了队伍的后面。前面的人都通过后，女乘务员扫描了他的资料，看着他的护照皱起了眉头。

"先生，你拿了别人的登机牌。"她说。

在白色的城市朝后退却时，我依然留在后甲板的栏杆边，观察着螺旋形的尾流翻滚着扩散开去。航行中的渡轮像岛屿一般平稳。

"你认为还会像那次一样吗？"在伊斯坦布尔的时候，玛丽亚姆就这么对我说过。她问的是边境会不会重新开放。欢乐的场景会再次出现吗？我告诉她我不知道。

差不多四十年前，玛丽亚姆就成为难民了，然而现在阿富汗还是处在战争之中。将来，她的孙辈会在这里向他们的孩子——欧洲人——讲述她的故事。但如果说玛丽亚姆的故事鼓舞人心是因为她活下来的可能性很小，那么这也是许多人已经消失这一事实的证明。这样的话，我们的故事就夹带着其他故事的碎片，就如同我们也把兄弟姐妹的基因留传下去了一样。美国女作家格洛丽亚·安扎杜尔写道："我们是征服者和被征服者的合成体，这样的混合证明了所有的血缘都被错综复杂地交织起来了。"我们都是移民的亲属。

船尾的远处，海岸线看不到了。南方出现了一条海平线，在暮光中闪烁。在那条弧线的远处是我们的旅途，是遭到轰炸的城市和缺乏粮食的村庄，是沙漠和大山，是深蓝色的海洋，是孩子们攀附在卡车底盘下的岛屿。夜幕正在降临，玛丽亚姆在祈祷，马利克在裁缝店加班，朱勒迈和拉贾躺在莫里亚营地的帐篷里。其他人在黑暗中出发了，就像我们一样。

奥马尔感觉脊背冒出了冷汗；蛇头给错了登机牌。他眨巴着眼睛，无助地摊开了双手。那女子告诉他等一会儿，先让其他旅客登机。两名警察过来了。

"保加利亚，保加利亚，不会英语。"奥马尔说。他把护照递给他们，微笑着。

无论怎样分离，我们都在地球表面上旅行。我知道我们的路途必定会发生交集。

警察把护照还给奥马尔，朝柜台点了点头。航空公司的机器吐出了另一张登机牌。女乘务员挥手让他通过了登机口。

真主让他们瞎了眼。

安全带指示灯发出了"嘀"的一声。几个小时过去了。

下面是绵延的大山，雪峰比家乡的更为陡峭，这里是瑞士。奥马尔在宝莱坞电影中见过这里，电影中有以山谷为背景的恋人二重唱。但未来的某一天，主角将不是阿布舍克·巴强和卡瑞诗玛·卡普尔，而是他和莱拉，他要唱给她听：

看到了季节变化的迹象
这样的孤独，我无法生活

他爱她。我不理解，但他原谅了我。毕竟，这是他的生活。他会找到一个国度，建立起一个家。他会学习当地语言，他会感恩，但不会丢掉自尊。在获得旅行的权利后，他会回去接她。

他这么做是出于必要还是自由？两者不是对立的。除了追求我们的所爱，人生的旅途还有什么意义呢？

后 记

二〇一九年，希腊的保守派政府上台执政后，城市广场旅馆主动关闭了。

二〇二〇年九月，莫里亚营地被焚毁了。希腊政府开始建造一个新的更耐久的设施。

截至二〇二一年五月，有一万三千名避难申请人被关押在希腊的岛屿上。

二〇二一年八月十五日，塔利班攻陷喀布尔，掀起了新一波的阿富汗难民出逃潮。

玛丽亚姆、法拉赫、苏莱曼和贾马尔乘坐橡皮艇从土耳其抵达希腊，最后在另一个国家获准避难。

莱拉与奥马尔在欧洲结婚和定居，迎来了他们第一个孩子的降生。

鸣　谢

谨以此书献给奥马尔和他的家人，他们同意我分享了他们家庭的生活。

从某种意义上来说，自从二〇〇八年跨过阿姆河起，我就开始准备写这本书了。此后我一直得到许多人的帮助，但由于人数太多，不可能全都在这里列出他们的名字。我的阿富汗、巴基斯坦、叙利亚、伊朗、利比亚和也门朋友，给了我尤其难能可贵的帮助。他们中有些人已经过世了。

在从二〇一五年以来的写作过程中，我受益于许多人的善意与支持，其中有几个人的名字我不能提及。我要特别感谢以下人士：

罗津娜·阿里、诺厄·阿约曼德、阿维斯塔·阿尤布、赛义德·拉赫曼·贝库尔、彼得·贝尔根、维克多·布卢、彼得·布克尔特、贝蒂·达姆、贝丽特·埃伯特、法布里奇奥·福斯基尼、阿南德·戈帕尔、塔亚·格罗波、苏珊·卡米勒、萨拉·莱昂纳德、梅拉尼·洛凯、纳西姆·洛马尼、尼克·麦克唐奈、沙赫里亚尔·米尔扎、法扎勒·拉赫曼·穆扎里、塞缪尔·尼科尔森、伊利亚·波斯科宁、扎尔卡·拉多亚、西亚瓦什·拉赫巴里、格雷姆·史密斯、卡特琳娜·特萨波波罗、马泰奥斯·齐米塔基斯、瓦希德·瓦法和托马斯·维德。

我要感谢以下机构的大力支持，它们使我得以在五年时间内不间断地写作此书：泰普媒体中心（原称"国家学会"）和蓝南基金会，他们还为我提供了在马尔法的一个住处；新美国、埃里克和温迪·施密特基金会、南新罕布什尔大学；外交关系委员会的爱德华·R.默罗协会；柏林美国学院的柏林奖委员会；巴黎美国图书馆。我也要感谢纽约公共图书馆的弗雷德里克·刘易斯·艾伦项目组。

我必须感谢我的编辑诺厄·埃克和哈珀的出版团队，感谢雅克·特斯塔德和英国的菲茨卡拉尔多出版社，感谢麦考米克出版社的爱德华·奥尔洛夫，以及凯尔·保莱塔，他对书稿进行了认真的校对核查。

最后，我还要感谢我的家人给予我坚定不移的爱与支持。

资料来源说明

约翰·赫西提出，新闻从业者的资格证上应当刻印一条神圣原则——"没有虚构的内容"（NONE OF THIS WAS MADE UP）。在本书的写作过程中，我就遵循了这条原则。唯一有变动的细节是，从奥马尔和他的家人开始，为了保护人物的真实身份，我使用了假名。

二○一六年八月二十九日，我们离开喀布尔前往尼姆鲁兹。写作本书时的主要资料来源是我用智能手机记下的六万多字的笔记——这几乎是一项日常工作，而且我发觉要比预想的容易得多，因为现在人人都忙于刷手机——以及我自己录制的和从其他人那里收集起来的音频和视频。我们于二○一六年年底结束旅程，在接下来的四年时间里，我进行了跟进采访和无数次的故地重返报道。我把这些材料交给了一位专家审核。

我还参考了诸如历史学、考古学和迁徙研究领域专家的著作，以及记者的报道和当代的其他信息来源。